Quand sonne minuit

Du même auteur
aux Éditions J'ai lu

LE FIL ROUGE DU DÉSIR
N° 9334

Liaisons sulfureuses :

1 – SOUVENIRS
N° 9402

2 – DÉSIR
N° 9429

3 – MYSTÈRE
N° 9395

Nuits blanches :

1 – L'HOMME DE MINUIT
N° 9654

Lisa Marie

RICE

NUITS BLANCHES – 2

Quand sonne minuit

ROMAN

Traduit de l'américain
par Agathe Nabet

J'AI LU

Titre original :
MIDNIGHT RUN

Éditeur original :
Ellora's Cave Publishing, Inc.

1

L'Entrepôt, *Portland, Oregon*
Samedi 12 décembre, minuit

Elle ressemblait à une princesse perdue dans la forêt, qui essaie de retrouver le chemin du château.

Alors que diable fabriquait-elle à *L'Entrepôt* ?

Le lieutenant Tyler Morrison, que tous ses collègues de la brigade criminelle de Portland appelaient Bud, éclusa une gorgée de la bière dont il n'avait pas envie, puis tourna la tête du côté de la Princesse, qu'il n'avait pas quittée des yeux de la soirée.

Elle était de l'autre côté du comptoir en forme de U, de profil, occupée à regarder les danseurs et à bavarder avec son amie aux cheveux roux.

La rousse, Bud l'avait déjà calculée. C'était le troisième soir de suite qu'il la voyait à *L'Entrepôt*, une boîte de nuit qui avait la réputation d'être la plus chaude de Portland, et dont la clientèle se composait à parts égales de cadres et de voyous qui frayaient joyeusement ensemble, que ce soit pour s'éclater sur la piste de danse ou pour se défoncer dans les toilettes. L'amie de la Princesse travaillait dans une tour de bureaux quelconque et venait à *L'Entrepôt* pour évacuer le stress et prendre du bon temps. Bud connaissait le genre.

Un genre qui n'était pas du tout celui de la Princesse.

Pas celui de Bud, non plus. Il était là uniquement pour raisons professionnelles, en tant qu'expert local du Crime organisé international. Du COI et des affaires de meurtres. Oui, Bud appartenait à un univers aussi intéressant qu'explosif. Un univers pour lequel il s'était toujours senti fait.

C'était la troisième soirée d'affilée qu'il passait à *L'Entrepôt*. Il attendait Ievguéni Belusov, une balance qui ne s'était pas montrée. Belusov était le beau-frère de Viktor Kuzin, le chef de la mafia sibérienne relocalisé à Portland, qui veillait au développement des affaires sur la côte Ouest. La sœur de Belusov, Tatiana, était l'épouse de Kuzin. La semaine précédente, elle avait atterri au General Hospital de Portland, souffrant de contusions multiples. Sur une intuition, Bud avait épluché toutes les admissions des hôpitaux dans un rayon de cent cinquante kilomètres et déniché une Russe, dont la description correspondait à celle de Tatiana, admise à de nombreuses reprises pour des blessures diverses. En plus d'être un truand d'envergure internationale, Viktor Kuzin tabassait régulièrement sa femme.

Belusov avait demandé que sa sœur et lui-même bénéficient du programme de protection des témoins, et s'était engagé à fournir, en contrepartie, des informations sur Viktor Kuzin ainsi que sur son fer de lance américain, Paul Carson. Lieu de rendez-vous pour les négociations : *L'Entrepôt*, où personne ne leur prêterait attention.

Cela faisait des années que Bud n'accomplissait plus ce genre de mission d'infiltration, mais il avait accepté celle-ci parce que Kuzin était suspecté du meurtre de trois de ses informateurs. Kuzin et Carson, alliés indispensables de la mafia sibérienne sur la côte Ouest, figuraient tout en haut de sa liste personnelle des pourritures à coffrer. Bud s'était juré de les arrêter et ne négligeait aucune piste susceptible de le mener jusqu'à eux.

La première fois qu'il avait entendu parler de Carson, c'était dans le cadre du meurtre d'une prostituée à Beaverton. Son corps avait été retrouvé dans une pièce sans fenêtre et verrouillée où on l'avait laissée mourir de faim. Son dos présentait des marques de fouet dont certaines remontaient à plusieurs années selon le rapport du médecin légiste. Au cours de son agonie, la femme avait gravé le nom de Paul Carson sur son bras avec la pointe d'un clou rouillé.

Bud était allé trouver Carson, l'un des hommes les plus riches de Portland, dans son bureau situé au quarantième et dernier étage d'une tour de grand standing. Il en était ressorti intimement convaincu de sa culpabilité… et sans la moindre preuve pour étayer sa conviction. Depuis ce jour, coffrer Kuzin et Carson était devenu sa raison de vivre, et c'était uniquement pour cela qu'il avait supporté trois soirs de suite la musique tonitruante et la bière allongée d'eau de *L'Entrepôt*. Un sacrifice dérisoire en regard de l'arrestation de deux poissons aussi gros.

Malheureusement, Belusov n'avait toujours pas pointé le nez.

Ce qui, au fond, se comprenait. Balancer Viktor Kuzin était extrêmement dangereux. Kuzin avait la réputation de suspendre les traîtres à l'organisation à un crochet de boucher et de les regarder se vider de leur sang. À l'heure qu'il était, soit Belusov se terrait dans un trou, tremblant de peur, soit il se vidait de son sang quelque part. Dans un cas comme dans l'autre, il ne viendrait pas. Pas ce soir. Peut-être même jamais.

Il était temps de rentrer.

Bud avait glissé dans le coffre de sa voiture une petite valise contenant des affaires de rechange. Il allait passer le week-end sur la côte. À Astoria. Il louerait une chambre dans un motel et s'offrirait un peu de bon temps. Sans doute avec cette serveuse qui travaillait dans le *diner* où il s'était arrêté une fois. Nancy. Nancy… quelque chose.

Une jolie fille, très chaude au lit, et qui n'avait pas grand-chose dans la tête. Pas trop bavarde non plus, heureusement. Chaque fois qu'il était allé la trouver, ils avaient baisé comme des lapins, mangé pour récupérer les calories perdues, et remis le couvert.

Ouais, c'était ça qu'il allait faire. Rouler jusqu'à Astoria et baiser tout le week-end.

Il ne se décidait pourtant pas à partir. Il regarda autour de lui, posa les yeux sur la Princesse, et se demanda à quoi elle pouvait bien penser. Son attention avait été attirée par un couple qui se tenait au bord de la Fosse.

Bud surprit l'instant exact où la Princesse réalisa que le couple en question était en train de tirer un coup sur la piste de danse. Ses belles lèvres pleines s'arrondirent de stupéfaction et elle détourna le regard.

Dieu qu'elle était belle ! Ses cheveux bruns soyeux étaient rassemblés en une espèce de chignon lâche, maintenu en place par des sortes de baguettes chinoises. Un profil délicat. Un teint de porcelaine, apparemment dépourvu de tout maquillage.

Il se souvint d'une image aperçue un jour dans un livre de la bibliothèque. En grandissant, il s'était mis à passer de plus en plus de temps à la bibliothèque municipale afin d'éviter les poings rageurs de son alcoolique de beau-père. Il n'aimait pas tellement lire, alors il feuilletait des livres d'images. Dans l'un d'eux, consacré à la Belle Époque, il était tombé en arrêt sur la photo d'une belle jeune femme aux traits délicats, *Cléo de Mérode, reine de beauté*, indiquait la légende.

Comment cette reine de beauté de la Belle Époque avait-elle échoué à *L'Entrepôt* ?

Les soirs précédents, Bud avait vu l'amie de la Princesse sortir en reniflant des toilettes, puis quitter les lieux en compagnie d'un homme, chaque fois différent. Que faisait donc la Princesse en compagnie de cette femme ?

La Princesse. Le cours de ses pensées le fit ricaner intérieurement. Il secoua la tête, avala une gorgée de bière et reposa machinalement les yeux sur elle.

Il la voyait de profil, son long cou élancé gracieusement ployé tandis qu'elle regardait les gens autour d'elle. Elle semblait si innocente, si incroyablement jeune...

Trop jeune.

Bud capta le regard du barman qui s'approcha. Il s'appelait Teddy. Un grand type, plus de courage que de muscles, plus d'esbroufe que de réelle pratique du combat de rue. Cheveux enduits de gel, chemise hawaïenne, jean cigarette, arborant perpétuellement une expression d'ennui insondable. Il dealait dans la ruelle attenante, et Bud avait déjà signalé son petit trafic à la brigade des stupéfiants. Dans moins d'une semaine, ce bon vieux Teddy serait au trou et donnerait de la voix comme un véritable chanteur lyrique.

Ce n'était pas le problème de Bud. La brigade des stupéfiants s'occupait des affaires de drogue, lui s'occupait des affaires d'homicides. En ce moment, par exemple, il était sur la piste d'une bande d'ordures qui avaient arraché dix fillettes moldaves à leurs familles pour les vendre aux enchères à l'autre bout du monde. Mise à prix de chaque jeune vierge : cent mille dollars. Un investissement très rentable quand on savait que chacune de ces gamines rapporterait un bon million de dollars à son propriétaire. Placées dans des maisons d'abattage, elles étaient destinées à une exploitation intensive et à une mort précoce. La plupart mourraient avant leur majorité, de maladie, de désespoir, ou sous les coups de quelque client particulièrement violent.

En l'occurrence, le chargement de fillettes avait péri, étouffé, à bord du cargo battant pavillon panaméen et qui appartenait à une société dont Paul Carson était propriétaire. Remonter jusqu'à lui exigeait de traverser le rempart de plusieurs sociétés écrans de cinq pays différents, et seul un expert-comptable attaché au barreau aurait pu certifier devant une cour de justice que ladite société lui appartenait bel et bien.

Le trafic de drogue était une saloperie, mais aux yeux de Bud, enlever, violer et tuer des petites filles était bien plus grave.

Il se souvenait avec précision de ce qu'il avait découvert quand la police avait effectué une descente-surprise à bord de ce bateau. De la puanteur que le capitaine essayait de cacher, de l'écœurement qui s'était emparé de ses collègues et de lui-même quand ils avaient découvert ces dix fillettes, ces visages d'enfants livides aux mains désespérément tendues, crispées comme des pattes de moineaux, comme si elles luttaient encore pour trouver une poche d'air. Bud avait regardé un à un ces petits visages pour les garder en mémoire et laisser le temps à la colère de s'ancrer au plus profond de lui. Il veillerait à ce que chaque famille sache ce qui était advenu de leur fille. Et il s'était juré d'arrêter les responsables de cette atrocité.

Paul Carson et Viktor Kuzin, trafiquants de vies et de misère humaines. Le cas de Kuzin, du fait de sa nationalité russe, relevait du ministère de l'Immigration. Mais Carson, lui, était un Américain bon teint et, en tant que tel, lui revenait de droit. Carson allait tomber. Durement. Bud y veillerait personnellement.

— Qu'est-ce que je peux pour toi, mon grand ? s'enquit Teddy en élevant la voix de façon à être entendu malgré la musique, le coude calé sur le comptoir, le regard rivé sur le verre à moitié plein de Bud.

Bud glissa l'index dans l'encolure de la chemise hawaïenne pour obliger Teddy et ses fleurs d'hibiscus à se rapprocher de lui.

— Tu vois la jolie brune de l'autre côté du comptoir ? Robe bleue, à côté de la rousse ?

— Ouais ? Tu veux lui payer un verre ? L'inviter à danser ? La sauter ?

— Son âge.

La stupeur se peignit sur le visage du pauvre Teddy.

Travaillant sous couverture, Bud avait jusqu'alors adopté le profil du pilier de bar moyen, du glandeur professionnel destiné à passer ses jours accoudé à un comptoir. Il était très crédible dans ce rôle, il le savait, et Teddy avait tout avalé, appât, hameçon et ligne.

— Écoute-moi bien, reprit-il en tirant sur la chemise de Teddy jusqu'à ce que le nez de ce dernier touche presque l'aigle étincelant de son insigne de la police de Portland.

Teddy écarquilla les yeux.

— Tu vas demander à cette fille de te montrer ses papiers. Tout de suite, précisa-t-il en regardant le barman droit dans les yeux. Et j'oublierai peut-être ton petit trafic.

Il venait de bousiller sa couverture, mais c'était sans importance. Il relâcha le col de la chemise de Teddy.

— J'y vais, assura celui-ci.

Il se redressa, et tira sur sa chemise, s'efforçant de retrouver un semblant de dignité. Sans succès.

— J'y vais tout de suite, heu… inspecteur.

Il gagna l'autre côté du bar. Bud le vit échanger quelques mots avec la Princesse. Elle fronça légèrement les sourcils, plongea la main dans son petit sac de soirée en velours et lui présenta sa carte d'identité. Une minute plus tard, Teddy était de retour.

— Vingt-cinq ans, annonça-t-il. Sa carte n'a pas l'air bidon.

Bud en resta stupéfait. Vingt-cinq ? Il lui aurait donné dix-sept ans, dix-huit à tout casser.

De quelle couleur étaient ses yeux ? Impossible à dire ; elle était de profil, cils baissés, et faisait mine de s'intéresser au verre de vin blanc auquel elle n'avait pratiquement pas touché.

Elle était seule à présent. La rousse s'était éclipsée et ne reviendrait pas, mais la Princesse ne semblait pas l'avoir compris et la cherchait du regard à intervalles réguliers. Un type qui devait s'être enfilé au moins cent dollars de coke dans les narines avait fait descendre la rousse de son tabouret et l'avait entraînée dans la gueule béante de la Fosse – la piste de danse.

Il avait suffi que la rousse s'éloigne pour que plusieurs types tentent aussitôt des manœuvres d'approche auprès de la Princesse. Elle ne s'en sortait pas trop mal, déclinant les offres qui lui étaient faites d'un sourire et secouant la tête. Bon sang, pourquoi ne tournait-elle jamais la tête de son côté ? Bud tâcha de deviner la couleur de ses yeux. Bruns ? Il y avait de fortes chances puisqu'elle était brune. D'un autre côté, avec ce teint de porcelaine typiquement irlandais, elle pouvait très bien avoir les yeux clairs. Une combinaison dévastatrice.

Bud fixa sa bière. Qu'est-ce qui lui arrivait, bordel ? Pourquoi tenait-il tant à connaître la couleur des yeux de la Princesse ? Pourquoi se souciait-il seulement d'elle ? Une fille qui traînait à *L'Entrepôt* ne pouvait pas être une princesse. En plus, elle fréquentait cette rouquine qui n'était visiblement pas une sainte. La Princesse était sûrement du même acabit, même si ça se voyait moins.

Cet air d'innocence ? De bons gènes, un teint fabuleux et une ossature délicate, voilà tout.

Un gugusse vêtu d'un costard à trois mille dollars porté à même la peau, véritable caricature ambulante de l'expat bling bling, se détacha du flot ondulant de la piste de danse pour s'approcher d'elle d'un pas guilleret. Il se pencha vers elle, et la Princesse eut un mouvement de recul. Il lui glissa quelques mots et elle fit non de la tête en fronçant les sourcils. Au lieu de se le tenir pour dit, le gugusse sourit, se rapprocha et lui agrippa l'épaule.

La Princesse regarda autour d'elle et Bud retint son souffle. Il avait voulu savoir de quelle couleur étaient ses yeux, désormais il le savait. Elle avait les yeux bleu électrique, encadrés de longs cils. Des yeux sublimes. Des yeux capables de briser le cœur d'un homme.

Des yeux remplis de frayeur.

En un clin d'œil, Bud se leva et se dirigea vers elle.

Mon Dieu !

Claire Parks, sans doute la plus âgée des vierges-malgré-elles de Portland, regarda la piste de danse, ou plutôt, baissa les yeux sur la piste de danse, vu que celle-ci était une fosse appelée… la Fosse.

Pendant les douze années qu'elle avait passées à l'écart du monde, occupée à lutter contre la maladie, la mode avait pris des allures surprenantes. Elle avait peine à en croire ses yeux. Ces coiffures incroyables, le crâne hérissé de pointes, à la façon d'un casque moyenâgeux, aux couleurs aussi improbables que fuchsia ou vert fluo ! Ou ces grosses torsades de cheveux qui pendouillaient devant certains visages et descendaient parfois jusqu'au milieu du dos !

Montrer son nombril était apparemment devenu très tendance, peu importe qu'il soit joli ou laid, et on se devait de l'orner d'un bijou scintillant.

Claire observa un couple qui dansait dans un coin sur un rythme funky. Impossible de distinguer l'homme de la femme. À supposer qu'ils n'étaient pas tous deux du même sexe…

Elle qui avait voulu se jeter à corps perdu dans la vie, c'était la raison qu'elle avait l'impression de perdre devant un tel spectacle ! Elle se contentait d'observer les gens, comme elle l'avait toujours fait, mais ceux qu'elle avait sous les yeux étaient… plus hauts en couleur que ceux qu'elle avait eu l'occasion d'observer jusqu'alors.

— …pa …droit, non ?

— Comment ? cria-t-elle en réponse.

Le bruit qui s'échappait des enceintes autour de la piste de danse était assourdissant.

Lucy Savage sourit et approcha les lèvres de l'oreille de Claire.

— C'est sympa, comme endroit, non ?

Elles avaient fait connaissance au cours de la première semaine de travail de Claire, qui marquait le début de sa nouvelle vie. Lucy vivait aussi sauvagement que son patronyme pouvait le laisser supposer. Au bureau, cependant, elle ne laissait rien paraître de sa vraie nature. Chaleureuse et efficace, elle avait initié Claire aux arcanes de son nouveau poste de secrétaire chez Semantika, une agence publicitaire florissante, sans cesser pour autant d'abattre une incroyable quantité de travail. Claire l'avait trouvée drôle, sympathique et secourable. Quand Lucy lui avait proposé de sortir avec elle le samedi soir, elle avait accepté avec joie. Elle n'avait jamais mis les pieds dans une boîte de nuit, et il était grand temps de combler cette lacune.

Mais quand Lucy était passée la prendre, Claire l'avait à peine reconnue. Outrageusement dénudée, son corps était enduit de gel scintillant et arborait plusieurs piercings. Un au nombril, un au nez et un au sein gauche, clairement visible sous son bustier noir ultra moulant.

Lucy avait disparu plusieurs fois aux toilettes, et chaque fois qu'elle en était revenue, son sourire était un peu plus grand et ses pupilles plus petites. Elle avait aussi réussi à descendre quatre margaritas et deux verres de whisky alors que Claire avait à peine eu le temps de tremper les lèvres dans son verre de vin blanc.

Elle se retourna pour observer la piste de danse. Un homme mince, le torse nu, se trémoussait, agitant les chaînes accrochées à ses tétons. C'était un bon danseur, souple et gracieux, mais son jean baggy était si bas sur les hanches qu'on avait l'impression qu'il allait lui tomber sur les chevilles d'une seconde à l'autre et… Claire cligna des yeux.

Son aine était aussi lisse que son torse ! La ceinture de son pantalon avait glissé si bien que Claire distinguait nettement la racine de son sexe, entouré de peau rose.

Les hommes avaient pourtant des poils à cet endroit-là. Elle le savait. Même sa statue préférée, le *David* de Michel-Ange, présentait une toison bouclée de marbre blanc. Comment se faisait-il que cet homme-là n'en ait pas ?

La tête de Lucy dodelinait au rythme de la musique. Elle avait les yeux mi-clos et un sourire rêveur flottait sur ses lèvres.

— Tu vois ce mec, là-bas ? cria-t-elle à l'oreille de Claire.

Du doigt, elle désigna le jeune homme imberbe qui leur tournait à présent le dos. Claire aperçut la naissance de la raie de ses fesses. Elle hocha la tête.

Le sourire de Lucy s'élargit.

— Il a un Prince Albert. Hyper chaud, si tu vois ce que je veux dire ? J'adore !

Claire ne voyait absolument pas à quoi Lucy faisait allusion, mais refusa de l'admettre.

— Vraiment ?

Elle hocha la tête d'un air entendu, puis abandonna aussitôt la partie. Pourquoi faire semblant d'être cool ? Elle secoua la tête.

— En fait, je ne sais pas du tout de quoi tu parles. C'est quoi un Prince Albert ?

— D'où est-ce que tu sors, ma belle ? Un Prince Albert, c'est un piercing du pénis. Ça intensifie les sensations quand tu baises. J'ai trouvé ça divin, la semaine dernière. Attends, est-ce que c'était la semaine dernière ? se reprit-elle en inclinant la tête de côté tandis qu'elle réfléchissait à la question. Non ! C'était celle d'avant, rectifia-t-elle avant de se passer la langue sur les lèvres. Le métal décuple la friction, un truc de dingue. J'ai joui comme jamais !

Claire eut du mal à sourire, ses muscles faciaux étant comme anesthésiés par le choc. Elle lâcha le premier truc qui lui passa par la tête.

— Pourquoi est-ce qu'il n'a pas de poils autour de... heu...

— Autour de la queue ? acheva Lucy avant d'éclater d'un rire si retentissant qu'il recouvrit le vacarme de la musique. Il y a plein de mecs qui se rasent. J'adore ! Et puis, ça évite de se retrouver avec des poils entre les dents, tu me suis ?

Claire réfléchit un instant, puis devint écarlate.

Lucy colla à nouveau la bouche à son oreille.

— Moi aussi, j'ai un piercing.

Claire hocha la tête. De petits anneaux d'argent parsemaient le pourtour du lobe de son oreille droite, un diamant ornait l'aile de son nez, et une boucle de métal au bout de laquelle pendait une pierre rouge jaillissait de son nombril.

— Oui, je sais.

Lucy s'esclaffa.

— Non, je ne parle pas de ceux qui se voient, fit-elle en se dandinant en rythme sur son tabouret. Je me suis offert une Reine Christine le mois dernier – un piercing du clito. Mmm... Une fois que ça a désenflé, je ne te raconte pas les sensations ! Ça rend les mecs complètement dingues. Ça *me* rend complètement dingue. Tu devrais essayer, Claire.

Tu n'as même pas les oreilles percées. Les piercings c'est trooop bon, je te jure.

Claire avait l'habitude de cacher ses émotions derrière une façade neutre, et elle gratifia Lucy d'un sourire aussi faux et inexpressif que celui d'une poupée.

À une époque de sa vie, elle avait enduré jusqu'à cinquante piqûres par jour. Toutes aussi douloureuses les unes que les autres, et elle était prête à casser le bras de quiconque l'approcherait avec une aiguille.

— J'y penserai, répondit-elle avant de reporter son attention sur la foule des danseurs.

Les gens se comportaient de façon vraiment étrange, et elle trouvait cela tout à la fois fascinant et déstabilisant. Les hommes et les femmes se dispensaient de tout rituel de séduction, simulant immédiatement l'acte sexuel. Certains ne se contentaient d'ailleurs pas de simuler.

Son regard fut attiré par un couple au bord de la Fosse. La lumière des stroboscopes palpitait sur leurs corps en mouvement, les éclairant et les plongeant alternativement dans l'ombre. Soudés au niveau des hanches, ils ondulaient au rythme de la musique. La jupe de la femme remonta, révélant sa hanche nue. Nue ? Non, elle devait porter l'un de ces strings dont Claire avait récemment découvert l'existence. Oui, c'était sûrement ça... Mais non... *Mon Dieu !*

Claire sentit son visage devenir brûlant et s'empressa de détourner les yeux. La femme était complètement nue sous sa jupe, et ces ondulations étaient... ils étaient vraiment – oh, Seigneur – en train de faire l'amour ! De copuler, rectifia-t-elle aussitôt. Sur la piste de danse !

Elle avait si longtemps vécu avec la maladie, confinée dans une zone où la sexualité n'avait aucune place, que ce fut comme si toutes les étapes qu'elle avait ratées en grandissant – la tendre complicité des amours enfantines, les premiers baisers, chastes et innocents, la première fois que l'on va au cinéma avec un garçon pour regarder le film en se tenant par la main, les premiers attouchements sur le canapé du salon, la première expérience sexuelle avec un partenaire aussi maladroit et effrayé que soi-même –, comme si toutes les étapes qui jalonnent la métamorphose progressive d'une petite fille en femme se retrouvaient soudain concentrées dans un brouillard d'hormones, de sueur et de musique.

Tout cela était quelque peu tétanisant, mais elle l'avait voulu. C'était pour cela qu'elle avait abandonné son travail de bibliothécaire à la fondation familiale et qu'elle s'était disputée avec son père. Pour découvrir la Vraie Vie. Elle avait dû livrer un combat si farouche pour rester en vie.

Désormais, elle était officiellement en bonne santé. Elle avait gagné la partie. Elle avait survécu. Elle ne serait plus jamais malade, elle en était persuadée, elle le sentait. La vie pulsait dans ses veines, palpitait jusqu'au bout de ses doigts. Ce soir, pour la première fois depuis des années, elle voyait son avenir se profiler devant elle. Ou plutôt, la possibilité d'un avenir, autre chose que des journées mornes, pétries de souffrance, et des nuits d'angoisse et de solitude. À partir de maintenant, elle allait rattraper le temps perdu et vivre à cent à l'heure.

Elle avait enfin quitté la maison de son père, échappé à son étouffante possessivité, et elle entendait bien récupérer toutes les années qui lui avaient été volées.

Le jeune homme imberbe s'approcha d'elles, yeux mi-clos, torse ondoyant, ventre si plat qu'il semblait presque concave. Un rythme hip-hop s'échappait à présent des enceintes et le niveau sonore grimpa d'un cran. Le danseur imberbe passa le bras autour du cou de Lucy.

— Salut, beauté, chantonna-t-il en enfouissant le nez dans son cou sans cesser de se trémousser sur place. Ça te dirait de tirer un coup ?

Le DJ avait laissé un blanc entre deux morceaux, et Claire entendit distinctement sa proposition. Indignée, elle ouvrit la bouche pour dire à ce sale type de déguerpir, quand Lucy éclata de rire et se frotta contre son torse.

— On l'a déjà fait, mon grand. Il y a quinze jours, tu te rappelles ? Je serai peut-être d'accord pour recommencer si tu me le proposes gentiment, mais avant, j'ai envie de danser.

Lucy et son « galant » s'éloignèrent en direction de la Fosse. « Un nom bien trouvé », songea Claire. C'était effectivement une fosse, située à trois mètres en contrebas du bar. La lumière des stroboscopes éclairait par intermittence les membres en mouvement des danseurs qui se pressaient là, ses pulsations rendant leurs traits confus. Et les bras qui ondulaient autour de ces visages indistincts évoquaient une fosse remplie de serpents.

Claire avait déjà perdu de vue Lucy et le jeune homme imberbe. La Fosse était immense. Pour retrouver son amie, il aurait fallu qu'elle descende là-dedans – une pensée qui la fit frémir.

— Tu veux… ? cria une voix près de son oreille.

— Quoi ? répondit-elle en tournant brusquement la tête pour découvrir le visage d'un homme arborant un sourire plein d'assurance.

Ses cheveux enduits de gel formaient des pointes hérissées et le petit bouc qui ornait son menton était lui aussi luisant de gel. Une bouffée de parfum – mélange de gel, de déodorant et d'after-shave – assaillit les narines de Claire, sans parvenir toutefois à recouvrir l'odeur aigre de sa transpiration. Pourvu qu'il ne lui ait pas proposé de…

— … danser ? cria de nouveau l'homme.

Claire réprima un soupir de soulagement. Elle n'aurait absolument pas su quoi répondre si ce type lui avait proposé de « tirer un coup », mais elle était parfaitement en mesure de répondre à une invitation à danser.

L'idée de descendre dans la Fosse lui donnait la chair de poule. Regarder les gens était une chose, mais plonger dans cette marée humaine en était une autre. Elle se força à sourire.

— Merci, mais je préfère rester assise pour le moment.

Voilà.

C'était là une réponse polie. Une réplique qu'elle avait lue dans un roman. Un roman charmant qui se déroulait à l'époque de la Régence anglaise, une époque à laquelle les danses obéissaient à une chorégraphie très stricte et se succédaient selon un programme obligé. Rien à voir avec la pulsation pratiquement ininterrompue qui s'échappait des enceintes. Et qui avait empêché l'homme qui l'avait invitée à danser d'entendre sa réponse polie.

Il se rapprocha d'elle. Beaucoup trop près.

— Qu'est-ce… dis ?

Il postillonnait abondamment et le sourire de Claire se figea.

— Non ! s'égosilla-t-elle. Merci ! ajouta-t-elle aussitôt du fait de son excellente éducation.

L'homme haussa les épaules et renouvela sa proposition auprès d'une femme assise cinq tabourets plus loin.

L'un après l'autre, trois hommes l'approchèrent, puis s'éloignèrent quand elle secoua la tête.

Le quatrième à l'aborder était très beau et le savait. Brun, les cheveux bien coupés, il portait un costume élégant… à même la peau !

Les chemises étaient-elles devenues complètement démodées pendant sa maladie ?

Son visage aux traits réguliers était souriant, mais Claire sentit les poils de ses bras se hérisser. Elle avait passé des années – bien trop – alitée et vulnérable. Elle était guérie à présent – complètement guérie, Dieu merci –, mais la vie apparaît différente quand on est allongé sur le dos et qu'on n'a que le plafond à regarder.

Quand on est allongé sur le dos, on ne voit pas les ennuis approcher.

Claire avait appris, très tôt, à faire la différence entre les infirmières qui veillaient à lui faire le moins mal possible et celles qui prenaient plaisir à faire souffrir une petite fille sans défense. Entre les médecins qui pensaient à réchauffer leur stéthoscope et ceux qui la traitaient comme un tas de chair intéressant qui leur garantirait la publication d'un article dans la presse spécialisée.

Elle possédait donc un détecteur de cruauté extrêmement sophistiqué et précis. Face au sourire de cet homme, l'aiguille de son détecteur s'était mise à vibrer furieusement dans la zone d'alerte rouge et toutes ses sirènes d'alarme s'étaient déclenchées.

Claire était capable de déceler la cruauté et la folie comme d'autres décèlent une odeur, et cette odeur-là émanait puissamment de l'homme qui venait de l'inviter à danser.

Il était beau, élégant, visiblement nanti et brillant. Mais il avait les yeux luisants. Ses dents étaient trop blanches et ses lèvres trop rouges. Elle le vit passer la pointe acérée de sa langue sur ses lèvres et serrer les dents si fort que les muscles de sa mâchoire tressautèrent. Tout en lui était tendu à l'extrême, ses veines saillant visiblement sur ses muscles bandés.

Il fit mine de lui envoyer un baiser et Claire se recroquevilla instantanément au plus profond d'elle-même.

— Salut, beauté, dit-il avec un sourire plein de suffisance, persuadé que son charme suintait par tous les pores de sa peau. Tu es toute seule ? On peut arranger ça. Viens danser avec moi.

Il se pencha vers elle, les lèvres entrouvertes, et Claire s'efforça de juguler sa panique. Intérieurement, elle agitait les bras en tous sens pour se débarrasser de lui et hurlait à pleins poumons. Extérieurement, elle le gratifia d'un sourire crispé et d'un léger haussement d'épaules.

— Je ne suis pas seule, rectifia-t-elle.

Il lui tira le bras comme s'il n'avait pas entendu, et elle haussa le ton en s'efforçant de ne pas laisser transparaître son inquiétude.

— Je suis avec une amie. Elle est… heu…

Claire tendit le cou pour jeter un coup d'œil dans la Fosse, mais Lucy était invisible. Elle feignit d'avoir capté le regard de quelqu'un et agita la main.

— Elle est en bas, en train de danser. Elle va bientôt revenir. Je n'ai besoin de rien, merci.

« Et maintenant disparais. Vite », lui intima-t-elle en silence.

— Je ne crois pas, insista l'individu, ses paupières voilant son regard tandis qu'il se rapprochait d'elle, son haleine tellement imprégnée de whisky que Claire dut détourner vivement la tête. Je ne crois pas que tu es avec une amie, ma belle. Je crois que tu as besoin d'un ami. C'est de moi que tu as besoin.

Ses doigts se refermèrent sur son épaule. Sa main était puissante et quand il l'attira vers lui, Claire dut s'accrocher au rebord du comptoir pour lui résister. L'homme tira plus fort.

Le cœur cognant follement dans la poitrine, elle jeta un regard désespéré autour d'elle. Il devait y avoir au moins cinq cents personnes à *L'Entrepôt*, mais personne ne faisait attention à eux. Cet homme ne pouvait tout de même pas… l'enlever devant autant de monde ?

Cela dit, Rory Gavett avait bien réussi à la kidnapper au nez et à la barbe de tout le personnel d'un hôpital.

Elle détourna la tête en s'efforçant de ravaler les larmes qui lui montaient aux yeux. Elle chercha à se dégager, mais l'homme enfonça plus profondément les doigts dans sa chair. Son sourire s'élargit et Claire comprit la signification de ce sourire. Ce type aimait faire souffrir. Il éprouvait du plaisir à se montrer cruel. Elle se mordit la lèvre pour réprimer un hurlement.

Elle regarda autour d'elle dans l'espoir de trouver de l'aide, mais l'attention de tous les consommateurs du bar était concentrée sur la Fosse. Son regard croisa celui d'un homme, de l'autre côté du comptoir. Très grand, il n'avait pas le genre de l'endroit. Ses cheveux blond foncé, coupés très court, étaient dépourvus de gel, et il buvait un verre de bière ordinaire. Un T-shirt noir moulait ses larges épaules et ses biceps puissants. Pourrait-il lui venir en aide ? Il semblait assez costaud pour s'occuper de son tourmenteur.

Claire ferma brièvement les yeux pour lutter contre la douleur. L'odieux sadique enfonçait toujours les doigts dans son épaule, mais surtout, il s'était rapproché et se frottait contre elle. Une fois de plus, elle chercha à se libérer, mais il l'étreignait fermement.

Claire reporta le regard de l'autre côté du bar, mais le grand costaud avait quitté sa place et son tabouret était vide. Évidemment. Il était parti, ou bien il était allé danser. Pourquoi sa disparition déclenchait-elle en elle un tel désespoir ?

— Allez, ne fais pas ta timide, souffla le sadique à son oreille.

Claire sentit son haleine tiède et alcoolisée sur sa joue et ravala un haut-le-cœur. Il l'attira brutalement vers lui et elle se retint de crier. Toute expression de souffrance ne ferait que l'exciter davantage.

— Dégage. La dame est avec moi, déclara une voix grave au-dessus d'elle.

Les événements se précipitèrent, comme si tout se passait au même instant. La pression disparut de son épaule. Son tourmenteur blêmit. Sa bouche s'ouvrit sans qu'aucun son n'en sorte à l'exception d'un étrange sifflement suraigu. Il recula, les lèvres pincées, blanc comme un linge, puis disparut.

Quelque chose de large – de très large – apparut dans le champ de vision de Claire. Le grand costaud dont elle avait croisé le regard de l'autre côté du bar avait chassé l'odieux sadique et s'était assis sur le tabouret voisin du sien.

Claire se raidit. Elle venait d'échanger un danger potentiel contre un autre. L'odieux sadique l'avait effrayée et s'était révélé plus que collant, mais il n'avait pas un physique aussi impressionnant que le colosse qui venait de prendre place près d'elle. Se débarrasser de cet homme-là pourrait bien se révéler impossible.

C'était ce qui s'appelait passer de Charybde en Scylla. Tournant les yeux vers la Fosse, elle chercha frénétiquement Lucy du regard. Elle devait absolument sortir d'ici, elle avait trop peur, c'était trop inquiétant, elle se sentait trop… trop quoi, en fait ?

Elle se figea. Et réalisa qu'elle se sentait… parfaitement à l'aise.

Incroyable.

Elle baissa les yeux sur ses mains qui enserraient son verre de vin. Des mains qui ne tremblaient plus. L'aiguille de son détecteur de cruauté était retournée dans la zone bleue du calme plat.

Elle était complètement calme et apaisée. Comme si elle se trouvait à l'intérieur d'une bulle protectrice où rien ne pouvait l'atteindre.

C'était à l'homme assis à côté d'elle qu'elle devait d'éprouver cette merveilleuse sensation de sécurité. Le colosse assis auprès d'elle. Grâce à lui, elle avait soudain l'impression d'être assise au bord d'une rivière d'où s'élevait un doux murmure par une belle journée de printemps.

Elle se risqua à lui couler un regard. Waouh, il était vraiment impressionnant ! Très grand, même assis, et tout en muscles. Les hommes qui paradaient à *L'Entrepôt* avaient visiblement acquis leur musculature au gymnase, mais pas cet homme-là. On avait l'impression qu'il était né ainsi et qu'il avait fait un usage intensif de son corps depuis lors. Il devait faire un travail de force. Docker, peut-être. Ou bûcheron.

Ses membres étaient longs et puissamment musclés. Claire s'efforça de ne pas fixer trop ouvertement le serpent tatoué qui s'enroulait autour de son bras droit. Elle n'avait encore jamais eu l'occasion de voir un tatouage d'aussi près et celui-ci était magnifique. Très réaliste et finement exécuté. Un cobra. La tête aplatie se déployait sur le dessus de la main de l'homme et son corps serpentait le long de son avant-bras. Quand il remuait la main, le jeu des tendons donnait l'impression que le serpent ondulait avec sensualité. L'effet produit était tout simplement fascinant.

Ses mains étaient superbes – doigts longs, souples et élégants. Puissantes sans rien de massif. Avec des ongles nets et coupés court.

Claire se racla la gorge, puis se tourna vers lui pour le regarder droit dans les yeux.

— Permettez-moi de vous remercier, dit-elle.

Les décibels avaient miraculeusement décru l'espace d'un instant et elle n'avait pas eu besoin de crier.

— Il n'y a pas de quoi, répondit-il d'une voix profonde qui déclencha une sensation agréable au creux de son ventre.

Vu de près, il était saisissant. Traits nets et fermes. Nez droit, mâchoire carrée, lèvres pleines. Elle retint son souffle lorsqu'elle croisa son regard. Ses yeux étaient d'un brun clair tirant sur le fauve, aussi perçants et acérés que ceux d'un aigle. Il y avait de la force et de la compassion dans ce regard-là. Claire sentit que si elle se laissait aller contre lui, il la rattraperait et la serrerait dans ses bras.

Elle prit une profonde inspiration. Elle s'était toujours fiée à son instinct. Elle avait envie de se laisser aller contre lui. Et qu'il la serre dans ses bras.

— Je m'appelle Claire. Claire... Schuyler.

Un demi-mensonge. Elle s'appelait Claire Schuyler Parks. Schuyler était le nom de jeune fille de sa mère, celui sous lequel elle s'était présentée pour son nouveau travail. Ce soir, elle n'avait pas envie d'être Claire Parks, descendante d'une des plus vieilles familles de Portland. Elle avait envie d'être Claire Schuyler, simple secrétaire.

Sans compter que le nom de Claire Parks avait fait la une de *L'Oregonian* dix ans auparavant. Claire Parks appartenait au passé.

— Bud Morrison, répondit le colosse en lui tendant la main.

Claire hésita un bref instant, puis s'en empara. Et crut défaillir sous la décharge électrique que déclencha ce contact.

La sensation de bien-être et de sécurité s'intensifia. D'autre chose aussi. Une sensation complètement inattendue, qu'elle n'avait encore jamais éprouvée de sa vie, la submergea. Quand cette grande main enveloppa la sienne pour la serrer délicatement, un fourmillement parcourut son bras tout entier, tandis qu'une puissante vague d'excitation sexuelle déferlait en elle. Les nerfs soudain à vif, elle sentit les poils se dresser sur sa nuque.

La vision de leurs mains jointes était fascinante. Celle de Bud était bronzée – bien plus sombre que la sienne –, et les muscles et tendons en étaient nettement visibles. Ces deux mains auraient pu figurer sur un poster symbolisant l'union de l'Homme et de la Femme, de la force et de la délicatesse.

Les seuls hommes à l'avoir jamais touchée étaient son père et des médecins. Des médecins aux mains délicates – presque féminines. Quant à son père, que Dieu le bénisse, il avait les mains douces et tavelées d'un vieux monsieur.

La main de Bud n'était ni douce ni délicate, mais solide et vigoureuse. Des veines d'athlète en parcouraient la surface, couverte de cicatrices plus ou moins anciennes. La main d'un travailleur manuel.

Claire se sentit enveloppée dans quelque chose d'incroyablement puissant, quoique d'une grande douceur. Et plus encore.

Rien – absolument rien – n'aurait pu la préparer à la foudroyante décharge d'excitation sexuelle qui la traversa.

Elle était entourée d'énergie sexuelle. *L'Entrepôt* était une énorme pompe à testostérone et à œstrogènes, mais elle n'y avait pas été le moins du monde sensible. Cette poignée de main, en revanche, avait fait courir dans ses veines un tel flot d'énergie sexuelle que c'était comme si on l'avait directement branchée sur une prise de courant et qu'on l'avait mise en marche.

Bud Morrison était un homme, dans tous les sens du terme. Vêtu simplement, pour ne pas dire banalement, le cheveu ras, les ongles coupés court, il n'avait rien d'une gravure de mode. Il ne regardait pas autour de lui pour capter le regard des femmes. Il ne cherchait pas à attirer l'attention de qui que ce soit.

Et pourtant, à côté de lui, tous les hommes présents à *L'Entrepôt* faisaient figure d'avortons.

Claire réalisa brusquement que sa main était restée dans la sienne. Ils étaient là, aussi immobiles l'un que l'autre, les mains jointes. Elle remua légèrement la main et Bud la lâcha aussitôt. La chaleur de son étreinte lui manqua immédiatement.

Que lui arrivait-il ? Certes, son détecteur de cruauté affirmait qu'elle était en sécurité, mais pouvait-elle s'y fier complètement ? Et surtout, cela l'autorisait-elle à s'emballer pour un parfait inconnu ?

— Renouvellement des commandes.

Le ton du barman l'incita à lever les yeux. Son expression revêche, presque menaçante, la surprit. Ce n'était pas une suggestion, c'était un ordre.

Elle occupait un tabouret de bar depuis près de deux heures et avait à peine touché à son verre. Le personnel de l'établissement devait être habitué à une clientèle qui commandait consommation sur consommation. L'idée de s'offrir un autre verre d'alcool lui noua l'estomac. Mais si elle devait impérativement boire...

— Je prendrai une limonade avec un zeste de citron.

Le barman cala le coude sur le comptoir et fronça furieusement les sourcils.

— On n'est pas à la maternelle ici, ma belle...

— La dame veut une limonade et tu vas lui apporter ce qu'elle veut. Pour moi, ce sera une bière. Larbin.

Bud n'avait pas eu besoin de hausser le ton pour que sa voix grave domine la musique. Couplée à un regard perçant, elle produisit un résultat immédiat. Les muscles de la mâchoire du barman se crispèrent comme il ravalait une réplique. Il hocha la tête, s'éloigna, et revint déposer leurs verres devant eux une minute plus tard. Une bière et une limonade agrémentée d'un zeste de citron.

Bud plongea la main dans la poche de son jean et Claire se redressa.

— Oh, non ! s'écria-t-elle en posant la main sur son avant-bras – celui sur lequel s'enroulait un serpent –, ce qui déclencha instantanément une nouvelle décharge électrique.

Elle retira vivement la main, mais ce subtil effleurement avait suffi à retenir l'attention de Bud. Depuis qu'il l'avait délivrée de l'odieux sadique, il avait rempli auprès d'elle une fonction de chien de garde. Ces dix dernières minutes, aucun homme ne s'était avisé de l'inviter à danser. Il lui avait suffi de tourner les yeux – et quels yeux ! – vers ceux qui faisaient mine de l'approcher pour qu'ils battent aussitôt en retraite. Claire lui en était profondément reconnaissante et ne pouvait accepter qu'il lui offre un verre par-dessus le marché.

L'Entrepôt ne lésinait pas sur les tarifs. Le droit d'entrée s'élevait à quarante dollars et la moindre consommation en coûtait dix. Claire disposait de bien plus d'argent qu'elle ne pourrait jamais en dépenser, alors que son sauveur était visiblement un modeste travailleur. Si pour elle dix dollars n'étaient rien, c'était sans doute l'équivalent du salaire horaire de cet homme.

— Je vous en prie, Bud, dit-elle en plongeant le regard dans ses beaux yeux fauves. C'est à moi de vous inviter, ajouta-t-elle en se penchant vers lui et en haussant la voix pour se faire entendre.

Mais elle n'eut pas plus tôt refermé la bouche que Bud avait déjà glissé sur le comptoir de quoi régler les consommations et porté sa bière à ses lèvres. Avec un soupir résigné, Claire sirota une gorgée de limonade dont elle apprécia le goût frais, acidulé et familier. Pendant de longues années, la limonade avait été l'une des rares boissons que son estomac tolérait.

Bud ne faisait aucun effort pour engager la conversation. La musique était tellement assourdissante qu'on était obligé de hurler pour espérer être entendu, si bien que tout échange paraissait ridicule et artificiel.

Mais son corps lui parlait, et lui faisait savoir très distinctement qu'elle pourrait jouir de sa protection aussi longtemps qu'elle le désirerait. Il avait une conscience aiguë de tout ce qui l'entourait et possédait visiblement la faculté magique de repousser le danger avant qu'il ne survienne.

S'il n'avait pas été là, Claire se serait certainement retrouvée en fâcheuse posture. Il était plus de minuit et on aurait cru qu'une bombe d'hormones venait d'exploser dans l'immense boîte de nuit.

Au fond de la Fosse, les contorsions des danseurs se faisaient de plus en plus sauvages et les corps se dénudaient. Claire aperçut une femme torse nu, puis deux autres. Entre les ondulations des hanches et le ballottement des seins, les mouvements des danseurs étaient plus que suggestifs. Il n'était plus question de danse, mais d'échange de fluides corporels en tout genre.

La fumée de cigarette qui parvenait à ses narines ne provenait pas uniquement de feuilles de tabac séchées, et la musique était tellement forte qu'elle pulsait douloureusement dans sa tête et faisait vibrer le comptoir sous ses mains.

« Où diable était passée Lucy ? » se demanda-t-elle en scrutant anxieusement la Fosse. Tôt ou tard, elle finirait bien par distinguer sa crinière rousse ou le torse lisse de son cavalier, non ?

Devait-elle descendre la chercher ? À l'idée de s'éloigner de la présence protectrice de Bud, son estomac se serra. Tant qu'il était près d'elle, elle se sentait en sécurité. Si elle plongeait dans la Fosse à la recherche de Lucy, elle devrait repousser les avances d'hommes dont la hardiesse et la sauvagerie s'étaient nettement accrues depuis son arrivée.

Cette soirée n'avait plus rien d'amusant. La fumée lui piquait les yeux et les quelques gorgées de vin qu'elle avait absorbées déclenchaient des remontées acides qui la rendaient nauséeuse. Le rythme des basses se répercutait dans son estomac. Elle n'arrivait pas à penser au milieu de tout ce bruit et cette confusion, et elle avait envie de rentrer chez elle. Tout de suite.

Elle n'avait pas sa voiture. Lucy avait insisté pour passer la prendre et, sur le moment, elle lui en avait été reconnaissante. D'autant plus reconnaissante qu'elle avait découvert que *L'Entrepôt* se trouvait au fin fond d'une banlieue mal famée. Elle n'aurait pas aimé errer seule dans un quartier pareil à la recherche de la boîte de nuit. Mais à présent, elle regrettait cruellement de ne pas avoir de voiture pour rentrer.

Elle avait emménagé le matin même dans une jolie maison neuve que son amie Suzanne Barron avait décorée pour elle. Un cocon douillet, chaleureux et accueillant. Elle n'y avait pas encore passé une seule nuit, et il lui tardait de se retrouver chez elle, pelotonnée sur cet adorable canapé de chintz jaune que Suzanne avait fait venir d'Italie.

Bud se pencha vers elle, juste assez pour pouvoir lui parler sans crier. Il approcha la bouche de son oreille, et sa belle voix grave recouvrit aisément le tintamarre. Elle sentit son souffle lui effleurer la peau tandis qu'il parlait, et un délicieux frisson courut le long de sa colonne vertébrale.

— Si vous cherchez votre amie aux cheveux roux, elle est partie il y a une demi-heure avec le type qui l'avait emmenée danser. Je les ai vus franchir la porte et elle avait son manteau.

Claire tourna la tête vers lui, alarmée, et son nez frôla le sien. Elle était si près qu'elle distingua les paillettes dorées dans ses iris, celles qui, de loin, leur donnaient cette teinte ambrée. Elle décela dans ce regard une force qui ne la surprit pas. Et une douceur qui, en revanche, la prit de court.

— Elle… elle va revenir, cria-t-elle.

Elle n'en croyait pas un mot, et Bud non plus, visiblement.

Il ne répondit pas, se contentant de soutenir son regard.

Qu'allait-elle faire si Lucy ne revenait pas ? Hors de question qu'elle cède à la panique. C'était sa première sortie en boîte et elle n'avait pas le droit de craquer. Il y avait forcément une solution… Un taxi. Voilà ! Elle allait tout bêtement appeler un taxi.

Elle finit par réussir à attirer l'attention du barman, occupé à tirer des bières et à préparer des cocktails compliqués. Le niveau d'alcool consommé s'élevait proportionnellement à celui des décibels. Le barman déposa un verre devant l'homme qui se tenait à droite de Claire, et qui n'en avait manifestement pas besoin, puis tourna les yeux vers elle.

— On s'est décidé à prendre une vraie conso ? cria-t-il.

Claire se pencha au-dessus du comptoir.

— Il me faut un taxi, s'égosilla-t-elle. Vous pouvez en appeler un, s'il vous plaît ?

— Ça va pas la tête ? hurla le barman en roulant des yeux. Aucun taxi ne vient ici après minuit, trop dangereux. Trouve-toi une bagnole !

Il s'éloigna avant que Claire ait eu le temps de répondre.

Mon Dieu ! Qu'allait-elle faire ? Lucy n'allait pas revenir. Elle le sentait bien. Lucy était très marrante, mais elle n'était pas fiable. Ce soir, Claire s'en était moquée parce qu'elle voulait s'amuser. S'amuser enfin. Et maintenant, elle se retrouvait dans le pétrin.

Elle aurait mieux fait de sortir avec Suzanne. Suzanne était fiable, elle. Elle ne l'aurait jamais laissée toute seule. Cela dit, Suzanne ne l'aurait jamais emmenée dans un endroit comme *L'Entrepôt*.

À côté d'elle, Bud se redressa. Se redressa encore. Et se déploya finalement complètement.

Il était extraordinairement grand et solide. Il lui tendit la main et, après avoir hésité, Claire la prit. L'étreinte calleuse et tiède la rassura instantanément. Il l'aida à descendre du tabouret et lui effleura légèrement la taille pour la faire se retourner vers la Fosse. Le sommet de la tête de Claire atteignait à peine son menton alors qu'elle portait des escarpins à talons.

— Allons-y, dit-il.

Oh, Dieu, il voulait danser ! Descendre dans la Fosse était bien la dernière chose dont elle avait envie. Elle se sentait trop abattue pour plonger dans cette marée qui n'avait désormais plus rien d'humain à ses yeux. D'un autre côté, Bud avait fait preuve de courtoisie à son égard. S'il voulait danser, peut-être était-elle tenue d'accepter. D'autant que quelque chose lui disait qu'il ne laisserait personne la bousculer.

Mais elle se rendit bientôt compte que ce n'était pas vers la piste de danse qu'il l'entraînait. Au contraire, il la contournait. *L'Entrepôt* était noir de monde, mais les gens s'écartaient miraculeusement devant eux. Il guidait Claire, ne la touchant que brièvement afin de lui éviter d'entrer en collision avec des fêtards à l'équilibre instable, et elle sentit de nouveau une bulle protectrice l'envelopper.

Il se pencha vers elle.

— Vous avez votre ticket de vestiaire ? demanda-t-il.

— Oui, répondit-elle, perplexe.

— Donnez-le-moi, dit-il en tendant la main.

Claire fouilla dans son petit sac de soirée et lui remit le ticket en question.

— Pourquoi ?

Il se tenait dos à la salle, ses larges épaules lui bloquant la vue – et même, lui sembla-t-il, le son. Il lui répondit à voix basse, mais elle l'entendit distinctement tandis que son regard pénétrant plongeait au fond du sien.

— Parce que je vous raccompagne chez vous.

2

Bud guida la Princesse – Claire – vers la sortie.

Quand les lourdes portes d'acier de *L'Entrepôt* se refermèrent derrière eux, le monde devint silencieux. Du tintamarre assourdissant et du chaos qui régnaient derrière ces murs, on ne percevait plus que la légère vibration des basses. À cette heure de la nuit, il était trop tard pour que de nouveaux clients se présentent et trop tôt pour que ceux qui étaient à l'intérieur se décident à rentrer chez eux. Bud et Claire étaient absolument seuls sur la grande esplanade de chargement de *L'Entrepôt* désormais convertie en parking.

Il neigeait. À un mètre à peine des portes, ils se retrouvèrent dans un monde d'une blancheur étincelante, silencieux et immaculé, dont ils furent les premiers à fouler le sol.

Claire portait une longue cape dont la capuche encadrait son visage. Elle renversa la tête en arrière, ferma les yeux, inspira à pleins poumons et les coins de sa bouche se retroussèrent.

— J'adore la neige, souffla-t-elle.

Elle baissa la tête, rouvrit les yeux.

— Merci, murmura-t-elle. D'être venu à mon aide et de me raccompagner.

La longue cape à capuche, la nuit obscure, la jeune femme d'une beauté renversante, la neige qui tombait... Bud eut plus de mal que jamais à chasser l'impression de nager en plein conte de fées. D'être le bûcheron chargé d'escorter la Princesse au palais après l'avoir sauvée du dragon. Ou le chevalier venu réclamer sa promise.

Cette femme n'était pas une Princesse. Il ne devait pas l'oublier. C'était une jeune femme ordinaire qui s'appelait Claire. Claire Schuyler. Elle parlait la même langue que lui et était vêtue normalement. Pourtant, si elle avait écarté les pans de sa cape pour révéler une robe de bal au lieu de sa petite robe de lainage bleu, et qu'elle lui avait déclaré avec un accent étranger qu'elle était la princesse Esmeralda venue d'un lointain royaume, il n'aurait pas été surpris.

— Inutile de me remercier, répondit-il en lui prenant le coude.

À *L'Entrepôt*, il avait eu un mal fou à se contenter de l'effleurer tandis qu'il la guidait vers la sortie. Ce dont il avait eu envie – au point de serrer les dents pour s'en empêcher –, c'était de la soulever dans ses bras. De l'emmener dans un coin tranquille pour la déshabiller. De découvrir si sa peau était aussi douce qu'elle le paraissait, de lui caresser les seins, d'ôter les baguettes qui retenaient ses cheveux et de les regarder se déployer sur ses épaules nues et s'enrouler autour de la pointe tendue de ses seins.

Son sexe durcit à cette évocation.

Qu'est-ce qui lui prenait ?

Ce n'était certainement pas ce qu'elle attendait de lui. Son sauveur se transformant en agresseur ! Elle prenait un gros risque en acceptant de monter dans la voiture d'un parfait inconnu. D'accord, elle n'avait pas vraiment le choix. La rouquine l'avait carrément abandonnée pour aller se faire sauter par son dernier copain en date. Et le barman n'avait pas menti : aucun chauffeur de taxi n'aurait accepté de venir jusqu'ici. Elle était bel et bien coincée.

— Nous y sommes, annonça-t-il en posant la main sur la poignée de la portière.

La neige tombait doucement, à gros flocons, une vraie neige de conte de fées. Claire repoussa sa capuche et tourna vers lui un visage souriant. Bud se surprit à lui rendre stupidement son sourire – lui qui souriait rarement ! Les flocons de neige lui embrassaient la peau avant de fondre à son contact. Bud savait exactement ce qu'ils devaient ressentir.

Il ouvrit la portière côté passager et prit une profonde inspiration. Elle s'apprêtait à monter dans la voiture d'un homme qu'elle ne connaissait pas. Un homme qui pesait facilement cinquante kilos de plus qu'elle et qui la dépassait d'une bonne tête. Le moment était venu de briser l'enchantement et de lui révéler qui il était.

Pourquoi hésitait-il ? Il avait déjà révélé au barman qu'il était flic, alors ça ne changerait rien. Mais ce n'était pas ça qui le retenait.

Bud avait pour habitude de se montrer brutalement honnête vis-à-vis de lui-même et savait très bien pourquoi il ne voulait pas lui révéler sa profession.

Quand elles apprenaient qu'il était inspecteur à la Criminelle, la réaction des femmes était tranchée : soit l'attraction, soit la répulsion. Et Bud ne voulait déclencher ni l'une ni l'autre chez Claire. Il ne voulait pas qu'elle se détourne de lui et il ne voulait pas non plus qu'elle bascule dans la curiosité morbide.

Non, pour un petit moment encore, il voulait qu'elle soit la Princesse et lui son chevalier.

Elle leva les yeux vers lui comme il hésitait devant la portière ouverte et il soupira. Tant pis, il allait devoir briser l'enchantement.

— Je veux que vous sachiez que vous êtes en sécurité avec moi, commença-t-il d'un ton posé. Je suis...

— Je sais, l'interrompit-elle d'une voix aussi douce que la sienne, comme s'ils étaient aussi soulagés l'un que l'autre de ne plus avoir à crier pour se parler. Je sais que je suis en sécurité avec vous. Je le sens.

Elle chercha son regard et le dévisagea longuement, ses beaux yeux bleus lumineux et parfaitement confiants. Elle sourit, puis se glissa sur le siège du passager. Bud demeura un instant à côté de la portière ouverte, complètement décontenancé.

Puis décida d'en prendre son parti.

Il prit place au volant, mit le contact et laissa le moteur chauffer. Ils se tournèrent l'un vers l'autre au même instant et Bud dut serrer le volant de toutes ses forces pour se retenir de la prendre dans ses bras.

Il émanait d'elle un parfum subtil qui lui avait échappé au milieu des lourds effluves de *L'Entrepôt*. Un parfum qui s'insinuait à présent délicatement dans ses narines, et dont les volutes lui emprisonnaient le cerveau, bouleversant toutes les cellules de son corps. L'effet de ce parfum, associé à ce regard d'un bleu saisissant et à ces lèvres délicatement retroussées sur un sourire qui lui était destiné, se fit sentir au niveau de son entrejambe. Il fut reconnaissant à sa veste doublée de mouton de descendre bas sur ses cuisses.

C'était de la folie. Il était devenu fou. Il allait la raccompagner chez elle, rentrer chez lui, prendre une douche froide, s'écrouler sur son lit, et demain, à l'aube, il foncerait à Astoria pour baiser Nancy sans interruption jusqu'au dimanche soir. Histoire de se sortir la Princesse de la tête.

— Bien, fit-il quand le moteur fut chaud. Où est-ce que je vous emmène ?

Elle lui donna son adresse. C'était à l'autre bout de la ville, à une dizaine de pâtés de maisons de son appartement.

— Je crains de vous obliger à traverser la ville, dit-elle d'un ton d'excuses. Sous la neige, qui plus est.

Dans le vacarme de *L'Entrepôt*, il n'avait pas eu l'occasion d'entendre sa voix normale. Il découvrait qu'elle était douce, féminine, infiniment séduisante et terriblement sexy.

Et merde !

— Pas de problème, assura-t-il en quittant le parking. J'ai l'habitude de conduire par temps de neige, et je suis équipé.

Il regarda les gros flocons qui tombaient paresseusement.

— Ce genre de neige ne tient pas, de toute façon, ajouta-t-il.

— Dommage, c'est si joli, dit-elle en contemplant la neige avec un sourire, l'air aussi émerveillé qu'un enfant le matin de Noël.

— Mmm.

Bud avait du mal à respirer. Elle était si jolie. Si jolie que la regarder était presque douloureux. Sa peau brillait comme de l'ivoire à la lueur du tableau de bord. Elle avait tourné la tête vers sa fenêtre, ce qui lui permettait de l'observer discrètement. Elle était nettement plus agréable à contempler que la neige.

Il y avait très peu de circulation, mais il roulait lentement de façon à lui jeter de fréquents coups d'œil sans risquer de percuter un réverbère. Son profil, qui se détachait sur l'obscurité de la fenêtre, évoquait un camée délicat. Sourcil à l'arc parfait, longs cils, nez droit aux ailes finement dessinées, le coin de ses lèvres se relevait sur un sourire inconscient. Sans doute son expression naturelle. Un sourire.

Elle était belle et innocente, et il n'aurait pas dû avoir une pareille érection. Claire Schuyler n'était pas du tout son genre de femme.

Il n'aimait pas les jolies petites choses innocentes et délicates. Il aimait les femmes qui savent ce qu'elles font au lit et qui y mettent de l'ardeur.

Il avait eu une vie difficile. Il faisait l'un de ces boulots qui obligent à porter des bottes en caoutchouc pour patauger dans la vase et la crasse de ce que l'humanité a de pire à offrir.

Il avait tout vu – les maris qui frappent leurs femmes, les junkies et les alcooliques. La lie de la lie et le gratin du gratin. L'homme d'affaires irréprochable qui embauche un tueur à gages pour éliminer un concurrent. La mère de famille respectable qui étouffe son nouveau-né parce qu'il perturbe sa vie sociale. Les gosses de riches qui tabassent leurs parents parce qu'ils veulent davantage d'argent de poche.

Oui, il avait vraiment tout vu, et plus souvent qu'à son tour. La dernière chose dont il avait besoin, c'était d'une jeune femme innocente qui resterait raide comme une planche au lit et s'accrocherait ensuite à lui.

Non, il allait gentiment raccompagner cette jolie petite demoiselle jusqu'à sa porte, lui souhaiter poliment bonne nuit comme le gentleman qu'il n'était pas, rentrer chez lui, faire un somme, et se mettre en route pour son week-end de baise. Voilà ce qu'il allait faire.

Son sexe n'écoutait pas un mot de ce que disait sa tête.

Son sexe se contrefichait de rentrer à la maison pour dormir. Il ne voulait pas entendre parler de Nancy Machinchouette. C'était celle-là qu'il voulait, la Princesse, et il ne changerait pas d'avis.

Son érection avait atteint des proportions monstrueuses. La Princesse remua légèrement sur son siège. Une bouffée de son ensorcelant parfum parvint jusqu'à Bud qui dut serrer les dents pour ne pas jouir dans son pantalon.

Qu'est-ce qui lui arrivait, bon sang ? Il n'avait pas joui dans son pantalon depuis ses treize ans, quand Molly Everson avait retiré son soutien-gorge derrière le centre commercial. Il avait toujours manifesté une belle vigueur sexuelle, et cette première giclée n'avait fait qu'amorcer la pompe – Molly Everson l'avait quitté le sourire aux lèvres.

Mais cet épisode remontait à la nuit des temps. Il avait connu quantité de femmes depuis, et la Princesse n'avait même pas retiré son soutien-gorge. Elle ne lui adressait pas le moindre signal sexuel, en fait.

Une femme qui aurait voulu lui faire savoir qu'elle avait envie de lui aurait croisé les jambes en soupirant, lui aurait coulé de longs regards éloquents et aurait posé la main sur sa cuisse. Elle aurait prétendu qu'il faisait trop chaud dans la voiture et se serait déboutonnée. C'était ce qu'avait fait Nancy quinze jours plus tôt, quand ils avaient roulé le long de la côte et qu'elle l'avait sucé dans la voiture.

Claire, elle, restait tranquillement assise, une ombre de sourire aux lèvres, sa longue cape boutonnée jusqu'au menton, les mains sagement croisées sur les genoux. Pas l'ombre d'une avance.

Mais Bud se souvenait – son sexe, surtout, se souvenait – de la façon dont son corps remplissait sa petite robe bleue moulante. Elle était mince, presque trop, mais sa minceur rendait ses courbes d'autant plus attirantes. Sa poitrine, surtout. Galbée, épanouie, haut perchée.

Quand il s'était placé derrière elle pour contourner la Fosse, il avait dû serrer les poings pour ne pas refermer les mains sur sa taille de guêpe. Il était prêt à parier que celle-ci tiendrait dans le cercle formé par ses mains. Oui, il aurait pu lui enserrer la taille de ses mains, glisser un genou entre ses cuisses pour lui écarter les jambes, et la pénétrer par-derrière. Sa petite fente était étroite, ça aussi, il était prêt à le parier. Étroite, et moite, et…

Bordel, il avait failli grogner ! Il était à l'agonie. Combien de temps cette torture allait-elle encore durer ?

À travers les flocons de neige qui commençaient à tomber plus abondamment, il déchiffra le nom d'une plaque de rue. Encore trois pâtés de maisons avant de la déposer chez elle et de rentrer se soulager chez lui. Il était dur comme du marbre. Nancy n'aurait même pas le temps de souffler entre deux rounds, ce week-end. Il était dans un tel état qu'il se sentait prêt pour un marathon de quarante-huit heures non-stop.

Mais pas avec Nancy.

D'où sortait cette pensée, bon sang ? Depuis quand existait-il une femme raisonnablement attirante – et Nancy l'était sacrément, même si elle n'était pas très futée – qu'il n'ait pas envie de baiser ?

Il devait se débarrasser de la Princesse en vitesse. Elle lui embrouillait les idées.

Il appuya légèrement sur l'accélérateur et sentit les roues patiner.

L'univers entier était ligué contre lui, songea-t-il en ralentissant. Il commençait à transpirer. « Allez, nom de Dieu ! s'exhorta-t-il. Ramène-la chez elle vite fait. Fais-moi avancer cet engin ! »

Mais la route glissante le contraignait à rouler au pas.

— Tournez à droite, dit-elle soudain, et le son de sa voix dans la pénombre de l'habitacle ne fit qu'accroître son excitation.

Il endura encore cinq minutes de torture avant de se garer devant une maison qui lui ressemblait : petite, charmante et élégante. Bud se maudit une fois de plus d'avoir tenu à jouer au gentleman – un rôle qui exigeait qu'il l'accompagnât jusqu'à sa porte. En pleine érection. Sa veste trois-quarts sauverait les apparences, mais le fait n'en demeurerait pas moins douloureusement présent.

Il coupa brutalement le moteur, déterminé coûte que coûte à jouer les gentlemen jusqu'au bout, pour la première et la dernière fois de sa vie. Ça n'allait pas prendre plus de deux minutes. Il allait l'accompagner jusqu'à la porte, lui serrer la main peut-être – quoique le simple fait de toucher sa peau reviendrait à allumer un détonateur – et retourner à sa voiture. Clopin-clopant, vu son état.

— Et voilà, dit-il d'une voix rauque avant de se racler la gorge. Je vais vous accomp…

— Voulez-vous entrer prendre un café ? demanda-t-elle précipitamment, les mots se bousculant les uns les autres.

Voulezvousentrerprendreuncafé ? Comme si elle avait répété.

Elle s'était tournée vers lui, mais ne croisait pas son regard. C'était à son menton qu'elle venait de proposer un café. Sa respiration s'était légèrement accélérée et la main qui serrait les pans de sa cape tremblait. Elle l'invitait à entrer pour autre chose qu'un café. Elle n'en avait peut-être pas conscience, mais Bud, lui, le savait.

Café était un synonyme de sexe.

Certainement pas.

Pas de sexe, non. Pas avec elle.

Princesse était synonyme de problèmes avec un P majuscule… Pas question de tomber dans ce piège-là.

S'envoyer en l'air, une poignée de main et *good bye*, c'était tout ce qu'il voulait. En matière de sexe, Bud aimait que ce soit intense, que ça dure longtemps et que ce ne soit suivi d'aucune complication sentimentale. Pas question qu'il couche avec elle. Le mot complication était écrit en toutes lettres sur son adorable visage. Il ne coucherait pas avec Claire Schuyler. Non, non et non.

Son esprit était parfaitement clair sur ce point et il ouvrit la bouche pour dire non, mais son sexe le devança.

— Avec plaisir.

3

« Et voilà, se dit Claire. Je l'ai fait ! »

Elle était toute fière d'elle. Elle avait intensément réfléchi pendant que Bud Morrison les conduisait à travers la ville. La raccompagner chez elle était gentil de sa part ; il était gentil – il avait fait cela instinctivement, pas par calcul. Il était gentil, fort et définitivement honnête. Beau et propre sur lui – un détail important. Parmi les hommes qui l'avaient invitée à danser, plus d'un aurait sérieusement eu besoin de prendre une bonne douche. Pas Bud.

Il était aussi électriquement sexy avec tous ces muscles, cette belle voix grave, cette allure de dur et, cerise sur le gâteau, ce tatouage qui ajoutait encore à son charme.

Son choix s'était donc porté sur ce bûcheron tatoué. Son père aurait été tout simplement horrifié – raison de plus pour proposer à Bud de coucher avec elle.

Coucher avec un homme qu'on venait à peine de rencontrer était extrêmement risqué, elle le savait, mais elle se sentait parfaitement en sécurité avec Bud et se fiait à son instinct.

Claire savait aussi qu'elle était jeune et inexpérimentée dans certains domaines – sur le plan sexuel tout particulièrement – mais pas dans ceux qui comptaient vraiment. Elle avait affronté la mort à deux reprises. Et en était sortie à chaque fois victorieuse.

À l'âge où les jeunes filles regardent les garçons au centre commercial, achètent leur premier bâton de rouge à lèvres et se livrent à leur première expérience sexuelle, Claire était reliée à deux moniteurs cardiaques et chacune de ses douloureuses inspirations était un combat.

Elle en savait bien plus long que la plupart des gens sur ce que signifient la vie et la mort, le danger et la sécurité.

Elle connaissait son cœur et savait qu'elle avait raison de désirer cet homme. Elle ne se trompait pas à son sujet. Ce n'était ni un fou, ni un sadique, ni un pervers. Il ne lui ferait pas de mal et ne l'humilierait pas. Elle le trouvait incroyablement sexy et c'était la première fois de sa vie qu'un homme lui faisait autant d'effet.

Aucun doute, Bud était l'homme de la situation.

Elle n'eut pas le temps d'aller au bout de ses pensées, qu'il avait ouvert sa portière et lui tendait la main. Cet aspect-là de sa personnalité lui plaisait aussi – ce comportement chevaleresque tellement démodé qu'il en devenait politiquement incorrect. Il avait pris sa défense à *L'Entrepôt*, l'avait protégée de la cohue et fait un long détour pour s'assurer qu'elle rentrait chez elle sans encombre.

Les dés étaient jetés.

Maintenant qu'elle avait pris sa décision, la mécanique de la chose – passer de l'état habillée sous la neige à celui de nue dans un lit – l'intimidait un peu. Tandis que Bud l'accompagnait jusqu'à la porte en la tenant par le coude pour lui éviter de glisser, elle réfléchit à la question.

Comment allait-elle procéder ? Avait-il bien compris qu'elle lui demandait de lui faire l'amour ? Ou serait-elle obligée de faire le premier pas – auquel cas, en quoi consistait ce premier pas ? Il faudrait sans doute qu'elle commence par préparer du café puisqu'elle lui en avait proposé, mais qu'était-elle censée faire ensuite ? Amener la conversation sur le terrain des relations sexuelles et formuler des commentaires suggestifs ?

Elle s'imaginait très mal dans ce rôle-là.

Se lever et procéder à un lent strip-tease ? Pas question.

Le pire, c'était qu'elle ignorait si elle avait du café. Elle n'en buvait pratiquement jamais et ne savait même pas comment fonctionnait la machine à café ultra-sophistiquée que Suzanne avait installée dans la cuisine.

Pourquoi ne lui avait-elle pas tout simplement proposé du thé ? Du thé, elle aurait su le faire. Mais son intuition lui avait soufflé que Bud n'était pas du genre à boire du thé.

Oh, Seigneur, c'était peut-être une mauvaise idée !

Non, décida-t-elle en glissant un coup d'œil au bel homme qui la tenait si précautionneusement par le bras pour l'aider à remonter l'allée glissante.

C'était une très bonne idée. Une idée fabuleuse. Bud Morrison était l'homme qu'il fallait. Il était grand et fort, gentil et tellement excitant qu'elle avait du mal à respirer en sa présence. Elle le trouvait extrêmement attirant et il donnait l'impression de savoir comment s'y prendre avec une femme.

Avait-elle déjà rencontré un homme comme cela auparavant ? Non, jamais. Elle devrait peut-être attendre de nouveau vingt-cinq ans avant de croiser un autre Bud Morrison.

Non, se dit-elle avec une détermination renouvelée. Elle tenait là son « ouverture ». C'était l'expression qu'utilisait le directeur commercial de son père, sauf qu'il s'agissait de convertir des actions Microsoft en titres slovènes, et non de trouver un homme susceptible de faire découvrir le plaisir charnel à sa fille unique, mais le principe était le même : c'était maintenant ou jamais.

Elle n'aurait peut-être pas grand-chose à faire, il suffirait de le laisser prendre les initiatives. Tout se déroulerait peut-être de façon très simple et naturelle. Ils s'embrasseraient, passeraient dans la chambre, et sa vie de femme pourrait enfin commencer.

À un détail près, cependant.

Elle ne savait pas embrasser.

Tout commençait bien par un baiser, n'est-ce pas ? C'était le prélude incontournable à l'acte sexuel. Si elle gâchait tout dès le départ, comment pouvait-elle espérer passer à l'étape suivante ? Elle allait rater l'épreuve du baiser, elle le sentait.

Ce n'était pourtant pas sa faute si elle n'avait encore jamais embrassé un homme. Pas entièrement. Si ? N'y avait-il vraiment eu personne avec qui elle aurait pu s'entraîner au cours des dix dernières années ou bien s'était-elle montrée négligente ?

À bien y repenser, il n'y avait eu personne. Les seuls hommes qui l'avaient approchée étaient d'affreux médecins, des infirmiers revêches, les mauviettes de la Fondation Parks – qui auraient sans doute préféré embrasser le derrière d'un chimpanzé plutôt que la bouche d'une femme – et son vieux papa qui n'avait jamais embrassé que ses joues.

Elle avait reçu des montagnes de baisers sur les joues, mais jamais un baiser ardent. Pas un seul de ces baisers avec la langue que les Américains appellent « français ». Le vrai baiser, serrée dans les bras d'un homme, bouche ouverte, la langue au fond de la gorge. Cette notion de « langue au fond de la gorge » l'avait toujours laissée perplexe parce qu'elle savait que c'était censé être sexy et excitant – tous les romans le certifiaient – alors que ça lui paraissait épouvantable. La langue de quelqu'un dans la gorge ? Beurk ! Mais bon, s'il fallait en passer par-là pour se débarrasser de sa virginité…

Comment s'y prenait-on ? Se contentait-on d'ouvrir la bouche et de la presser contre celle de son partenaire ? Comment savait-on que le moment était venu de le faire ? Que se passait-il si on ouvrait la bouche et que celle du partenaire demeurait obstinément close ? Ce devait être affreusement gênant. Ou l'inverse ? Votre bouche close et celle du partenaire grande ouverte.

« Mon Dieu, je n'y arriverai jamais », se dit-elle, affolée, en cherchant ses clefs dans son sac. Elle avait les mains tremblantes et ses pensées se bousculaient dans sa tête.

Ses clés lui échappèrent et elle fut sur le point de fondre en larmes.

— Désolée, balbutia-t-elle en tournant vers Bud un regard d'excuse catastrophé.

— Permettez-moi, fit-il en se penchant avant qu'elle ait eu le temps de le faire.

Il ramassa ses clefs et ouvrit la porte en moins d'une seconde. L'instant d'après, ils avaient franchi le seuil et Claire se creusait les méninges pour trouver ce qu'elle allait bien pouvoir dire… quand son cerveau cessa subitement de fonctionner.

Le black-out intégral.

Elle embrassait Bud. Elle l'embrassait ! *Cling !* Comme sous l'effet d'un coup de baguette magique.

Elle n'avait pas eu besoin d'y penser, de déterminer l'instant propice ou d'hésiter avant de passer à l'action parce qu'il s'était chargé de tout. Il avait refermé la porte, l'avait attirée dans ses bras et s'était incliné sur elle.

La bouche de Claire semblait savoir embrasser sans avoir jamais appris. Bud l'avait incitée à écarter les lèvres d'un léger mouvement des siennes, il avait glissé la langue dans sa bouche et quand elle était entrée en contact avec la sienne, une décharge électrique l'avait traversée, si violente qu'elle en avait eu le souffle coupé. C'était tout simplement délicieux. Comment avait-elle pu se priver de cela pendant toutes ces années ?

Sa langue la pénétrait comme un pénis. Pourquoi n'avait-elle pas compris cela quand elle avait lu des descriptions de baisers ? Une partie du corps de l'homme pénétrait le corps de la femme pour la caresser rythmiquement. C'était un acte purement sexuel.

Est-ce que l'inverse était vrai ? Claire ne pouvait pas le pénétrer de son pénis, mais elle pouvait... Elle se hissa sur la pointe des pieds pour insérer la langue dans la bouche de Bud. Oh, mon Dieu ! Ça marchait ! À peine lui eut-elle caressé la langue de la sienne qu'il frissonna, gémit contre ses lèvres et resserra son étreinte.

Claire était bombardée de sensations entièrement nouvelles, toutes plus fabuleusement excitantes les unes que les autres. Du plaisir à l'état pur. Brûlant. Explosif.

Elle remua les épaules. Son sac atterrit sur le sol, et sa cape suivit le même chemin. Elle pouvait à présent nouer les bras autour de son cou et se hisser sur la pointe des pieds tandis qu'il posait l'une de ses grandes mains au creux de ses reins pour la plaquer contre lui. Il était tout dur. Seigneur, il était dur de partout, mais surtout... à cet endroit-là. La pression de sa main s'accrut, et à travers leurs vêtements, Claire sentit distinctement son pénis. Son pénis en érection.

Elle avait passé sa vie à se demander si cette histoire de pénis n'était pas un mythe, et en l'espace d'une seule soirée, elle avait eu à deux reprises la preuve tangible de son existence. Elle avait perçu le contact indubitable de deux pénis. En érection, s'il vous plaît. D'abord celui de l'odieux sadique, et maintenant celui de Bud.

Le pénis de Bud était différent de celui de l'odieux sadique. Il était plus gros pour commencer. Beaucoup, beaucoup plus gros. Mais surtout, son contact ne l'effrayait pas, il l'excitait violemment.

Oui, elle, Claire Parks, la fille qui aurait dû être morte depuis des années, celle dont les os blanchis devraient être en train de pourrir dans la terre froide, cette fille-là était violemment excitée. Des ondes de chaleur semblables à des vagues liquides traversaient son corps, se concentraient en flaques presque incandescentes au niveau de ses seins et de son entrejambe. Elle avait l'impression d'être en feu, que son corps entier palpitait de désir et de vie.

Elle avança le bassin et sentit le pénis de Bud se gonfler davantage, sentit Bud frémir et gémir contre ses lèvres. Ces trois réactions s'étaient produites en même temps et il fallut plusieurs secondes à son esprit embrumé pour comprendre que c'était elle qui avait produit cet effet-là sur lui. Elle avait le pouvoir de transformer le corps de ce colosse. De le faire trembler. D'accélérer les battements de son cœur et de faire durcir son sexe.

Elle découvrait pour la toute première fois ce qu'était le pouvoir féminin, et en éprouvait une délicieuse sensation d'épanouissement. Elle avait eu raison de s'accrocher à la vie aussi désespérément parce que cela – *cela* –, c'était l'essence même de la vie.

Et embrasser… Comment avait-elle pu survivre sans embrasser ? Sans cette chaude et suave excitation ? Recevoir la langue d'un homme dans sa bouche était l'expérience la plus intense qu'elle puisse imaginer. La langue de Bud, douce et insistante, se mêlait à la sienne. Et de la même façon que le mouvement de ses hanches avait déclenché des changements dans son corps à lui, les délicieuses caresses de sa langue lui faisaient gonfler les seins tandis qu'une étrange palpitation prenait naissance entre ses cuisses.

Non, ce n'était pas tout à fait ça... Bud la serrait plus étroitement contre lui à présent, son baiser s'était approfondi et l'étrange palpitation se faisait sentir dans... dans son vagin !

Aucun doute sur ce point. Pour la première fois de sa vie, Claire eut conscience de son vagin comme d'une entité distincte. Il y eut une nouvelle palpitation, et un flot de chaleur liquide l'inonda, comme si un petit soleil venait de s'épanouir au plus secret d'elle-même. Oh, Dieu ! Était-elle en train d'avoir un orgasme ? Ses genoux faiblirent et elle serait tombée si Bud ne l'avait tenue pressée contre lui.

Il desserra légèrement son étreinte. Claire ne tomba pas, mais sentit le monde basculer. Il l'avait soulevée dans ses bras et l'emmenait quelque part. Où ? C'était sans importance. Elle encerclait toujours son cou de ses bras et sentait le jeu fascinant des muscles de ses épaules.

Il écarta sa bouche de la sienne, juste ce qu'il fallait pour parler, mais en demeurant si près qu'elle perçut la tiédeur de son souffle sur ses lèvres.

— La chambre, dit-il d'une voix rauque.

— Oui, murmura-t-elle.

Oh, oui, la chambre ! Quelle merveilleuse idée.

Il produisit un son étrange qui ressemblait à un rire étranglé.

— Où ?

Claire déposa une pluie de baisers sur son visage et enfouit le nez dans son cou. La texture de sa peau était incroyable. Il avait de la barbe. Il était rasé de près, pourtant elle sentait la rugosité de sa barbe naissante tandis qu'elle frottait sa joue contre la sienne. Sa peau était rugueuse jusqu'à mi-joue, puis devenait plus douce ensuite. C'était fascinant. Elle fit courir la pointe de la langue sur la ligne de démarcation et entendit Bud retenir son souffle avant de se mettre à respirer plus fort.

— Où ? répéta-t-il sans que le sens de sa question parvienne à pénétrer son esprit échauffé.

— Où quoi ? murmura-t-elle.

Dieu qu'il était beau. Elle inhala longuement, et décela un parfum de savon et de musc derrière les effluves de tabac qui avaient imprégné ses vêtements à *L'Entrepôt*.

Il produisit à nouveau ce son étrange. Était-ce un rire ?

— Où est ta chambre ?

Claire soupira, frotta le bout de son nez contre sa joue et le lécha tandis que les mots qu'il venait de prononcer se percutaient dans sa tête. Elle pressa sa bouche entrouverte contre la sienne et leurs lèvres s'alignèrent à la perfection, comme si elle s'était entraînée à embrasser pendant un demi-siècle.

Claire sut d'instinct qu'elle allait se révéler naturellement douée pour le sexe.

La bouche de Bud s'écarta de la sienne et elle sentit passer un courant d'air frais sur ses lèvres humides. Pourquoi ne répondait-il pas à son baiser ?

— Claire, murmura-t-il, j'ai besoin de savoir où se trouve ta chambre avant de nous faire rentrer dans un mur. C'est ça ou je te prends sur la table de la cuisine, dans la salle de bains ou ici, à même le sol. À toi de voir, mais il faut choisir. Maintenant !

— Ma chambre, soupira-t-elle avant de l'embrasser de nouveau.

Elle écarta la main de son cou et indiqua un couloir.

— Par là, deuxième porte à droite, murmura-t-elle contre ses lèvres.

Bud n'eut aucun mal à suivre ses indications et ils se retrouvèrent dans sa chambre en un clin d'œil.

Claire avait horreur de l'obscurité et laissait toujours des petites lampes allumées un peu partout. Celle qui se trouvait dans sa chambre avait la forme d'une fleur de bronze surmontée d'un globe jaune pâle. Elle éclairait juste assez pour nimber Bud d'un halo doré.

Suzanne s'était surpassée pour la décoration de sa chambre, mais Bud ne lui accorda pas un regard. Avec ses vases de fleurs fraîches et ses bougies parfumées, elle était délicieusement féminine. Claire ne prêta pas plus d'attention que Bud au décor alors même qu'elle s'apprêtait à passer sa première nuit entre ces murs.

Comment aurait-elle pu s'intéresser à un lit à baldaquin ou à un chiffonnier Shaker quand elle avait Bud sous les yeux ? Bud, dont les yeux d'ambre brillaient d'un feu si ardent qu'elle aurait pu fondre en s'exposant à la seule chaleur de son regard.

Sans lâcher ses lèvres des siennes, il la reposa doucement sur le sol, puis tendit la main pour défaire les baguettes kabuki qui retenaient ses cheveux. Il s'écarta pour regarder sa chevelure ruisseler sur ses épaules et y enfouit les doigts.

— Vêtements, grogna-t-il.

Claire acquiesça. Il y avait bien trop de vêtements entre eux. Bud se pencha pour saisir le bas de sa robe en cachemire Valentino et la fit passer par-dessus sa tête d'un mouvement fluide. Elle s'apprêtait à baisser les bras, mais Bud s'empara de ses poignets d'une seule main et la contempla, le souffle rauque, son regard brûlant se promenant sur son corps.

Claire connaissait bien ce que ses yeux parcouraient et préféra observer son regard pour tenter de deviner ce qu'il en pensait. Le corps qu'il contemplait était aussi mince que l'exigeait la mode, mais n'était toutefois pas dépourvu de courbes.

Des courbes récentes, acquises de haute lutte. À un moment donné de son existence, elle avait été si maigre qu'un de ses reins avait glissé, qu'elle avait cessé d'avoir ses règles et qu'on lui avait prescrit la pilule pour rétablir sa menstruation.

Tout cela appartenait au passé désormais, et elle s'appliquait à manger comme un cheval pour s'en assurer. À en juger par l'expression de Bud, ses efforts avaient porté leurs fruits. Elle baissa les yeux sur son corps. Sa robe étant moulante et décolletée, elle avait opté pour un soutien-gorge sans bretelles, noir, et une culotte assortie aux coutures invisibles. Et des bas noirs, parce qu'elle détestait les collants.

— Dieu que tu es sexy ! souffla Bud.

Ainsi, les sous-vêtements qu'elle n'avait choisis que pour des raisons pratiques étaient… sexy ? Oui, apparemment. Le regard dont il la dévorait lui donna l'impression d'être une déesse du sexe. Une sensation de pouvoir jaillit en elle, fourmilla jusqu'au bout de ses doigts et déclencha la cambrure spontanée de son dos alors même que Bud lui tenait toujours les poignets.

Ce mouvement fit saillir sa poitrine dont les pointes durcirent, ce qu'il remarqua probablement.

Ses yeux fauves s'attardèrent sur son corps, puis remontèrent lentement jusqu'à son visage. Une douce chaleur se déploya en elle quand leurs regards se croisèrent.

Bud glissa sa main libre dans son dos, dégrafa son soutien-gorge et le laissa tomber par terre. Lui maintenant toujours les bras au-dessus de la tête, il inséra les doigts sous l'élastique de sa culotte et tira, la faisant glisser par-dessus ses hanches, puis jusqu'à ses chevilles. Elle se tenait devant lui, seulement vêtue de ses bas et de ses escarpins. Alors seulement, il lui libéra les poignets. Claire se débarrassa de ses chaussures, fit rouler ses bas le long de ses jambes et se retrouva entièrement nue.

Elle s'était déjà trouvée nue en présence d'un homme. Toute une kyrielle d'hommes de science avait vu, exploré et palpé son corps nu du temps où il était maigre et émacié. Mais c'était la première fois qu'elle se trouvait nue en présence d'un homme qui la couvait d'un regard brûlant de désir.

Bud se pencha, mais au lieu de l'embrasser sur les lèvres, il embrassa – oh, mon Dieu ! – sa poitrine. Il y déposa des baisers, puis la lécha – sa langue était tiède sur sa peau brûlante. Enroulant le bras autour de sa taille, il lui fit ployer le buste en arrière, puis, bouche ouverte, il aspira la pointe d'un sein et entreprit de la sucer vigoureusement.

Claire eut l'impression qu'une ligne de feu reliait son sein à son vagin et qu'un courant électrique parcourait cette ligne au rythme des mouvements de succion de ses lèvres.

Bud leva soudain la tête comme si elle avait dit quelque chose, alors qu'aucun mot n'aurait pu franchir sa gorge serrée. Il lui avait de nouveau emprisonné les poignets, dans le dos cette fois, et la maintenait courbée en arrière contre son bras. Elle aurait dû se sentir faible et vulnérable, ainsi prisonnière d'un homme aussi fort et puissant, mais ce n'était pas le cas. Au contraire, elle se sentait tout aussi forte et puissante.

— Ça risque d'être rapide la première fois. La deuxième aussi, probablement. Mais je te promets de prendre tout mon temps pour la troisième, dit-il d'une voix que le désir rendait presque pâteuse.

Claire ne comprit pas tout, mais sentit instinctivement qu'il n'y avait qu'une seule réponse possible.

— D'accord, soupira-t-elle.

En quelques secondes, elle se retrouva étendue sur le lit, Bud entièrement nu lui écartant les jambes avant de s'allonger sur elle. Elle n'avait pas eu le temps de voir vraiment son corps. Il s'était dépouillé de tous ses vêtements presque d'un seul mouvement, et elle avait distingué comme un froissement de papier quand il avait pêché quelque chose au fond de sa poche.

À présent, en revanche, elle sentait distinctement son corps peser sur le sien, lourd, chaud, musclé, son pénis logé entre ses cuisses telle une tige d'acier brûlant.

Tout s'enchaînait si vite qu'elle n'avait pas le temps de faire le tri de ses sensations, de ses émotions. Il glissa la main entre ses cuisses, la caressa brièvement, puis s'attaqua aux replis de son sexe. Il les écarta, positionna l'extrémité de son pénis à l'orée de son sexe…

Quand Claire avait réfléchi à la perte de sa virginité – une question à laquelle elle avait consacré beaucoup de temps –, elle avait imaginé que les choses se passeraient plus lentement. Mais cette précipitation avait quelque chose de beau en soi. Elle était prise dans un tourbillon et savait qu'elle devait se laisser emporter. Quel qu'en soit le prix.

Le pénis de Bud était très... gros. Normalement proportionné pour un homme de sa taille, en fait. L'attrait qu'il exerçait sur elle provenait en partie de sa haute stature et son corps puissamment musclé, mais c'était la première fois qu'il lui venait à l'esprit qu'un homme ayant d'aussi grandes mains devait forcément être doté d'un gros pénis.

Elle risquait d'avoir mal. Elle le savait. Elle savait qu'une membrane devrait se rompre et s'y était préparée. Mais quand elle sentit l'extrémité de son sexe commencer à entrer en elle, elle comprit que cela risquait d'être bien plus douloureux qu'elle ne l'avait escompté. Elle éprouvait déjà une désagréable sensation de brûlure tandis que ses muscles intimes s'étiraient au maximum.

Claire était habituée à la douleur, savait comment la gérer, connaissait toutes les astuces de l'esprit pour l'affronter. Bud poussa un peu plus fort, la brûlure s'intensifia et Claire sentit son excitation décroître proportionnellement. Elle commanda à son esprit de se détacher de son corps et de flotter loin au-dessus, pour se distancier de ce qui était en train de lui arriver...

Le vif sursaut de Bud la ramena brutalement sur terre.

À quelques centimètres du sien, son visage reflétait un choc profond. En appui sur les mains, il avait soulevé légèrement le torse, le mouvement faisant saillir ses biceps, et la dévisageait, les sourcils froncés.

— Tu es vierge, lâcha-t-il, et ce n'était pas une question.

« Oh, non ! gémit Claire intérieurement. Il n'allait pas reculer. Pas maintenant ! »

Elle enroula les jambes autour de celles de Bud, attira son visage tout près du sien et plongea son regard dans ses yeux.

— Oui, je suis vierge, mais plus pour longtemps. Pas si tu fais ce qu'il faut.

4

Bud avait passé trente-six ans sur cette terre sans jamais se retrouver au lit avec une vierge et n'avait pas l'intention que ça change. C'était là un problème qu'il n'était pas désireux d'affronter.

La première fois devait être exceptionnelle pour une femme et il n'avait rien d'exceptionnel. Mais surtout, il savait qu'il était « bien monté », comme de nombreuses femmes le lui avaient fait remarquer. Cela rendait la chose difficile pour certaines d'entre elles, pourtant loin d'être vierges.

Il allait lui faire mal, elle allait pleurer et il se sentirait nul. Il n'avait vraiment pas besoin de ça.

Une vierge… *Merde !* Non, pas question, il ne voulait pas faire ça.

Parce qu'en admettant qu'il le fasse, que se passerait-il ensuite ? Elle le contemplerait avec des yeux enamourés, il laisserait peut-être son empreinte sur elle, comme les oies de Lorenz qui le suivaient partout parce qu'il était le premier objet mobile qu'elles avaient vu à la naissance. Non, Bud ne voulait pas qu'on s'attache à lui, il ne voulait pas que la jolie Claire Schuyler le suive partout comme une oie de Lorenz.

Il lui fit donc ses excuses, se rhabilla et regagna sa voiture en un temps record. Il rentra chez lui pour dormir quelques heures, puis roula vers la côte. Nancy était libre tout le week-end et il baisa avec elle jusqu'à ce qu'elle n'en puisse plus. Bon sang, il baisa avec elle jusqu'à ce qu'*il* n'en puisse plus. Lundi matin, il reprit le travail dans un état d'équilibre hormonal parfait, tout souvenir de la Princesse aux grands yeux ayant déserté sa mémoire.

En fait, ce scénario se déroula dans un univers parallèle, dans celui où c'était l'esprit de Bud qui tenait les commandes, pas son sexe.

Dans l'univers réel, Bud sentit son cœur se serrer et ses poumons se vidèrent d'un seul coup de tout l'air qu'ils contenaient.

Claire avait enroulé les jambes autour des siennes comme si elle était assez forte pour le retenir. Elle l'était peut-être, car il n'avait absolument aucune intention d'aller où que ce soit.

— Bud ? murmura-t-elle.

Son visage avait perdu son expression farouche. Elle avait l'air perdu, à présent, et incroyablement jeune tandis qu'elle fouillait son regard. Une innocente d'une beauté foudroyante.

— Tu ne vas pas partir ?

— Non.

Il avait eu du mal à articuler cette syllabe et il dut attendre une seconde avant de poursuivre. Partir ? Sûrement pas. Pas même si on lui pointait un revolver sur la tempe.

— Je suis là et je n'ai pas l'intention de partir. Il va falloir qu'on s'y prenne différemment.

Ses grands yeux bleus s'écarquillèrent de surprise.

— On s'y prenait mal ? dit-elle dans un souffle.

— Non, pas mal, mais...

Il secoua la tête, à court de mots.

— Peu importe, je vais te montrer...

Les jambes de Claire s'étaient suffisamment détendues pour qu'il échappe à leur étreinte. Il s'assit au bord du lit et posa la main sur son ventre. Sa main était si grande que, déployés, ses doigts effleuraient les os saillants de ses hanches. Il demeura là un moment, à la regarder, à vraiment la regarder. Cette minceur, cette délicatesse frisant la fragilité qui lui avait semblé si séduisante l'inquiétait un peu à présent.

Bud n'était pas un partenaire sexuel délicat. Les préliminaires n'étaient pas vraiment son fort. Les femmes avec qui il couchait ne s'en plaignaient pas car c'était ce qui leur plaisait : un coït vigoureux qui durait le plus longtemps possible. C'était là sa spécialité et il n'avait pas la moindre idée de la façon dont il fallait s'y prendre pour déflorer une princesse délicate.

Tandis que la Princesse l'observait sans ciller, il comprit qu'il allait devoir faire preuve de beaucoup de créativité.

— Regarde, Claire, dit-il, si tendrement qu'il reconnut à peine sa voix.

Il fit glisser sa main jusqu'à son mont de Vénus et faillit laisser échapper un grognement. Sa toison sombre était d'une incroyable douceur. Un délice. Il la caressa un moment, puis ses doigts descendirent plus bas, s'insinuèrent entre les replis de son sexe. Elle était toute moite, et à coup sûr excitée, mais cela ne suffirait pas.

— C'est agréable, non ?

— Oui, souffla-t-elle.

Il inséra alors avec précaution un doigt en elle. Un seul, à peine, et elle grimaça presque immédiatement.

— Là, c'est moins agréable, pas vrai ? Et ce n'est que mon doigt. Regarde ma…

Bud s'interrompit à temps. Il avait failli dire « queue », et l'aurait fait en présence de n'importe quelle autre femme. Mais il ne pouvait utiliser ce mot avec la Princesse. Pas encore.

— Regarde-moi, se reprit-il.

Elle comprit ce qu'il voulait dire et tous deux posèrent les yeux sur son entrejambe. Son érection s'allongea sous la caresse du regard de Claire. Le préservatif donnait à son sexe un aspect luisant, comme si un projecteur était braqué dessus.

Si un tas de gens accordaient énormément d'importance à la taille du sexe, Bud, pour sa part, n'en avait jamais tiré aucune fierté particulière. Il ne lui était jamais venu à l'idée de s'attarder dans les vestiaires pour comparer la longueur de son sexe avec les autres afin de se sentir important. Il était costaud, l'avait toujours été, et la taille de son sexe était tout simplement proportionnelle au reste de son anatomie. À ses yeux, cela signifiait juste qu'il devait parfois se montrer un peu plus doux avec les femmes.

Très doux, en l'occurrence. Pour la première fois de sa vie, Bud regretta que la nature l'ait aussi bien pourvu.

Il continua de caresser Claire, et quand il sentit l'humidité sourdre sous l'infime mouvement de son doigt, il inséra ce dernier un peu plus profond.

— Je ne veux pas te faire mal, mon ange. Il va falloir procéder lentement, d'accord ?

Elle hocha la tête.

— Est-ce que ça va… commença-t-elle.

Elle s'interrompit, gênée, et enfonça ses petites dents blanches parfaites dans sa lèvre inférieure.

— Est-ce que ça va quoi, ma douce ? insista-t-il à voix basse.

Il la caressait toujours et son doigt progressait lentement.

Claire baissa les yeux sur son sexe en érection avant de les reporter sur son visage.

— Est-ce que ça va marcher ? Je veux dire… ajouta-t-elle en rosissant, est-ce qu'on va pouvoir s'emboîter ?

Bud comprit instinctivement que ce n'était pas le moment de sourire.

— Oui, répondit-il tendrement, on va pouvoir s'emboîter. Mais on ne pourra le faire que quand tu seras prête. Écarte un peu plus les jambes, Claire.

Elle obéit aussitôt et Bud sentit de nouveau son cœur se serrer. Elle faisait de son mieux pour lui plaire, scrutant son regard pour jauger sa réaction, deviner ce qu'il voulait, comme si c'était son plaisir à lui, et non le sien, qui était en jeu.

Elle n'avait visiblement pas peur de lui, ce qui était une excellente chose, mais il ne voulait pas non plus qu'elle s'inquiète de son plaisir. Dans ce domaine, il avait une très longue avance sur elle, cela ne faisait aucun doute. Son sexe était dur comme le roc et il devait penser à contracter les muscles de son entrejambe pour se retenir de jouir. Il glissa le doigt un peu plus loin en elle, attentif à son regard et au rythme de sa respiration. Quand celle-ci s'accéléra, il commença à faire aller et venir son doigt lentement, en maintenant un rythme régulier.

Elle entrouvrit les lèvres pour faire entrer davantage d'air dans ses poumons. Parfait.

Il inséra le doigt plus profondément encore, et interrompit soudain son va-et-vient. Une grosse boule d'émotion lui emplit la poitrine. Il venait d'entrer en contact avec son hymen !

Pour la première fois de sa vie, il comprit pourquoi certains hommes accordaient une telle valeur à la virginité. Le fait qu'aucun homme avant lui ne l'ait possédée, qu'aucun ne l'ait caressée, qu'aucun sexe masculin ne se soit introduit dans cette petite fente étroite… C'était tout simplement bouleversant.

Il en éprouva une telle excitation qu'il sentit une goutte de liquide séminal humecter l'extrémité de son sexe sous le préservatif. S'il n'avait pas été certain de lui faire mal, il se serait jeté sur elle sur-le-champ et aurait commencé à la pilonner brutalement. Il était dans un tel état qu'il avait l'impression qu'il pourrait rester fiché en elle jusqu'à la semaine suivante.

Bud n'avait pas eu une vie facile et n'avait jamais dû qu'à lui-même les plaisirs qu'il avait connus. Ce qui était en train de lui arriver ressemblait à un miracle, comme si quelqu'un là-haut avait voulu se faire pardonner les années d'épreuves qu'il avait endurées en déposant cette merveilleuse créature pratiquement sur ses genoux.

À lui de faire en sorte que ça se passe bien.

Pour commencer, il fallait qu'elle se calme. Et lui aussi.

Bud regretta de n'avoir jamais été doué pour parler aux femmes. Il avait toujours évolué dans un monde d'hommes. Dans un poste de police, même les femmes sont des hommes. Elles sont aussi dures, cyniques et mal embouchées que les autres flics. Il n'avait jamais fait la cour à une femme. Toutes les relations qu'il avait eues avec le beau sexe avaient toujours été basées sur… le sexe. Il aurait aimé connaître les mots, les mots justes, pour affronter l'épreuve qui se présentait à lui. Mais puisque ce n'était pas le cas, il allait devoir se débrouiller avec son piètre vocabulaire.

— Tu es belle, chuchota-t-il en reprenant ses caresses, le regard braqué sur sa main qui se mouvait entre ses cuisses.

Il sentait sa fente s'échauffer et s'assouplir sous ses caresses.

— Tu es belle de partout, et si douce. Je ne peux pas m'empêcher de te toucher.

De l'autre main, il effleura la peau d'ivoire de son sein gauche jusqu'à la sentir tiédir sous sa paume. Le frôlement de son pouce sur la pointe lui tira un soupir. Le rose de l'aréole avait foncé et l'extrémité durcissait.

— Je veux faire ça bien. Il va falloir que tu me dises ce que tu aimes, mon ange.

Claire esquissa un sourire.

— Je ne le sais pas vraiment moi-même. Tout ce que je sais, c'est que j'aime beaucoup ce que tu me fais.

— Tu aimes ça ?

Du pouce, il lui frôla délicatement le clitoris ; les muscles de son ventre se contractèrent en réponse. Machinalement, les hanches de Bud se soulevèrent et son sexe se dressa plus glorieusement que jamais, comme mû par une volonté propre. Son sexe voulait passer à l'action maintenant. Il fallut un moment à Bud pour retrouver le contrôle de sa respiration.

— Tu aimes ça ? répéta-t-il.

— Oui, murmura-t-elle.

Il s'inclina, saisit la pointe érigée de son sein entre ses lèvres et la suça doucement tandis que son majeur continuait son va-et-vient dans sa fente étroite. Elle était nettement plus humide et son doigt glissait aisément en elle à présent.

— Et ceci ? demanda-t-il en insérant un deuxième doigt.

— Bud, souffla-t-elle en levant les mains pour lui caresser les cheveux, le cou, les épaules.

Elle le touchait avec une légèreté empreinte de délicatesse, mais Bud en ressentit les effets jusque dans son sexe. Il enfla tellement qu'il faillit perdre le contrôle. Bon sang, il avait suffi qu'elle se cambre et écarte davantage les cuisses pour qu'il se retrouve au bord de l'éjaculation.

Il aurait aimé la caresser pendant des heures, mais ce ne serait pas possible. S'il avait été un gentleman, il se serait soulagé d'une main tout en continuant à s'occuper d'elle de l'autre, mais il n'était pas un gentleman. Résister au désir de la pénétrer lui réclamait un tel effort qu'il transpirait à grosses gouttes.

Il devait d'abord la faire jouir, et il connaissait un moyen rapide d'y parvenir.

— Je crois que tu vas aussi beaucoup aimer ça, murmura-t-il contre la peau délicatement parfumée de sa gorge avant d'y déposer une traînée de baisers.

Il fit glisser ses petites fesses jusqu'au bord du lit, s'agenouilla entre ses cuisses et lui cala les jambes sur ses épaules. Il prit le temps de contempler le spectacle qu'elle offrait ainsi. Là aussi, elle était très belle. Ivoire et pétales de roses, luisants et tendres, minuscules renflements nichés au cœur d'une toison brune soyeuse. Son regard remonta le long de son corps et ce qu'il découvrit lui coupa le souffle. Claire posait sur lui un regard aussi ardent qu'un ciel d'été brûlant. Ses yeux ne reflétaient ni peur ni appréhension.

Un silence absolu régnait dans la chambre. Dehors, la neige étouffait tous les bruits de la ville, comme s'ils étaient les derniers êtres humains sur terre, plus rien qu'eux deux dans cette pièce silencieuse plongée dans la pénombre.

Bud se pencha et souffla doucement sur le délicat coquillage qui s'offrait à sa bouche. Les jambes de Claire remuèrent sur ses épaules. Il écarta les replis veloutés des doigts et eut l'impression de regarder une fleur s'épanouir.

Claire l'avait ensorcelé, c'était la seule explication possible.

Bud régalait rarement ses partenaires d'une « minette », comme il appelait cela, et quand cela lui arrivait, il ne pensait jamais à des choses aussi poétiques que des coquillages, des pétales de roses et des fleurs qui s'épanouissent. Il faisait ce qu'il avait à faire pour que la fille se détende et qu'elle soit prête à le recevoir. Il se prêtait aussi parfois à ce petit rituel pour remercier la fille de l'avoir bien sucé, mais il n'aimait pas particulièrement ça. Il considérait plutôt ça comme une corvée, comme le prix à payer pour tirer un coup.

À cet instant précis, cependant, il brûlait d'envie de goûter la saveur de cette petite chatte.

Il approcha les lèvres et l'embrassa, exactement comme il aurait embrassé sa bouche. Il la sentit plus qu'il ne l'entendit reprendre brièvement son souffle et sut que ce n'était pas une manifestation de douleur.

Elle avait une saveur délicieuse, tout à la fois fraîche et délicatement épicée. Pourquoi embrasser le sexe d'une femme lui répugnait-il tant jusqu'alors ? Goûter des lèvres et de la langue un fruit aussi savoureux était un acte merveilleusement intime. Mesurer son degré d'excitation était bien plus aisé avec la langue qu'avec le sexe et offrait le double avantage de la préparer à le recevoir.

Si son érection – une érection qui durait depuis une éternité, lui semblait-il – ne l'avait pas mis à l'agonie, il aurait pu consacrer des heures à l'embrasser, à faire aller et venir sa langue dans cette douceur tiède et épicée.

Il n'y avait plus qu'eux deux, le reste du monde avait disparu. Elle, étendue sur le lit, sa chevelure brillante déployée autour d'elle, dans une posture évoquant un sacrifice païen, et lui, agenouillé à ses pieds, l'adorant avec sa bouche. Les seuls sons qui troublaient le silence étaient les brefs halètements qui franchissaient les lèvres de Claire et les bruits mouillés, délicieusement excitants, que faisait sa bouche sur son sexe.

Il écarta les replis de son sexe pour faire aller et venir sa langue en elle. C'était incroyable. Il pouvait tout à la fois voir et sentir ce qu'il lui faisait. Le corail de son sexe, d'un rose de plus en plus intense, était tout luisant.

Les muscles de sa paroi vaginale palpitaient doucement autour de sa langue et déclenchaient de petits soubresauts de sympathie dans son propre sexe. Il introduisit la langue plus profondément, la lécha tendrement, et sentit les jambes de Claire trembler sur ses épaules.

Un gémissement lui échappa, et Bud dut se concentrer de toutes ses forces pour ne pas jouir. Sa langue s'immisça plus loin encore, Claire poussa un cri et il sentit les douces palpitations de sa jouissance sur sa langue. Non seulement il les sentit, mais en s'écartant, il les vit. Il vit les petites contractions rythmiques de sa chair, et ce spectacle l'excita au dernier degré.

Pas question cependant de rester là à la contempler, car le moment était venu. Là, maintenant, tout de suite.

Se redressant vivement, Bud remonta Claire sur le lit et la couvrit de son corps en tremblant d'excitation. Il devait la pénétrer pendant qu'elle jouissait encore pour que la souffrance de la perte de sa virginité soit noyée dans l'orgasme, mais il avait du mal à rester concentré. L'odeur et la texture de son sexe l'avaient enivré. Il aurait voulu lui sucer les seins, la toucher partout, s'attarder sur les endroits les plus tendres, enfouir le visage dans sa somptueuse chevelure, mais il n'en avait pas le temps.

Il prit le visage de Claire entre ses mains et la regarda. Son sexe était tellement rigide qu'il n'eut pas besoin de le positionner. Il trouva le chemin tout seul. Bud entra lentement en elle sans la quitter des yeux. Il avait envie de l'embrasser, mais plus encore de voir sa réaction.

Mâchoire crispée pour lutter contre son propre orgasme qui courait déjà le long de sa colonne vertébrale, laissant une traînée d'excitation brûlante, il serra les fesses et continua sa progression. Claire jouissait encore et il sentit ses muscles intimes l'aspirer à chaque contraction. Le corps tendu comme un arc pour garder le contrôle, il frissonna, et son front s'emperla de sueur. Il poussa son avantage…

Claire avait verrouillé son regard au sien, et tous deux inspirèrent bruyamment quand il atteignit l'hymen.

— Vas-y, murmura-t-elle.

— D'accord.

Bud donna un coup de reins, sentit la membrane s'étirer légèrement, se rompre, et il fut en elle. Claire ferma les yeux et le serra dans ses bras tandis qu'il enfouissait le visage dans son cou.

C'était trop intense. Il fut balayé par une incroyable tempête sensuelle. Cette lourde chevelure parfumée – elle avait autant de cheveux à elle seule que six personnes réunies – qui formait un oreiller sous sa tête, ce corps souple qui frémissait sous le sien et cette petite fente encore palpitante… Son corps entier passa en surmultiplié. Sans qu'il le lui ait ordonné, il entama une série de poussées, deux, trois, quatre fois et – *ohmon-Dieu !* – tout fut terminé. D'un seul coup.

Qu'est-ce qu…

Monsieur le champion de l'endurance, le type qui s'était rendu célèbre auprès des dames pour sa capacité à limer pendant des heures venait de se métamorphoser en Monsieur plus rapide que son ombre.

Son sexe tressauta en elle et le plaisir hallucinant qui le submergea le fit haleter. Il sentit sa tête enfler et eut envie de hurler, mais il réussit à mordre l'oreiller à la place. Les trois neurones qui fonctionnaient encore lui soufflèrent qu'il pouvait s'estimer heureux de ne pas l'avoir mordue elle.

Il eut vaguement conscience que la douleur déclenchée par la rupture de son hymen avait mis un terme à l'orgasme de Claire et jugea préférable de ne pas exprimer trop bruyamment sa propre extase. Certaines manifestations involontaires échappèrent cependant à son contrôle. Ses orteils s'enfoncèrent dans le matelas et ses mains agrippèrent les hanches de Claire tandis qu'il essayait de la pénétrer plus profondément encore. Il serra les dents, réprimant une violente envie de crier, mais se révéla incapable d'empêcher l'air d'entrer et de sortir de ses poumons avec la force d'un soufflet de forge.

Son sexe était resté trop longtemps en érection, et maintenant que la digue était rompue, plus rien ne pouvait le retenir. Il jouissait à longs traits, encore et encore. Ses hanches se soulevaient irrépressiblement ; il n'avait aucun pouvoir sur leur va-et-vient incontrôlé. Ivre de plaisir, il se tordait, râlait et gémissait sous la puissance de l'orgasme le plus explosif qui l'ait jamais traversé.

Finalement, il se laissa tomber sur Claire, haletant, lessivé. Son corps était encore parcouru de temps à autre de brefs tressaillements qui trahissaient une surcharge du système nerveux.

Lentement, très lentement, il récupéra ses sens. Un à un, comme s'il revenait d'entre les morts.

Quand il parvint enfin à penser de manière cohérente, il fit le point, et ce ne fut pas joli joli.

Il était affalé sur Claire, et devait l'écraser. Ses mains étaient encore crispées sur ses hanches, et il dut ordonner à ses doigts de la lâcher, un par un. Mais ils refusèrent de lui obéir. Ils voulaient rester là pour l'immobiliser, et qu'il recommence à la besogner sauvagement. Il devait pourtant s'écarter d'elle. C'était impératif. Ses doigts s'enfonçaient tellement dans sa chair qu'elle allait probablement avoir des bleus.

Son sexe n'avait pas perdu une once de rigidité. Il voulait rester en elle éternellement, mais devait se retirer ou il s'exposait à un risque de fuite. Il avait déjà fait suffisamment de dégâts comme cela.

Il sentait que son esprit essayait de lui communiquer un message : « Retire-toi, lâche-la, laisse-la respirer. »

Le message ne parvenait pas jusqu'à lui. Tel un cavalier solitaire s'efforçant de transmettre un message au général au beau milieu d'une bataille et qui reçoit une balle en pleine poitrine. Bud était pris au piège de ses seins contre son torse, de la douceur de sa peau, de son sexe étroit, du parfum qui émanait d'elle. Il ne pouvait tout simplement pas bouger.

Peut-être devrait-il procéder par étapes. En l'embrassant, par exemple. Cela ne sollicitait pas trop de muscles. Il tourna la tête pour lui effleurer la joue de ses lèvres et sentit quelque chose d'humide.

Il se figea.

Elle pleurait.

Bon Dieu, évidemment qu'elle pleurait ! À quoi s'était-il attendu ?

Cette découverte résolut son problème. Ses mains se détachèrent spontanément de ses hanches, prirent appui sur le matelas et il se retira d'elle. Il releva la tête et essuya du pouce une larme qui roulait sur sa pommette délicate.

— Ne pleure pas, mon ange, dit-il d'une voix qu'il aurait voulue ferme et rassurante, mais qui se révéla rauque et cassée. Je t'en prie.

Elle tourna la tête vers lui, croisa son regard et lui sourit. Oui, aussi incroyable que cela puisse paraître, Claire lui souriait !

— Je pleure de joie. Parce que c'était tellement merveilleux, dit-elle en faisant courir un doigt le long de sa joue.

Vraiment ?

— Je n'avais encore jamais rien connu d'aussi excitant, ajouta-t-elle, son doigt glissant sur son menton.

Ah bon ?

— Tu es magnifique, conclut-elle tandis que son doigt glissait sur ses lèvres.

Non ?

Il lui rendit son sourire – il fut tout bonnement incapable de s'en empêcher. Puis il déposa un baiser sur ses lèvres et s'y attarda. Il adorait la saveur, la texture de ses lèvres, si merveilleusement pleines et tièdes…

Son sexe profita de sa distraction pour chercher à retourner en elle, mais Bud s'en rendit compte dans un sursaut de conscience.

Il releva la tête, posa l'index sur l'adorable fossette qui creusait le menton de Claire.

— Il faut te laver, murmura-t-il. Après, on parlera.

Sa frêle cage thoracique exhala un soupir.

— D'accord.

Elle sourit et sa main lui frôla l'épaule quand il s'écarta d'elle.

Bud trouva sans difficulté la salle de bains, alluma la lumière et surprit son reflet dans un joli miroir ovale dont le cadre en fer forgé formait un délicat lacis de fleurs.

Il affichait une expression incroyablement suffisante et satisfaite. D'ordinaire, l'orgasme le laissait exténué, en nage et échevelé, comme s'il venait de livrer un *one-on-one* de basket contre un adversaire impitoyable. Certes, il était en nage et échevelé, mais il ressemblait surtout au chat qui vient de laper un bol de crème.

Il se débarassa du préservatif, baissa les yeux et vit qu'il était souillé de sang. Le sang de Claire. De sa virginité. Cette vision aurait dû l'horrifier, mais au lieu de cela, ce fut tout juste s'il ne se mit pas à caracoler fièrement dans la jolie salle de bains parfumée.

Il avait lu quelque part qu'au Moyen Âge, la coutume exigeait d'exhiber publiquement le drap ensanglanté de la nuit de noces, et la raison d'une telle coutume lui apparut soudain clairement. C'était une façon de revendiquer à la face du monde qu'une femme vous appartenait. Une coutume complètement barbare et primitive, d'accord, mais qui a jamais prétendu que les hommes étaient des êtres civilisés ?

Il jeta un coup d'œil à ses mains pour s'assurer que des touffes de poils n'avaient pas commencé à pousser, puis inspecta ses dents dans le miroir, au cas où ses canines se seraient converties en crocs. Il se faisait l'effet d'un animal et n'aurait pas été surpris de découvrir qu'il en était devenu un.

Il fit sa toilette, mais même l'eau froide ne parvint pas à venir à bout de son érection. Son sexe s'obstinait à rester aussi rigide que la barre d'acier du porte-serviettes. Il risquait de rester dans cet état-là un moment et ne pouvait pas compter sur un deuxième round dans l'immédiat. Claire était trop endolorie.

« Vraiment ? » demanda la bête qui sommeillait en lui. « Oui, crétin », répliqua l'humain qui subsistait malgré tout.

Dans combien de temps pouvait-il espérer recommencer ?

Comment savoir ? Et à qui poser la question ? Il se voyait mal appelant un collègue pour lui demander conseil.

« Salut, mec, ça boume ? La neige a ralenti les affaires, j'imagine. Il y a du nouveau sur l'affaire Lorenzetti ? Ah, oui, au fait, je voulais te demander, est-ce que tu saurais par hasard combien de temps doit attendre une fille qui vient de se faire déflorer avant de remettre le couvert ? »

Non. Pas question de demander conseil.

Bud se souvint qu'en entrant dans la maison, il avait entraperçu des étagères surchargées de bouquins dans le salon, mais il doutait que l'un d'eux contienne l'information qui l'intéressait. Comment procéder de toute façon ? En cherchant *fleur, (perdre sa)* dans l'index d'un dictionnaire médical ?

Bon, pas de deuxième round ce soir, donc. Il baissa les yeux sur son sexe, toujours aussi fringant, engorgé et pleurant d'impatience à l'idée de recommencer.

— Tu as entendu ce que je viens de dire ? fit-il. Pas ce soir. Demain.

Peut-être.

Son sexe persista à rester au garde-à-vous, mais il faudrait bien qu'il se fasse une raison.

Dans une petite commode en bois, Bud trouva des gants de toilette. Il prit le premier sur la pile, fit couler l'eau jusqu'à ce qu'elle soit tiède, humidifia le gant et regagna la chambre pour procéder à la toilette de sa Princesse.

5

« Oh, mon Dieu ! », songea Claire quand Bud revint dans la chambre.

Même dans ses rêves les plus fous, jamais elle n'aurait imaginé qu'il lui serait donné un jour de voir un aussi bel homme franchir le seuil de sa chambre.

Combien de nuits avait-elle passées, allongée sur son lit comme elle l'était maintenant, partagée entre la souffrance et le désespoir ? Serrant les dents, et souhaitant survivre aux heures les plus sombres de la nuit ? En proie à une lassitude sans nom ?

Le spectacle de Bud s'approchant de son lit tel un guerrier viking fondant sur sa proie était bel et bien sa récompense pour avoir survécu à tout cela. Pour ne pas avoir lâché prise et s'être laissée mourir.

Il était magnifique, tout en muscles et grâce virile et…

Oh ! là, là, là !

Son sexe était toujours dressé. Et comment ! Les manuels d'éducation sexuelle affirmaient pourtant que le sexe de l'homme diminuait de volume après l'orgasme. Pourquoi n'était-ce pas le cas de Bud ?

Et pourquoi les hommes glabres étaient-ils aussi prisés ? Lucy lui avait dit que la plupart des hommes présents à *L'Entrepôt* se rasaient le torse, et celui avec qui elle était partie s'était aussi rasé le bas-ventre.

Claire trouvait ridicule de vouloir ressembler à des adolescents.

Bud, lui, ressemblait à un homme. Des épaules d'une largeur impressionnante, des biceps d'athlète parcourus de veines saillantes, une toison d'un blond légèrement plus foncé que ses cheveux sur les pectoraux, et qui formait une fine ligne sombre avant de s'épanouir autour de…

Ma parole, il était vraiment… imposant. Claire sentit son vagin palpiter de sympathie, malgré la douleur. Mais si tentante que soit l'idée de renouveler l'expérience, ce ne serait malheureusement pas possible ce soir.

C'était déjà un miracle qu'ils aient réussi à faire l'amour. Le sexe de Bud atteignait pratiquement son nombril. Claire était presque certaine qu'elle n'arriverait pas à l'encercler de ses doigts, mais se promit de vérifier cela plus tard. Elle avait envie d'explorer son corps, de le caresser, de le palper, de sentir ses muscles puissants sous ses paumes. D'enfouir le nez dans son cou, de le humer, de le goûter, de le mordre.

Il s'assit au bord du lit et la dévisagea. Pensait-il qu'elle avait des regrets ? Qu'elle aurait préféré qu'il ne se soit rien passé ? Rien n'était plus éloigné de la vérité. Cette nuit était la plus belle de sa vie.

— Ça va ? lui demanda-t-elle en souriant.

Sa question le choqua. Il la fixa d'un air interdit, puis lui adressa un lent sourire.

— J'ai l'impression que ce serait plutôt à moi de te le demander, répondit-il en lui écartant doucement les jambes.

— Vraiment ? Eh bien si tu l'avais fait, je t'aurais répondu : à merveille ! Je ne me suis jamais sentie aussi bien.

Bud passait le gant humide et tiède entre ses cuisses, et elle se hissa sur les coudes pour le regarder faire. Là, dans cette chambre silencieuse, cet acte avait quelque chose d'incroyablement intime. Un colosse en érection s'occupait d'elle, lui faisait sa toilette. Au cours de sa maladie, on lui avait plus d'une fois fait sa toilette, mais pas ainsi. Cela n'avait strictement rien à voir.

Il semblait fasciné par ce qu'il faisait, le regard rivé sur sa main tandis qu'il glissait délicatement le gant entre les replis de son sexe. Oui, fasciné – et excité. Aucun doute là-dessus.

Et ce n'était pas seulement son érection qui le trahissait. Son souffle s'était accéléré et ses narines frémissaient comme s'il cherchait à la humer. Ses pommettes étaient rouges et la peau en était tendue. Elle vit tressauter un muscle sur sa mâchoire et, bien que cela parût impossible, eut la nette impression que son sexe s'allongeait davantage. Quel dommage qu'elle ne puisse profiter de cette merveilleuse virilité…

— Bud, murmura-t-elle, je ne crois pas que je vais pouvoir…

— Pas ce soir, non, je sais, répondit-il d'un air absent, son attention concentrée sur ce que faisait sa main.

L'attention de Claire était concentrée au même endroit, sur le contact languide de sa main enfermée dans l'éponge douce.

— Demain, murmura-t-elle, et il leva vivement les yeux.

Sous la chaleur de son regard, elle faillit se recroqueviller sur elle-même.

— Demain, murmura-t-il en retour. Toute la journée si tu peux.

Claire mit un moment à retrouver son souffle.

— Promis.

Toute une journée à faire l'amour. Waouh ! Un programme nettement plus alléchant que celui qu'elle avait prévu pour le week-end, à savoir, installer les étagères de la buanderie et finir de lire un roman d'Elmore Leonard.

Il souriait à présent. La lueur prédatrice qui faisait briller son regard – celle qui disait : « Prépare-toi parce qu'on va faire l'amour tout de suite. » – avait disparu. Elle lui manquait, mais elle savait que faire l'amour tout de suite aurait été douloureux.

Bud posa avec précaution le gant sur le dossier d'une chaise, et Claire frémit en pensant à la réaction de Suzanne si elle avait été présente. Un gant de toilette humide sur une authentique chaise Thonet. Elle serait devenue folle !

Claire, quant à elle, s'en moquait royalement. Bud pouvait traiter son mobilier comme il voulait du moment qu'il restait près d'elle avec cette incroyable érection dont elle avait l'intention de faire bon usage. Demain.

Bud affichait une expression sérieuse. « Après, on parlera », avait-il dit avant de disparaître dans la salle de bains. Apparemment, le moment était venu.

— Dis-moi, mon ange, comment se fait-il que…

Il hésita sur la façon de formuler sa question.

Une question que Claire redoutait d'entendre.

« Comment se fait-il qu'une femme de ton âge soit encore vierge ? » Quelle que soit la façon dont on la formulait, le fond n'en demeurait pas moins pathétique. Elle avait le choix entre lui laisser croire qu'aucun homme n'avait jamais voulu d'elle, ou lui dire la vérité.

La vérité était hors de question. Elle ne se voyait pas lui dire : « J'ai été très malade. » C'était bien la dernière chose qu'elle voulait qu'il sache. Elle n'imaginait que trop bien la tête qu'il ferait. Celle que son père avait toujours eue, celle de Rosa, la cuisinière qui était au service des Parks depuis la nuit des temps. Celle de Suzanne, parfois, quand elle essayait de déceler chez elle des signes de rechute alors même qu'elle allait parfaitement bien.

« Tu as trop chaud, peut-être ? Ou trop froid ? Tu es sûre de pouvoir faire ceci ? De pouvoir manger cela ? Comment te sens-tu ? »

Bien. Claire allait très bien.

Faire l'amour avec Bud n'avait rien à voir avec la maladie. Faire l'amour avec Bud appartenait au monde de la joie et du plaisir, un monde où la vie pulsait dans toutes les cellules de son corps.

— Viens là, ordonna-t-elle en tapotant l'autre moitié du lit. Allonge-toi.

Bud arqua les sourcils, mais obéit sans broncher. Parfait. Claire voulait de l'action, pas des questions sur son absence de vie sexuelle.

De toute façon, elle avait une vie sexuelle désormais. Une vie sexuelle qui lui plaisait énormément. Et qui était allongée sur son lit : un mètre quatre-vingt-huit de muscles, agrémenté d'un pénis bien vivant, et en pleine érection, s'il vous plaît. Un mètre quatre-vingt-huit dont chaque centimètre lui appartenait.

Claire allait enfin rattraper le temps perdu. *Gare à toi, Bud !*

Elle l'inspecta de la tête aux pieds, tel un festin qui lui réservait mille délices. Commencerait-elle par le caviar ou par le chocolat ?

Le corps d'un homme était véritablement fascinant, mais elle n'y connaissait strictement rien. Quels étaient les premiers gestes à accomplir ?

Elle s'agenouilla près de lui, et le regarda la regarder. Il avait les yeux rivés sur ses seins, qui gonflèrent et devinrent brûlants. Une onde de chaleur se déploya entre ses cuisses quand il baissa les yeux.

Claire écarta légèrement les jambes et Bud réagit comme s'il avait reçu une décharge de Tazer. Le regard rivé à son entrejambe, son corps se raidit et son sexe érigé remua comme s'il était doté d'une vie propre.

Une réponse si merveilleuse que Claire faillit éclater de rire.

Elle écarta davantage les cuisses, révélant les replis de son sexe moite. À en juger par son expression, Bud voyait fort bien à quel point elle était excitée.

Sa respiration s'était accélérée. Lentement, son regard remonta jusqu'à son visage, après s'être attardé longuement sur ses seins.

Ses paupières voilaient à demi ses yeux qui avaient pris une teinte presque dorée, tandis que l'expression de prédateur était de retour.

— Tu as l'intention de me torturer, c'est ça ? gronda-t-il. Tu sais que je ne peux pas te faire l'amour alors tu vas me narguer en t'exhibant sous mon nez.

Le torturer. Hmm, cette perspective ne manquait pas d'intérêt…

Se penchant en avant, Claire posa la main sur sa cuisse. Elle était couverte de poils blonds, plus clairs que sa peau, et sous sa peau bronzée, ses muscles puissants offraient un relief saisissant. Elle sentit ses quadriceps se contracter sous sa paume. Son sexe n'était qu'à quelques centimètres, mais elle ne le toucha pas. Elle aurait le temps de s'en occuper plus tard.

Le torturer… Oui, l'idée était très plaisante.

Claire sentit la puissance de ce grand corps palpiter sous ses doigts. Elle n'était pas de taille à le défier sur ce terrain. Et pourtant, de la même façon qu'à *L'Entrepôt*, son corps lui transmettait un message clair et distinct. Il lui disait qu'elle pouvait faire de lui ce qu'elle voulait, et qu'elle n'avait rien à craindre.

— Je crois, fit-elle en souriant, je crois que je vais faire de toi mon esclave sexuel.

Bud ouvrit des yeux comme des soucoupes. Il essaya de ne pas sourire, mais ses lèvres frémirent aux commissures.

— Ton… esclave sexuel ?

— Oui, répondit-elle d'un ton ferme, réalisant soudain que c'était exactement ce qu'elle désirait.

Ordonner à toute cette merveilleuse virilité de satisfaire ses caprices. Exercer le pouvoir alors qu'elle n'avait si longtemps été qu'une petite chose vulnérable. Ce corps somptueux lui appartenait, à elle dont le corps avait été autrefois faible et malade.

Sa récompense pour avoir survécu.

Une récompense bien méritée.

S'appuyant sur ses épaules, elle souleva la jambe et s'assit sur sa poitrine. Il était si large qu'elle devait écarter les jambes au maximum. Ses poils chatouillaient la peau sensible de ses cuisses, tandis que son sexe ouvert lui embrassait le torse. Elle ondula timidement des hanches pour établir un contact plus étroit entre ses muscles et son entrejambe. C'était presque aussi excitant que lorsqu'il l'avait embrassée à cet endroit-là et qu'elle avait eu son premier orgasme.

Quand Bud lui avait maintenu les bras au-dessus de la tête, se souvint-elle, elle avait trouvé la sensation délicieuse, comme si elle était incapable d'arrêter le plaisir qui la submergeait. Elle décida donc de le réduire à son tour à l'impuissance.

C'était ridicule, évidemment. Bud était l'incarnation de la puissance physique. Mais Claire jouissait sur lui d'un pouvoir bien à elle – celui qu'il venait de lui octroyer.

— Lève les bras au-dessus de la tête, dit-elle d'un ton qui ne parvint pas à résonner comme un ordre.

La chaleur qui emplissait ses poumons rendait haletante sa voix naturellement douce, mais elle obtint tout de même le résultat escompté. Bud tendit les bras, et Claire faillit avoir un orgasme quand elle sentit les muscles de son torse ondoyer contre les replis humides de son sexe. Un gémissement de plaisir involontaire s'échappa des lèvres de Bud et son regard vira à l'or liquide.

— Que comptes-tu faire maintenant ? demanda-t-il d'une voix sourde qui évoquait un grondement.

— T'attacher pour que tu ne puisses pas bouger.

Ignorant son haussement de sourcils, elle lui attrapa les poignets de la main gauche. Là encore, c'était ridicule. Les poignets de Bud étaient si épais qu'elle arrivait à peine à saisir les deux d'une seule main. Elle fit peser sa main dessus et Bud resta aussi immobile que si elle les avait entravés avec des menottes.

— Ne bouge pas, murmura-t-elle.

— D'accord.

Le spectacle de ce colosse calé sous ses cuisses l'incita presque à se passer la langue sur les lèvres. Tous ces muscles fermes, toute cette peau dorée n'appartenaient qu'à elle.

Elle fit courir ses mains le long de ses bras tendus et le contact de sa chair l'enivra. Sur la face interne de ses bras, sa peau était incroyablement douce et soyeuse et créait un contraste saisissant avec le reste de son corps, plus rugueux. Alors que les poils de ses aisselles étaient très clairs, longs, lisses et doux, ceux de son torse étaient plus sombres et crêpelés. Les deux textures étaient aussi surprenantes l'une que l'autre. Claire aurait pu passer des jours à l'explorer des mains et de la bouche.

Elle se pencha, effleura les paupières closes de Bud d'un baiser. Là aussi, sa peau était incroyablement douce. Elle déposa une nuée de baisers sur son visage, le caressa du bout du nez et de la pointe de la langue, lui mordilla tendrement les pommettes. Quand elle entreprit d'explorer ses oreilles, elle le sentit frissonner et se redressa, toute fière, pour le contempler.

Les joues de Bud étaient aussi rouges que ses lèvres et des paillettes d'or étincelaient sous ses paupières à demi closes. Ses veines saillaient plus que jamais sur ses muscles bandés à l'extrême.

La colère devait le mettre dans cet état-là, supposa-t-elle. Mais là, Bud n'était pas en colère.

— Chevauche mon sexe, gronda-t-il.

Il dut lire la surprise sur son visage, car il secoua la tête vivement et précisa :

— Ne me prends pas en toi, ce n'est pas possible. On verra ça demain. Mais je veux te sentir. Assieds-toi juste et frotte-toi sur moi.

Docile, Claire se souleva et descendit au niveau de ses hanches. Bud laissa échapper un bref halètement quand son entrejambe entra en contact avec l'extrémité de son pénis. Il était aussi humide qu'elle.

Elle sentit les lèvres de son sexe s'écarter à mesure qu'elle glissait le long de sa colonne de chair. C'était presque aussi excitant que de l'avoir en elle. Son sexe était presque insupportablement brûlant, sa peau aussi douce que du velours enveloppant une tige d'acier. Doucement, elle commença à onduler et regarda, fascinée, une grosse perle de liquide transparent jaillir à l'extrémité de son pénis et se répandre dans le triangle sombre de son pubis.

Elle s'inclina, referma les mains sur ses épaules musclées, savourant l'incroyable sensation de puissance qui en émanait. À croire que cet homme était uniquement composé de muscles recouverts de peau. Quel effet cela faisait-il d'être aussi fort ? De savoir qu'on pouvait faire pratiquement tout ce qu'on voulait ?

En dépit de sa force exceptionnelle, son beau bûcheron ne s'était pas amusé tous les jours. Son corps était couvert de cicatrices. Elle ne les avait pas encore remarquées, mais, à présent, elle les distinguait nettement sous la toison de son torse. L'une d'elles zigzaguait en travers de sa cage thoracique. Une autre, blanche et rectiligne, longeait l'un de ses biceps. Et la pire de toutes présentait la trace de points de suture juste au-dessus du cœur. Il pouvait s'estimer heureux d'être encore en vie.

Elle effleura cette dernière cicatrice des doigts.

— Tu as été blessé, murmura-t-elle.

Un muscle palpita au niveau de sa mâchoire.

— Mmm. Ce que tu es en train de faire est bien plus douloureux. Je crois que je vais mourir si tu ne te décides pas à bouger.

Claire s'esclaffa et se pencha davantage pour lui mordiller l'épaule.

Il n'avait pas envie de parler de ses cicatrices ?

Elle comprenait.

Elle non plus n'avait pas envie de parler des siennes. De la trace de l'incision chirurgicale, souvenir des deux greffes de moelle osseuse qu'elle avait subies, la première ayant échoué. De celle que le couteau de Rory Gavett avait laissée, juste au-dessus du rein, lorsqu'il l'avait prise en otage.

Parler des cicatrices, de la souffrance, du passé ou de l'avenir n'était pas de mise. L'heure n'était pas aux mots, elle était aux caresses.

Bud haletait à présent, comme s'il venait de courir. Elle frôla brièvement sa bouche de la sienne, juste le temps de lui toucher la langue et de lui arracher un gémissement, puis lui mordiller tendrement le cou et le torse.

Elle avait adoré les sensations qu'il avait fait naître en elle lorsqu'il avait sucé les pointes de ses seins, et s'aperçut qu'il était loin de rester indifférent quand elle explora sa toison de la pointe de la langue jusqu'à découvrir le petit caillou dur qui s'y nichait. L'aréole qui le cernait avait la couleur du cuivre alors que les siennes étaient d'un rose poudré, nota-t-elle, émerveillée.

De la langue, elle traça des cercles sensuels autour de la pointe érigée. Le front de Bud s'emperla de sueur. Il arqua le dos et un long gémissement remonta des profondeurs de sa poitrine. À chacun de ses mouvements, les poils de son torse frôlaient l'extrémité de ses seins, une infime friction qui faisait ruisseler en elle des ondes de plaisir.

— Tes seins, articula-t-il d'une voix gutturale à peine reconnaissable.

Il s'était contenté de nommer la partie de son corps qu'il désirait, comme s'il était tellement immergé dans le plaisir qu'il ne pouvait formuler une phrase complète. Ce qu'ils étaient en train de faire se passait de mots de toute façon.

Se passait de mots. Quelle étrange notion pour quelqu'un comme Claire qui n'avait jamais eu à sa disposition que les mots pour se défendre, pour s'exprimer. Pour qui les mots avaient remplacé la vie pendant tant d'années.

Elle n'avait plus besoin de mots désormais.

Bud et elle se comprenaient parfaitement sans que les mots soient nécessaires. Leurs corps se comprenaient.

Elle prit ses seins en coupe, se pencha vers lui. Ses cheveux glissèrent sur ses épaules et encadrèrent le visage de Bud d'un rideau soyeux.

Elle tressaillit quand sa bouche se referma sur son sein. Il avait fermé les paupières et les muscles de ses bras, toujours tendus au-dessus de sa tête, étaient durcis par l'effort que les laisser là où ils étaient lui réclamait. En réponse à la succion avide de ses lèvres, Claire sentit ses muscles intimes se contracter spasmodiquement.

Bud lâcha un instant son sein et ouvrit les yeux. Ces derniers ressemblaient à deux soleils jumeaux, si brûlants qu'elle faillit avoir un mouvement de recul. Elle le sentit onduler des hanches sous elle, des mouvements brefs, lancinants, qui simulaient l'acte sexuel. Ils se mesurèrent du regard. Humides de sueur, les cheveux de Bud paraissaient presque bruns, et ses traits étaient aussi tendus que s'il luttait contre la douleur.

— Tes seins, marmonna-t-il, toujours incapable de formuler une phrase. Encore.

Pour un esclave sexuel, il avait beaucoup d'exigences.

Le sourire aux lèvres, Claire glissa les mains sous ses seins, se pencha vers lui. La chaleur de sa bouche dissipa instantanément son sourire. Il entreprit de la téter avec une telle vigueur qu'il provoqua une décharge de plaisir brûlant en elle.

Et soudain, avant même d'avoir compris ce qui lui arrivait, elle bascula dans l'orgasme.

Bud avait dû sentir les palpitations de son vagin sur son pénis, car il se mit à la sucer plus fort encore, au rythme de ses contractions intimes, des gémissements remontant du fond de sa poitrine. Claire sentit des vagues successives de chaleur la submerger, ses cuisses se mirent à trembler et ses lèvres se contractèrent sur son pénis.

Instinctivement, Bud souleva les hanches pour se plaquer plus étroitement contre elle. La jouissance se déversait en elle, encore et encore, tel un torrent incontrôlable, tandis que d'irrépressibles gémissements d'extase lui échappaient. Il lui semblait que son cœur avait cessé de battre, et pour la première fois de sa vie, elle eut l'impression de sortir de son corps, non pas sous l'effet de la souffrance mais du plaisir. D'un plaisir aveuglant, à couper le souffle, qui n'en finissait pas et qui embrasait tous ses sens.

Les hanches de Bud se soulevaient en cadence et le glissement de son pénis entre ses lèvres prolongeait son plaisir. Quand il lui mordilla doucement le sein, Claire poussa un cri, et un nouvel orgasme explosa, relié au précédent comme les vagues qui s'échouent sur la plage.

Libérant son sein, Bud laissa aller sa tête contre l'oreiller et, les yeux mi-clos, savoura le spectacle de sa jouissance. Un tremblement irrépressible parcourait le corps emperlé de sueur de Claire tandis qu'elle se cramponnait à ses épaules.

— Ça va ? souffla-t-il.

Claire hocha la tête, et se mordit la lèvre inférieure tandis qu'elle baissait les yeux sur lui. Il luttait visiblement pour ne pas perdre le contrôle, contractant si violemment ses muscles qu'ils saillaient sous sa peau. Il serrait les poings, son serpent tatoué ondulant sensuellement sur son bras, et ses poumons se soulevaient au rythme haché de sa respiration.

Son chevalier à l'armure étincelante, soumis au bon vouloir de sa jouissance.

Si ça allait ? Oh que oui ! Elle était merveilleusement détendue. L'écho de ce double orgasme qui venait de la propulser sur une autre planète diminuait lentement, laissant dans son sillage une nouvelle version d'elle-même. Quelque chose avait basculé en elle. Elle était une autre femme, désormais, complètement différente. En l'espace d'une heure, elle avait franchi une frontière invisible.

Même quand elle était petite, elle s'était toujours sentie déconnectée des autres. Enfant unique de parents âgés, elle avait passé de longues heures à jouer seule dans les jardins qui entouraient la demeure familiale. Durant sa maladie, elle s'était retrouvée enfermée, prisonnière à l'intérieur de son propre corps, allongée sur un lit d'hôpital, isolée du reste du monde.

Elle n'avait rencontré Bud que quelques heures plus tôt, et pourtant elle se sentait étroitement… reliée à lui, cœur et sexe, corps et âme. Ce colosse luttait de toutes ses forces contre lui-même pour lui laisser prendre toutes les initiatives, comprenant d'instinct que c'était ce dont elle avait besoin. Cet homme, qui l'avait secourue et protégée, tremblait de désir, et résistait pourtant à la tentation de la pénétrer.

Il la scrutait attentivement, le regard ardent.

— À quoi penses-tu ? chuchota-t-il.

À quoi pensait-elle ? Pas grand-chose, à vrai dire. Elle ressentait surtout. Elle n'était plus qu'un corps comblé, repu de plaisir. S'éprouvait douce et féminine. Se sentait forte et irrésistible.

Vivante.

Elle avait si longtemps vécu dans l'ombre de l'ange de la mort, et voilà que Bud avait miraculeusement trouvé le moyen de l'éloigner à tout jamais.

Elle devait le lui dire. Il fallait qu'il comprenne ce qu'il venait de faire pour elle. Il le méritait.

Elle plongea dans son regard, sa poitrine se gonfla d'un soupir. Elle tenta de sourire mais n'y parvint pas. Ce qu'elle ressentait était trop solennel pour qu'elle sourie. Trop important.

— Je pense… commença-t-elle avant que sa voix ne se brise.

Elle laissa passer un moment, le temps de retrouver la maîtrise de sa voix, et une larme roula sur sa joue. Quand elle reprit enfin le contrôle de ses émotions, ce fut pour déclarer dans un murmure vibrant :

— Je pense que je suis très heureuse que tu aies été le premier, Bud.

Une lueur s'alluma brièvement dans les yeux de Bud. Son pénis enfla entre les lèvres de son sexe, ses hanches se détachèrent du lit et sa semence jaillit sur son ventre à longs traits nacrés. Il s'était farouchement retenu de jouir jusqu'alors, mais les paroles de Claire avaient suffi à déclencher son orgasme.

Comme sous l'effet d'une vive souffrance, un gémissement franchit ses lèvres, et ses hanches tressautèrent. Fascinée, Claire contempla les jets de sperme qui jaillissaient, encore et encore, de l'extrémité engorgée de son pénis. Ses propres orgasmes avaient sensibilisé sa chair et elle avait une conscience aiguë du moindre de ses mouvements tout le temps que dura sa jouissance. Quand il s'immobilisa enfin, ils étaient aussi haletants l'un que l'autre.

La toison de son torse était humide de sueur, son ventre luisant de semence. Claire n'aurait jamais imaginé que l'acte sexuel puisse se révéler aussi… glissant.

— La vache, souffla Bud en rouvrant les yeux.

Il fouailla son regard et Claire devina qu'il cherchait à analyser ses sentiments.

— J'ai le droit de baisser les bras ? risqua-t-il.

Encore tremblante et bouleversée, Claire n'eut pas la force de lui répondre. Elle se contenta de hocher la tête, ses longs cheveux balayant les épaules de Bud.

Il baissa aussitôt les bras, les referma sur elle et l'incita doucement à s'allonger sur lui. Ses grandes mains remontèrent le long de son dos, glissèrent sous sa chevelure, et enveloppèrent son visage pour l'immobiliser tandis qu'il l'embrassait. Claire avait du mal à se dire qu'elle venait à peine d'apprendre à embrasser. Leurs lèvres s'unirent à la perfection et la langue de Bud s'inséra dans sa bouche pour la caresser.

— C'était absolument incroyable, murmura-t-il, interrompant leur baiser.

Claire acquiesça, épuisée, et laissa aller son front contre sa poitrine. Les bras de Bud l'enveloppèrent. Elle n'avait plus assez d'énergie pour parler.

Ni même pour embrasser. Elle était complètement lessivée et glissait déjà vers le sommeil.

— J'espère que tu seras reposée demain, dit Bud.

L'oreille de Claire reposait sur son torse et sa belle voix grave résonna dans sa tête.

— Parce qu'on va faire l'amour toute la journée.

Claire laissa échapper un soupir de plaisir à cette idée.

— D'accord, chuchota-t-elle, puis elle sombra dans un profond sommeil.

6

13 décembre

Claire se réveilla tard, et eut conscience de la présence de Bud avant d'avoir conscience de son propre corps.

Une vieille astuce.

À l'hôpital, le moment du réveil était toujours le plus difficile. Celui où elle réalisait qu'une nouvelle journée de souffrance l'attendait.

Au cours de sa maladie, elle avait souvent rêvé de soleil et de rire, comme si son esprit s'ingéniait à offrir à son corps ce qui lui manquait le plus. Elle rêvait qu'elle courait à travers champs, qu'elle sautait à la corde ou qu'elle dansait. Elle aimait tellement ses cours de danse avant de tomber malade.

Dans ses rêves, elle courait, dansait et riait. Elle était toujours en bonne santé. Entière.

Le réveil, passage de ces sensations heureuses au poids brutal et douloureux de la réalité, était toujours atroce, et elle s'était longtemps réveillée en larmes. Jusqu'à ce qu'elle parvienne à maîtriser ses larmes.

Pour ce faire, elle s'était entraînée à s'extraire mentalement de son corps dès le réveil, le temps que son esprit réalise qu'elle n'était pas dans un champ de fleurs ni sur une scène, vêtue de son tutu et de ses chaussons de danse, mais clouée sur un lit d'hôpital, percluse de douleurs, oscillant entre la vie et la mort.

Cette gymnastique mentale lui permettait d'opérer un réveil en douceur, et l'habitude lui en était restée après sa guérison.

Claire eut donc conscience de la présence de Bud contre son dos avant d'avoir conscience d'elle-même. Il était si lourd que le matelas se creusait profondément, si bien qu'elle aurait dormi contre lui même s'il ne l'avait pas serrée dans ses bras. Sa tête reposait sur le biceps de Bud qui n'avait rien d'un oreiller moelleux, mais il ne lui serait pas venu à l'idée de s'en plaindre. Son autre bras recouvrait sa hanche, sa main reposant sur son ventre. Elle était complètement enveloppée par ce corps chaud si masculin.

Elle avait passé la nuit dans les bras d'un homme !

C'était si simple, basique même. Des millions de femmes faisaient cela chaque nuit. Pas elle. Ça ne lui était encore jamais arrivé. Jamais elle n'aurait rêvé vivre assez longtemps pour connaître ce bonheur-là.

Les paroles d'une vieille chanson d'Ella Fitzgerald lui revinrent en mémoire : « Someone to watch over me » – quelqu'un pour veiller sur moi.

Au plus profond d'elle-même, elle savait que quelqu'un avait veillé sur elle toute la nuit, l'autorisant à lâcher prise.

Elle était entièrement nue. Jamais encore elle n'avait dormi nue. Pourquoi les gens portaient-ils des vêtements pour dormir ? Le contact des draps de coton égyptien était tellement agréable à même la peau. Celui des bras de Bud aussi.

Son sexe, chaud et dur, était niché au creux de ses reins.

— Tu es réveillée, dit-il de sa belle voix grave, si près de son oreille que son souffle la caressa.

— Mmm.

— Tu as bien dormi ?

Il passa la pointe de la langue sur le pourtour de son oreille, et fit courir un délicieux frisson le long de ses bras, suivi d'une douce palpitation dans le ventre.

Claire hocha la tête, incapable d'articuler un mot.

Bud rabattit le drap et elle vit ses mains. L'une d'elles lui caressait paresseusement la poitrine, tandis que l'autre dessinait des mouvements circulaires sur son ventre, à l'endroit précis où venait de naître l'imperceptible contraction.

C'était la main qui portait un tatouage. Elle descendit un peu plus bas, effleura sa toison pubienne, descendit plus bas encore et s'insinua entre les replis de plus en plus moites de son sexe jusqu'à ce que ses doigts disparaissent complètement entre ses cuisses, seul le dos de sa main restant visible. Claire n'avait jamais rien vu d'aussi érotique : un cobra recouvrant son mont de Vénus comme s'il s'apprêtait à la pénétrer. Les doigts de

Bud s'agitaient en elle et le serpent ondulait au rythme de ses mouvements.

— Tu es tout humide, ma douce. Tu as rêvé de moi ?

La langue de Bud passa derrière son oreille tandis que son pouce frôlait son clitoris. Elle savait que c'était là qu'il se trouvait parce qu'à cet endroit-là, à l'endroit précis où il la touchait, une délicieuse onde de chaleur intensifia les palpitations de son ventre.

Elle n'avait pas ressenti cela quand, à l'aide d'un miroir et d'un manuel d'anatomie, elle avait cherché à localiser son clitoris. Elle avait effectivement découvert une petite perle de chair rose vif et avait poussé un soupir de soulagement : son corps était en état de marche. Mais quand elle s'était caressée, elle n'avait éprouvé qu'une petite sensation de plaisir. Une toute petite sensation de plaisir. Un plaisir équivalant à celui qu'on éprouve quand on boit un verre d'eau fraîche en plein été.

Rien à voir avec ce qu'elle ressentait maintenant. Les doigts de Bud, tout humides à présent, allaient et venaient aisément en elle, puis encerclaient doucement son clitoris, déclenchant une explosion de sensations si puissantes qu'elles semblaient presque en équilibre au bord de la douleur.

— On est demain.

Sa voix grave pénétra en elle. Sa bouche était si près qu'elle sentit ses lèvres remuer contre son oreille.

— Tu te souviens de ce que je t'ai promis ?

« On va faire l'amour toute la journée. »

Personne ne lui avait jamais fait une telle promesse.

— Oh, oui, soupira-t-elle.

Elle le sentit se plaquer plus étroitement contre elle, puis il l'incita à écarter davantage les cuisses. Claire s'exécuta docilement, facilitant le délicieux va-et-vient de ses doigts.

Les lèvres de Bud remuèrent contre son oreille et elle frissonna quand il chuchota :

— Quand j'ai dit « toute la journée », ce n'était pas une plaisanterie, tu sais. On ne s'interrompra que pour manger. Et si tu es très sage, peut-être que je fixerai les étagères que j'ai vues dans la buanderie tout à l'heure.

Il déposa un baiser dans son cou et elle le sentit sourire contre sa peau.

— Peut-être aussi que je regarderai le match, cet après-midi. Mais le reste du temps, tu seras sur le dos, ou sur moi, ou dans la position que tu préféreras du moment que je suis en toi.

Claire était en feu. Le son de sa voix, le cobra qui ondulait sur son ventre et la caresse de ses doigts, là où personne d'autre que lui ne s'était jamais aventuré, tout cela combiné avait envoyé un flot de chaleur liquide dans ses veines. Elle retint un instant son souffle quand Bud inséra un deuxième doigt en elle.

— Tu auras le droit de t'habiller, murmura-t-il en écartant les doigts pour étirer sa chair intime, mais je t'interdis de porter le moindre sous-vêtement.

Il positionna l'extrémité de son pénis à l'entrée du sexe de Claire tandis qu'il ôtait ses doigts. Elle sentit la tête ronde, dure et chaude, appuyer doucement.

— Tu as entendu ce que je t'ai dit, mon ange ? Port de sous-vêtement strictement interdit.

— D'accord, acquiesça-t-elle dans un souffle.

La moitié de son sexe était déjà en elle, mais il s'immobilisa pour lui laisser le temps de s'adapter à la volumineuse intrusion.

— Tu enfileras quelque chose qui s'enlève facilement pour que je puisse te prendre quand ça me chantera.

Claire ne répondit pas, elle en était bien incapable. Ses poumons s'étaient entièrement vidés de l'air qu'ils contenaient. Son pénis la brûlait un peu, mais le plaisir était plus intense que la souffrance.

— Claire ? demanda-t-il doucement. Est-ce que je te fais mal ?

Il attendit sa réponse sans bouger. Mais Claire voulait qu'il bouge. C'était même son vœu le plus cher. Elle posa la main sur sa cuisse et planta les ongles dans sa chair. Ses muscles étaient si fermes qu'elle n'aurait pas pu les enfoncer très profondément, mais elle sut qu'il avait compris ce qu'elle désirait quand elle l'entendit rire tout bas.

— Tu me tortures, souffla-t-elle. Prends-moi, Bud, je t'en supplie. Tout de suite.

Il rit de nouveau, puis s'exécuta.

Lentement. C'était terrible et délicieux. L'enfer et le paradis tout à la fois.

Il s'immobilisa quand il l'eut emplie tout entière, mais Claire le soupçonna de ne pas être en elle jusqu'à la garde.

— Bon sang, tu es vraiment étroite, commenta-t-il d'une voix rauque, et elle le sentit trembler contre son dos.

Elle l'était, certes. Mais si son vagin enserrait ainsi son pénis, c'était davantage parce qu'il était énorme, que parce qu'elle était étroite. Claire comprit qu'elle prenait vraiment goût à la chose quand il commença à se retirer. Une vive sensation de manque accompagna ce simulacre de retrait. Elle voulait sentir son sexe en elle, qu'il la comble, son vagin était fait pour ça, pour le recevoir. À peine eut-elle formulé cette pensée qu'il revint en elle, toujours aussi lentement, afin qu'elle sente chaque centimètre de sa chair qui se frayait un chemin en elle.

Mon Dieu ! Claire ne s'était jamais doutée que faire l'amour puisse se révéler aussi intense.

Mais faisaient-ils vraiment l'amour ? Il faut être amants pour faire l'amour, et pour autant qu'elle sache, Bud et elle avaient simplement une aventure.

« Jouis de l'instant présent, s'ordonna-t-elle. Ne pense pas au lendemain. » Cette formule, qui avait toujours été son credo, s'appliquait plus que jamais.

L'index de sa main tatouée était pressé sur son clitoris tandis qu'il allait et venait en elle, de plus en plus aisément. Son autre main était refermée sur son sein. Il l'étreignait fermement, l'obligeant à observer la plus parfaite immobilité, tel un mâle soumettant sa femelle à son bon vouloir. L'aurait-elle voulu que Claire n'aurait pas pu bouger. Mais elle découvrit, à sa grande surprise, que cette posture de soumission l'excitait énormément.

Et elle n'était assurément pas la seule. Les coups de reins s'accélérèrent, gagnèrent en intensité. La chaleur qui se déployait en elle était stupéfiante, à la limite de l'incandescence. Sa main reposait toujours sur la cuisse de Bud et elle sentait le jeu de ses muscles tandis qu'il la besognait. Des bruits s'échappaient de sa poitrine. Des sons inarticulés. Des bruits animaux.

Tout, en cet instant, lui apparut purement animal. L'odeur musquée du corps de Bud, celle qui émanait de leurs sexes joints, et qui recouvrait la délicate fragrance des fleurs et des bougies parfumées. Ce qu'ils étaient en train de faire était autrement plus réel que son petit univers de raffinement féminin. Ce qu'ils étaient en train de faire était élémentaire. Le lit se mit à gémir quand les poussées de son sexe s'accélérèrent. Les grandes mains se crispèrent sur son corps si bien que Claire ne pouvait absolument pas bouger, à peine respirer.

Le niveau sonore s'accrut notablement. Ses grognements inarticulés, les grincements du lit qui cognait à présent contre le mur, le bruit de succion de son sexe en elle. Les sens de Claire avaient atteint la limite de ce qu'ils pouvaient supporter, et quand Bud approcha la bouche de sa nuque pour la mordiller, elle vola en éclats. Un cri franchit ses lèvres, et elle eut l'impression d'exploser tandis que ses muscles intimes se contractaient irrépressiblement autour du sexe enchâssé en elle.

Bud laissa échapper un cri de surprise si puissant qu'elle le sentit se réverbérer contre son dos. Il se cabra, son sexe enfla en elle, ce qui accrut son plaisir de façon incroyable, et il libéra sa semence dans un rugissement.

Quand il s'immobilisa enfin, le silence retomba dans la chambre, uniquement ponctué par sa respiration haletante. Progressivement, celle-ci retrouva un rythme normal, puis il y eut un long silence, et un soupir saccadé.

— Waouh, c'était rapide, lâcha Bud d'une voix rauque. Je te jure que je tiens beaucoup plus longtemps que ça d'habitude. Je tiens pendant des heures normalement, mais avec toi, ma douce... j'ai la détente très sensible.

Claire se serait indignée si elle en avait eu la force, si elle s'était sentie moins languide et comblée.

Suzanne l'avait prévenue. Les hommes sont faibles et rejettent toujours la faute sur leur partenaire. Quoi que tu fasses, c'est toujours ta faute. Suzanne était tellement déçue par les hommes qu'elle avait quasiment cessé d'en fréquenter.

— J'imagine que c'est ma faute, soupira Claire.

Elle remua légèrement et sentit que Bud était toujours dur en elle. Pas tout à fait aussi dur qu'avant, mais il la remplissait encore complètement. De quoi se plaignait-il ?

— Non, répondit-il en soupirant à son tour. C'est uniquement la mienne. Ton seul tort, c'est d'être trop désirable.

Il l'immobilisa de sa main tatouée pour se retirer avec précaution.

— À un moment ou à un autre de la journée, j'arriverai bien à te faire l'amour longtemps, mais je ne sais pas quand. Je suis à peine en toi que, bam ! je jouis comme un ado sur le siège arrière de la voiture de son père.

Il semblait toutefois plutôt joyeux. Et lorsque Claire se retourna, elle constata qu'il souriait comme un bienheureux. Il déposa un baiser léger sur ses lèvres, puis s'écarta pour la dévisager. Il approcha de nouveau les lèvres des siennes, puis s'immobilisa.

— Non, non, non, dit-il en posant l'index sur la fossette qui ornait son menton. Il faut que tu trouves le moyen de t'enlaidir, mon ange. Que tu te fasses pousser une ou deux verrues, que tu perdes des dents. N'importe quoi, sinon, on n'arrivera jamais à sortir de ce lit. On restera ici à faire l'amour jusqu'à ce que mort s'ensuive. Ce n'est pas bien.

Non, Claire n'avait pas envie de mourir. Pas quand elle venait de découvrir les plaisirs du sexe.

Bud roula sur le côté et s'assit, lui tournant le dos. Il s'étira, se leva, et pivota vers elle.

— Je prends ma douche en premier, annonça-t-il, sa bouche se relevant sur un demi-sourire, ses yeux formant deux lacs d'or en fusion. Et je préparerai le petit déjeuner pendant que tu prendras la tienne. Après ça, je fixerai tes étagères. Et je te referai l'amour.

Claire aurait répliqué si elle n'avait pas eu le souffle coupé tandis qu'elle le contemplait, debout devant elle, la lumière pâle du matin nimbant son corps d'un halo féerique. Maintenant qu'elle connaissait intimement son corps, la force contenue dans ses muscles, Bud lui apparaissait plus imposant que jamais. Au lieu de se dresser contre son ventre, son sexe formait un angle droit par rapport à son corps, mais pour autant qu'elle puisse en juger, il était toujours aussi ferme et long. Il était recouvert d'un préservatif et Claire comprit d'où venait le froissement de papier qu'elle avait entendu en se réveillant.

Il passa dans la salle de bains, et quelques secondes plus tard, elle entendit l'eau couler tandis qu'il sifflait joyeusement.

« Norwegian Wood ». Et tellement faux que s'ils l'avaient entendu, les survivants des Beatles auraient instantanément rejoint leurs compagnons dans la tombe.

Claire fit le point de la matinée. Son premier matin de femme. La grande fenêtre de sa chambre était dépourvue de rideaux car, selon Suzanne, les « oripeaux de fenêtres », comme elle les appelait, appartenaient au passé. Le fin du fin, désormais, c'étaient les stores. La fenêtre de sa chambre donnait sur le petit jardin situé à l'arrière de la maison si bien qu'il n'y avait aucun vis-à-vis. Dans toute cette blancheur immaculée, les branches noires d'un pommier sauvage tranchaient singulièrement.

Il avait dû neiger toute la nuit. La couche de neige, qui arrivait à mi-hauteur des rosiers, étouffait tous les bruits. Une atmosphère presque surnaturelle régnait à l'extérieur, et Claire eut l'impression de s'être échouée sur une île déserte.

Une impression extrêmement agréable.

D'une certaine façon, ils étaient vraiment isolés du reste du monde. Personne ne savait qu'elle était là en dehors de Bud. Et de Suzanne, bien sûr, mais elle était en vacances. De même que son père. Cela faisait deux semaines qu'il était à Paris, occupé à négocier avec les Russes le prêt d'une collection d'œufs de Fabergé appartenant au musée de l'Ermitage de Saint-Pétersbourg, pour une exposition que préparait la Fondation Parks. Il ne rentrerait pas avant une semaine.

Son père ignorait qu'elle avait quitté la maison. Claire détestait lui faire de la peine, mais elle savait qu'il était grand temps pour elle d'échapper à son amour étouffant. Quand il rentrerait, il se trouverait devant le fait accompli. Il lui pardonnerait parce qu'il l'aimait. Et avec le temps, il finirait peut-être même par comprendre.

Personne au monde ne savait donc qu'elle était dans sa petite maison avec son séduisant bûcheron. Ils étaient complètement seuls.

Un bruit de vaisselle lui parvint depuis la cuisine. Pourvu que Bud sache cuisiner, parce que sortie du thé et des œufs durs, elle ne savait strictement rien faire. Cela dit, même s'il ne savait pas cuisiner, il était doué pour autre chose. Très doué, même.

Claire contempla les jolies décorations au pochoir bleu pâle qui parsemaient le plafond et sourit.

C'était si bon d'être en vie.

7

Bud sentit son parfum avant de la voir.

Il était occupé à préparer un petit déjeuner pantagruélique. La cuisine était aussi bien équipée que celle d'un professionnel ; Claire devait être un cordon-bleu.

Lui-même se défendait plutôt bien aux fourneaux, et son esprit de compétition se réveilla à la perspective de régaler un connaisseur. Il allait lui offrir le petit déjeuner de sa vie. Il comptait aussi lui offrir une séance au lit digne de ce nom. Ce qui n'avait pas été vraiment le cas jusqu'à présent.

Étant vierge, Claire ne pouvait pas savoir que ce n'était pas normal pour un homme de jouir aussi rapidement. Pour lui, du moins, ce n'était pas normal.

Bud n'avait jamais eu de problèmes d'endurance. Le sexe avait toujours été simple, amusant et sans complications. C'était comme le jogging. Un exercice physique qui le faisait transpirer et lui remplissait le cerveau d'ondes alpha. Une fois, il avait résolu une affaire en tirant un coup. Dans sa tête, il avait atteint ce qu'il nommait La Zone pendant qu'il limait... comment s'appelait-elle déjà ? Une blonde décolorée qui bossait pour... Il ferma les yeux pour rassembler ses souvenirs... Une compagnie d'assurances. Voilà. Un corps très athlétique. Ils avaient baisé pendant des heures, et à la fin, alors qu'elle lui exprimait sa reconnaissance, il avait réalisé que le mari de la victime du meurtre sur lequel il enquêtait avait menti. Un coup de fil rapide lui avait permis de vérifier que son intuition était bonne et il avait été chaleureusement félicité par ses supérieurs. Il serait parvenu à la même conclusion en faisant deux heures de jogging. C'était exactement la même chose.

Jusqu'à maintenant. Jusqu'à ce qu'il rencontre Claire.

Il ne se voyait pas résoudre une affaire dans les bras de Claire. Son cerveau rétrécissait et son corps, emporté par un tourbillon de sensations, échappait à son contrôle. C'était tout juste s'il arrivait à se souvenir de son propre nom, alors il ne risquait pas d'articuler une pensée cohérente pendant qu'il était en elle. Avec elle, il se transformait en véritable animal.

Ainsi, à l'instant, par exemple, il venait de humer son odeur par-dessus celle des œufs au bacon, des toasts et du café qui passait dans le percolateur d'importation italienne.

Claire devait probablement se contenter de petits déjeuners de fille, genre un demi-yaourt à 0 % accompagné d'une tasse de thé sans sucre, mais Bud, lui, avait un appétit d'ogre. En conséquence, il avait préparé de sérieuses quantités de nourriture. En outre, vu le programme qui l'attendait, il avait intérêt à faire le plein de calories.

Claire entra dans la cuisine, vêtue d'un jogging rouge cerise. Sans rien dessous, comme il le lui avait demandé ? Bud examina attentivement son corps. Elle ne portait visiblement pas de soutien-gorge car il vit les pointes de ses seins se dresser sous l'étoffe. Et si elle ne portait pas de soutien-gorge, il y avait de fortes chances pour qu'elle ne porte pas non plus de culotte…

Son sexe se déploya immédiatement à cette idée. « Arrête », lui ordonna-t-il aussitôt.

Ils devaient manger. Et il tenait vraiment à installer ses étagères. Bud était habile de ses mains et, d'une certaine façon, il voulait – il avait besoin – de faire quelque chose pour elle.

Claire lui adressa un petit sourire timide. Surprenant, quand on songeait qu'il était en elle une heure plus tôt. Bud dut faire un effort pour se rappeler qu'elle était complètement novice en matière de sexe.

Il cassa des œufs au-dessus de la poêle et la sonnerie du four à micro-ondes retentit.

— Le petit déjeuner est prêt, annonça-t-il.

— Je ne sais pas ce que tu as préparé, mais ça sent très bon, déclara-t-elle en prenant place à table.

— Pas aussi bon que toi.

Elle sourit, de cette façon mystérieuse qui n'appartient qu'aux femmes. Où avait-elle appris à sourire ainsi ? La veille encore, elle était vierge, innocente et peu sûre d'elle. Et voilà qu'un sourire de Joconde apparaissait spontanément sur ses lèvres. Qui lui avait appris à sourire ainsi ? Pas lui, il en était certain. Elle l'avait donc trouvé toute seule. Les femmes ! Il ne les comprendrait jamais.

— Chanel, lui apprit-elle en inclinant la tête de côté, ses longs cheveux se répandant en vagues soyeuses sur ses épaules.

Elle se pencha vers lui pour le humer délicatement.

— Et toi ? demanda-t-elle.

Bud posa des assiettes sur la table, un poêlon de bacon et de saucisses sur un dessous-de-plat, un petit beurrier garni et des toasts de pain complet. Il avait trouvé dans les placards de Claire un assortiment incroyable de confitures de luxe et en déposa quelques-unes sur la table.

Une pile de pancakes à la farine de sarrasin fumants n'attendait plus que d'être arrosée du sirop d'érable qu'il avait fait tiédir au micro-ondes. Bud souleva le bord de l'omelette, estima qu'il était temps de la retourner. Il réussissait les omelettes à la perfection. La plupart du temps, il ne cuisinait que pour lui, mais il se dit qu'une petite démonstration de son talent impressionnerait. Tac ! rapide torsion du poignet brevetée Morrison et l'omelette exécuta un double salto avant d'atterrir en douceur dans la poêle. Nickel. Secousse ferme du manche, quelques secondes à feu vif, et hop ! glissade souple jusqu'au plat.

Ouais, il avait bien assuré sur ce coup !

— J'ai utilisé un des petits savons en forme de fleur que j'ai trouvés dans la salle de bains et ton shampoing, dit-il, en réponse à la question de Claire. Tu n'as que des trucs parfumés et je dois sentir comme si je m'étais roulé dans un lit de pétales de roses. Tu devrais te procurer un gel douche à la sueur de gymnase, histoire de respecter l'équilibre du yin et du yang…

Bud s'interrompit pour regarder Claire, éberlué. Contrairement à la plupart des femmes, qui chipotent avec la nourriture et font la fine bouche comme si le contenu de leur assiette était radioactif, Claire y allait carrément. Ce qu'elle entassait tranquillement sur son assiette aurait pu nourrir une famille de dix personnes.

Quatre pancakes, deux grosses saucisses et la moitié de l'omelette. Bud la regarda tartiner généreusement un toast de beurre et de confiture de myrtilles avant de le croquer à belles dents. Cette délicate créature avait un appétit d'ogre !

Claire posa les yeux sur son assiette vide.

— Je te conseille de te servir avant que je finisse les plats.

Bud comprit qu'elle ne plaisantait pas. Il remplit son assiette en se demandant s'il n'avait pas prévu trop juste. Claire fit disparaître ses pancakes en un clin d'œil et se resservit.

— Tu es un fabuleux cuisinier, le félicita-t-elle. Mes compliments.

Bud haussa les épaules.

— J'aime les bons petits plats, mais je ne peux pas me permettre d'aller au resto tous les jours, alors j'ai appris à me débrouiller seul. Mais si je me fie à l'équipement de ta cuisine, j'imagine que tu es un vrai cordon-bleu.

— Absolument pas, répliqua-t-elle joyeusement avant d'engloutir une dernière bouchée de pancake. Je sais à peine faire bouillir de l'eau. Mais j'ai l'intention de m'y mettre. C'est la première fois que je vis seule et je veux être capable de tout faire moi-même.

— Tu ne sais pas cuisiner ? articula Bud, sidéré, en regardant autour de lui. Mais, tu as ici tous les ustensiles de cuisine que l'homme ait jamais inventés. Et assez de réserves dans tes placards pour tenir jusqu'à la fin de la Troisième Guerre mondiale !

Claire sourit et soupira.

— C'est Suzanne.

— Suzanne qui ?

— Suzanne Barron, l'une de mes meilleures amies. C'est elle qui s'est chargée de la décoration de la maison. Quand je lui ai dit que j'avais l'intention de cuisiner, elle a fait en sorte que j'aie tout ce qu'il fallait pour apprendre.

— Dont des poêles à omelettes de cinq tailles différentes, un moulin à noix de muscade électrique, une machine à pain, etc. Tu es vraiment parée !

— Tu pourrais m'apprendre à cuisiner, suggéra Claire entre deux bouchées.

Elle mangeait délicatement mais rapidement, et maintenait un bon rythme.

— J'apprends vite et ce serait amusant…

Elle s'interrompit brutalement, une rondelle de saucisse piquée au bout de sa fourchette, son visage reflétant une expression horrifiée.

— Désolée, marmonna-t-elle. Je ne voulais pas sous-entendre…

Elle se mordit la lèvre et baissa les yeux sur son assiette.

Et voilà.

Elle ne voulait pas sous-entendre qu'il demeurerait suffisamment longtemps dans sa vie pour lui apprendre à cuisiner. Elle ne voulait pas sous-entendre qu'ils pourraient former un couple.

Mais elle l'avait fait.

Il n'en fallait généralement pas plus à Bud pour prendre la poudre d'escampette. Le lendemain d'une aventure, il était toujours sur le qui-vive, guettant maladivement la moindre allusion quant à l'évolution de la « relation », et fourbissant ses armes pour décliner toute invitation à un concert ou à un dîner avec des amis la semaine suivante, ou, pire encore, à rendre visite aux parents.

Avec n'importe quelle autre femme, ce léger faux pas l'aurait amené à émettre des commentaires détachés, et moins d'une demi-heure après, il aurait pris la porte.

Bud avait un langage cru, et selon ses propres termes, il baisait. Les femmes s'accordaient même à dire qu'il baisait très bien, et il n'avait jusqu'à présent jamais reçu aucune plainte à ce sujet. Mais les choses s'arrêtaient là. Bud n'entretenait pas de relations.

Là, en l'occurrence, il se cala sur l'assise de l'élégante petite chaise de cuisine et décida que Claire devrait en acheter de plus robustes. Et faire le plein de bière. Il n'avait trouvé que deux bouteilles dans le frigo. Une coûteuse bière d'importation, et une bouteille de vin blanc de luxe. Son stock d'alcool se limitait à cela.

— Oui, je t'apprendrai à faire la cuisine, répondit-il tranquillement. Ce n'est vraiment pas sorcier. Simple question de feeling et de timing, ajouta-t-il en lui décochant un clin d'œil quand elle leva les yeux et qu'il eut la satisfaction de la voir retrouver son sourire. Comme pour d'autres activités que je pourrais citer...

Tandis qu'il se levait, Claire laissa échapper un petit rire perlé qui le fit sourire. Quelques minutes plus tard, des œufs à la mexicaine frémissaient sur la cuisinière et Bud se jurait que cette fois-ci, il y goûterait. Si on ne se méfiait pas de la jolie petite Claire Schuyler, on risquait facilement de mourir de faim.

— Tu t'es changé, dit-elle soudain en fixant son jogging gris, les sourcils froncés. Comment as-tu fait ?

Ils étaient dans la cuisine depuis près d'une demi-heure et elle venait seulement de s'en apercevoir. Zéro talent d'observation. Claire lisait apparemment beaucoup, et Bud avait remarqué que les lecteurs boulimiques ont tendance à vivre en dehors du réel. Claire Schuyler n'aurait pas pu être flic. Un flic passe sa vie à regarder autour de lui. Il fait attention aux moindres détails, qu'il soit ou non en service. Sa vie en dépend.

— J'avais mis des affaires de rechange dans le coffre de ma voiture parce que j'avais l'intention d'aller faire un tour sur la côte ce week-end, répondit-il en la détaillant, son regard s'attardant sur les reliefs de son anatomie. Mais j'ai croisé le chemin d'une belle brune et j'ai changé d'avis, ajouta-t-il avec un clin d'œil. Du coup j'ai tout ce qu'il faut : fringues de rechange, brosse à dents, rasoir... ainsi qu'une grosse boîte de préservatifs que j'ai l'intention d'utiliser entièrement avec toi.

Claire rougit comme il l'avait prévu. Ce qu'elle fit ensuite le surprit cependant. Elle posa sa fourchette sur le rebord de son assiette et le dévisagea longuement. Avec une telle intensité que Bud se mit à se tortiller sur sa chaise.

— Qu'est-ce qu'il y a ?

— Tu as l'air, heu… en très bonne santé, Bud.

— Oui. Bien sûr que je suis en bonne santé, confirma-t-il, perplexe. Je fais attention à moi et j'ai une santé de cheval. Jamais eu de pépin.

— Et tu as veillé à utiliser des préservatifs avec moi. Tu es toujours aussi prudent ?

— Oh que oui ! Toujours. Jamais d'exception.

C'était l'une des rares règles auxquelles il ne dérogeait jamais. On ne plaisantait pas avec ça. Il ne connaissait que trop les conséquences des comportements à risques, et les femmes avec qui il sortait n'étaient pas vraiment des saintes. S'il devait mourir avant l'heure, il préférait se prendre une balle dans le buffet plutôt que de choper une maladie.

— Aucun problème de ce côté-là avec moi, mon ange, tu peux être tranquille.

— Tant mieux.

Elle soupira et se mordilla la lèvre, retournant visiblement une idée dans sa tête. Elle dut parvenir à une conclusion, car elle opina du chef, comme pour elle-même.

— Qu'est-ce que tu mijotes dans ta jolie petite tête ?

— Je me disais que… Je me disais qu'étant donné que j'ai eu des problèmes de santé à un moment donné – c'est terminé, heureusement, et maintenant je vais bien, très bien, s'empressa-t-elle d'assurer –… donc, quand j'ai eu ces problèmes, on m'a prescrit la pilule, et dans la mesure où je ne peux pas avoir attrapé de maladie sexuellement transmissible avant de te rencontrer, je me demandais donc si tu…

Le reste de sa phrase se perdit dans la bouche de Bud.

Un brouillard rouge s'était formé dans la tête de ce dernier. Vif comme l'éclair, il la souleva, la déshabilla, se débarrassa de son sweat et baissa son pantalon – il avait délibérément choisi de se passer lui aussi de sous-vêtements – et la pénétra d'une vigoureuse poussée. Il se ficha en elle parce qu'il serait mort sur-le-champ s'il ne l'avait pas possédée, là, maintenant, tout de suite.

Il ne réfléchissait plus, agissait uniquement d'instinct. Dès que les mots avaient franchi les lèvres de Claire, dès qu'il avait compris qu'elle voulait être prise à cru, dès qu'il avait réalisé qu'il allait pouvoir sentir sa petite chatte se serrer autour de son sexe sans latex, Bud avait complètement perdu la tête.

— Mon Dieu, tu n'es pas prête, murmura-t-il.

Tremblant, il appuya son front contre le sien et ferma les yeux. Le contact direct avec sa chair avait fait naître en lui un flot d'émotions si intenses qu'il arrivait à peine à penser, et à parler.

— Désolé, bredouilla-t-il.

C'était un mensonge. Il n'était absolument pas désolé.

Bud n'avait jamais eu de relations non protégées. Pas une seule fois. Il aurait bien aimé – quel homme a envie d'utiliser un préservatif ? –, mais n'avait jamais vraiment été tenté. Prendre Claire ainsi constituait donc un double délice. Parce qu'il pouvait enfin la sentir avec son sexe, et parce que c'était elle, Claire. C'était tellement bon qu'il se demanda fugitivement s'il parviendrait à renouer avec le port du préservatif.

Elle était étroite et sèche. Et il était incapable de s'arrêter. Sa grande carcasse était secouée de tremblements irrépressibles tandis qu'il transpirait à grosses gouttes. Il ne maîtrisait plus rien et il était effrayé par ce qui lui arrivait.

— Désolé désolé désolé, murmura-t-il comme un mantra. Il faudrait que je me retire.

Il se sentait complètement idiot. Il n'avait pas plus l'intention de se retirer qu'il ne savait quoi faire. Ils ne pouvaient pas avoir de rapport sexuel dans l'état où elle était. Il lui ferait mal s'il s'avisait de bouger. Il devait sans doute déjà lui faire mal. Ses pieds ne touchaient pas le sol et elle était empalée sur lui, de tout son poids. Elle ne pouvait pas plus bouger que lui.

— Désolé, répéta-t-il d'une voix étranglée.

— Chuut, souffla Claire en lui caressant doucement l'arrière du crâne comme si elle sentait sa détresse. Tout va bien, Bud, murmura-t-elle.

Elle pencha la tête vers lui et l'embrassa, ses seins effleurant son torse quand elle se souleva légèrement pour chercher ses lèvres et y presser doucement les siennes. Le contact de sa bouche tiède eut raison de lui. Il ne lui en fallut pas plus.

Un baiser et il éjacula.

Pas une seule poussée, rien que le contact de ses lèvres et il explosa. Il l'encerclait de ses bras, la serrait étroitement contre lui, et ses hanches se soulevaient au rythme des giclées de sperme qui s'échappaient encore et encore de son sexe en feu. Il tremblait si fort qu'il se dit qu'il allait voler en éclats.

Il s'accrochait aussi désespérément à Claire que si elle était son seul espoir au monde de rester entier, son sexe s'enfonçant en elle en une succession de poussées aussi brèves que violentes tandis qu'il se répandait en elle jusqu'à la dernière goutte. C'était la première fois de sa vie qu'il pénétrait une femme sans préservatif et c'était tellement intense qu'il crut, l'espace d'un instant, qu'il allait s'évanouir.

Il ne comprit qu'il avait crié que lorsque l'écho de son cri se répercuta dans le silence de la pièce. Il était toujours profondément enchâssé en elle et il réalisa qu'il la pilonnait avec une force presque brutale, un degré de violence qu'il n'avait jamais utilisé avec une femme. Jamais.

Et ce n'était pas n'importe quelle femme, c'était Claire. Claire, fragile et délicate. Claire, qui venait à peine de découvrir le plaisir sexuel.

Claire.

Il ne pouvait pas s'arrêter. C'était comme s'il était à bord d'un train de marchandises en route pour l'enfer, plongeant au-dessus d'un canyon dont le pont s'était écroulé et s'écrasant au fond dans une explosion de flammes. Il jouissait en elle à traits si intenses qu'il fut presque surpris de ne pas la voir se briser.

Une fois qu'il se fut entièrement répandu en elle et qu'il se calma un peu, son sexe demeura obstinément rigide, les tremblements de son corps persistèrent, et il était dans un tel état d'excitation qu'il aurait été incapable de parler. Qu'aurait-il pu dire, du reste ? Il se comportait comme un animal. Lui qui se contrôlait toujours avec les femmes, il avait perdu les rênes et tâtonnait comme un débutant.

Le seul point positif, c'était que Claire était tout humide à présent – non pas d'excitation, mais parce qu'il avait joui en elle. Il pouvait enfin s'aviser de bouger. Ils s'embrassaient toujours, et Bud intensifia son baiser avec un grognement, immobilisant son visage entre ses mains. Sa bouche était aussi excitante que sa chatte. Langue, lèvres, douce, humide…

Dieu merci, ce baiser la transporta. Elle inclinait la tête, ses lèvres s'animaient sous les siennes, sa langue se mêlait à la sienne tandis qu'elle nouait les bras autour de son cou.

Peut-être pouvait-elle encore espérer tirer quelque chose de bon de tout cela.

Bud n'exerçait pratiquement plus aucun contrôle sur lui-même, mais il était disposé à essayer. Trop tard pour les préliminaires, se dit-il. Les préliminaires, ça venait avant de planter son sexe dans la femme. Il pourrait peut-être lui embrasser les seins, mais cela l'obligerait à abandonner sa bouche.

Non. Pas question.

Il enroula le bras droit autour d'elle, caressa la peau satinée de son dos et enfouit la main dans la cascade soyeuse de sa chevelure.

Sa main gauche effleura le galbe de sa poitrine, douce et pleine, en encercla délicatement la pointe et… Oh, oui ! Un gémissement de plaisir venait de franchir ses lèvres. Merci, mon Dieu.

Bud empoigna l'épaisse chevelure de Claire et fit basculer sa tête en arrière, sa bouche scellée à la sienne suivant le mouvement et intensifiant leur baiser. Claire se laissa aller avec confiance dans ses bras. Sa main gauche abandonna son sein pour descendre sur la peau lisse de son ventre et son index dessina un cercle autour de son nombril. Elle gémit de nouveau.

Il sentit un nouvel orgasme se frayer un chemin en lui. Ses terminaisons nerveuses étaient en feu, sa peau brûlante et tendue à craquer. Bud avançait désormais en territoire inconnu, car s'il lui était souvent arrivé de continuer à faire l'amour après avoir joui, l'excitation était retombée et il contrôlait toujours la situation.

Là, en revanche, il ne contrôlait plus rien du tout. Il sentit que les choses étaient en train de lui échapper, il était donc impératif qu'elle jouisse avant lui.

Sa main glissa jusqu'à la racine de son sexe fiché en elle, et caressa le bord de la vulve qui l'enserrait étroitement. Rien qu'au toucher, il pouvait dire si la toison qu'il effleurait était la sienne ou celle de Claire. Celle de Claire était douce et soyeuse alors que la sienne était rêche et drue. Ils étaient aussi mouillés l'un que l'autre, ce qui était une première pour lui. Il n'avait encore jamais senti son sperme sur la vulve d'une femme et cette sensation l'échauffa brutalement.

Il plaça l'index et le majeur de part et d'autre de la base de son sexe, suivit le bord de sa vulve jusqu'au clitoris qu'il caressa doucement. Il frémit quand elle soupira dans sa bouche. Il devait faire très vite, car une ligne de feu avait commencé à courir le long de sa colonne vertébrale et ses testicules se contractaient délicieusement. Il la fit légèrement ployer en arrière afin d'entrer en contact avec son clitoris à chacun de ses coups de reins, puis se mit à aller et venir vite et fort en elle, ses mains l'agrippant étroitement, sa langue se mêlant amoureusement à la sienne…

Oui !

Oh, mon Dieu, oui ! Claire commençait à jouir, ses muscles internes palpitaient spasmodiquement autour de sa verge tandis que ses cris se perdaient dans sa bouche.

Bud aussi était perdu. Il se mit à aller et venir en elle de plus en plus furieusement jusqu'à ce que, dans une ultime poussée qui les souleva tous deux de la chaise, il se désintègre, le corps secoué de frissons irrépressibles.

Il abandonna les lèvres de Claire pour enfouir son visage dans sa chevelure tout en s'efforçant de retrouver la maîtrise de son corps. Il avait l'impression que quelque chose avait craqué en lui, le laissant à vif, exposé. Vulnérable. Sans défense. Il jouissait à longs jets brûlants, emplissait Claire de sa semence.

Son orgasme, si intense qu'il en avait été presque douloureux, finit par décroître. Cela n'avait rien, strictement rien à voir avec les rapports sexuels qu'il avait connus jusqu'alors. C'était quelque chose de complètement différent. Bud découvrit soudain avec horreur que des larmes coulaient de ses yeux.

Non, pas des larmes. Ça ne pouvait pas être des larmes.

Il n'avait pas versé de larmes depuis ses huit ans, lorsque son beau-père l'avait frappé jusqu'à ce qu'il pleure. Hurlant au rythme de ses coups de ceinture que les vrais hommes ne pleurent pas.

Quand Bud avait enterré sa mère, victime d'un meurtre, il n'avait pas versé une seule larme.

Ce qui coulait de ses yeux ne pouvait donc pas être des larmes.

Il essuya pourtant son visage contre la masse parfumée de la chevelure de Claire et attendit que les battements de son cœur ralentissent. Attendit de trouver un moyen quelconque de se raccrocher à quelque chose, n'importe quoi, pour trouver le courage d'affronter son regard.

Il devait dire quelque chose. Quelque chose pour rattraper la situation. Il se reconnaissait à peine. Il avait une longue expérience sexuelle. Il avait baisé des milliers de fois, avec tant de partenaires qu'il n'avait pas pris la peine de compter.

Le scénario était presque invariable. Préliminaires rapides, pénétration, va-et-vient. S'assurer que la fille ait un orgasme, plusieurs si possible. Tâcher de se souvenir de son nom une fois que c'était fini, la remercier avant de s'endormir. S'éclipser rapidement le lendemain matin. En général, ça fonctionnait plutôt bien et ses partenaires affichaient un grand sourire quand la porte se refermait sur lui. Une bonne partie de jambes en l'air lui clarifiait les idées et l'aidait à se sentir mieux. Aidait aussi la fille à se sentir mieux, elle aussi – du moins l'espérait-il.

Il n'avait jamais perdu le contrôle, surtout après avoir joui. L'acte sexuel ne l'avait jamais laissé dans cet état, tremblant de tous ses membres et en proie à des sentiments si puissants qu'il n'arrivait pas à les contenir. Là, il avait l'impression que le monde ne tournait plus rond, il ne reconnaissait plus rien, tout avait complètement changé.

Il ne savait absolument pas quoi dire à Claire. Il resserra son étreinte en espérant qu'il ne lui ferait pas de bleus, et se racla les méninges pour trouver quelque chose à raconter.

Il n'avait jamais été un beau parleur, mais il connaissait tout de même quelques formules qui font mouche. Qui plaisent aux femmes, qui leur donnent l'impression d'être uniques. S'il existait une femme au monde qui méritait des compliments, c'était bien Claire. Claire, qui s'était si généreusement donnée à lui. Claire, qui lui avait fait don de sa virginité. Claire, si douce et adorable.

Claire qu'il venait, en retour, de baiser comme un soudard, comme un détenu qui vient de retrouver la liberté après une longue peine baise une pute.

Elle méritait des paroles romantiques, des mots doux et délicats.

Mais quand il ouvrit la bouche, ce fut pour énoncer d'une voix rauque une vérité brutale. Elle lui échappa, incontrôlable, aussi réelle que les battements désordonnés de son cœur dans sa poitrine.

— J'adore te baiser sans préservatif, Claire.

Elle avait enfoui le visage au creux de son épaule. À la grande surprise de Bud, au lieu de réagir avec colère à cette déclaration pour le moins primaire, il sentit ses lèvres former un sourire contre sa peau.

Elle poussa un petit soupir et sa chevelure sombre et brillante ruissela sur son épaule à lui quand elle hocha la tête.

— J'avais remarqué, répondit-elle doucement.

8

Bud était au paradis.

Il baignait dans une atmosphère paradisiaque, en tout cas. Sur fond de harpe, une voix angélique chantait une chanson qui parlait de vertes prairies et d'âmes perdues.

C'était une musique très apaisante, exactement ce que ses nerfs à vif réclamaient.

À regret, il avait fini par relâcher Claire et s'était retiré. Bien qu'il ait joui à deux reprises, son sexe était toujours dur, mais il savait qu'il devait s'en tenir là. Claire serait trop endolorie pour continuer, quant à lui… il avait besoin de reprendre pied, de remettre de l'ordre dans ses pensées, de retrouver ses marques.

Il avait donc porté Claire jusqu'à la salle de bains, l'avait quittée sur un baiser, était allé se doucher dans la salle de bains de service attenante à la cuisine, puis était passé dans la buanderie pour fixer les étagères. Il adorait travailler de ses mains et il avait grand besoin de se livrer à une activité simple, normale et familière, contrairement à… à tous ces trucs énormes et effrayants qui remuaient dans sa poitrine, auxquels il aurait été incapable de donner un nom et qu'il ne savait pas gérer.

Claire avait dû sentir qu'il avait besoin d'être seul. Travailler une demi-heure l'avait un peu calmé, et il se sentait prêt à l'affronter. Il en avait profité pour mettre les choses en perspective. Claire était une femme exceptionnellement belle et désirable. Quel homme n'aurait pas été un peu… surexcité à l'idée de la mettre dans son lit ?

C'était sexuel, strictement sexuel. Bon, d'accord, incroyablement intense et monstrueusement excitant, mais rien de plus. Voilà. Il n'y avait vraiment pas de quoi s'affoler, il avait déjà fait ça des milliers de fois.

Fort de ce point de vue, quand il avait entendu la porte de la salle de bains s'ouvrir et qu'il avait senti son cœur s'emballer, il en avait aussitôt conclu que c'était à l'idée de ce qu'il allait faire avec elle, et que n'importe quel mâle à sa place aurait eu la même réaction. Sauf qu'il ne laisserait jamais le moindre mâle approcher à moins de trois mètres d'elle.

Waouh ! Depuis quand était-il jaloux et possessif ? Il ignorait la jalousie. S'il se tenait à distance des femmes mariées ou fiancées, c'était parce qu'il avait pour principe d'éviter les ennuis, et qu'il y avait des tas de femmes de libres. Quant à ce que faisaient celles avec qui il couchait quand il n'était pas là, ce n'étaient pas ses oignons.

Alors pourquoi l'idée d'un autre homme possédant Claire lui donnait-elle l'impression qu'on lui arrachait le cœur avec des pinces chauffées à blanc ?

Il avait entendu des bruits en provenance du salon, puis la musique céleste, et une voix si pure qu'elle en était presque inhumaine. Une voix d'une étrange beauté, qui vous emplissait tout à la fois de désir, d'espoir et de tristesse. Qui vous hantait et avait sur l'âme l'effet d'un baume apaisant.

Sur fond de harpe, ni plus ni moins.

Bud baissa les yeux sur le marteau qu'il tenait à la main et ricana. Il ne reconnaissait plus ses propres pensées. Quelque chose lui brouillait l'esprit et il savait ce que c'était. Ou plutôt qui. Une brune renversante.

— Coucou ! Désolée d'avoir été aussi longue.

La brune en question venait de passer la tête dans la buanderie. Elle avait un livre dans chaque main, et sentait aussi bon qu'un champ de fleurs au printemps. Ses grands yeux bleus balayèrent les murs du réduit et elle laissa échapper une exclamation étouffée.

— Tu as vraiment bien travaillé ! J'avais l'intention de commencer à m'y mettre aujourd'hui, mais je n'aurais pas réussi à en poser plus d'une ou deux. Et je ne sais pas si elles auraient été très droites. Ce dont je suis sûre, c'est que le mur aurait été criblé de trous. Alors que toi, tu as déjà pratiquement terminé, elles sont parfaitement horizontales et il n'y a pas un seul trou apparent ! Mon héros ! ajouta-t-elle en se hissant sur la pointe des pieds pour déposer un baiser sur sa joue. Merci, Bud. C'est vraiment très gentil.

Bon sang ! Bud sentit sa joue devenir brûlante. Son cœur battait la chamade. Et il dut se racler la gorge avant de parler.

— Il n'y a vraiment pas de quoi.

La pièce lui paraissait soudain minuscule. Il se sentait gauche, ses mains lui semblaient trop grandes et inutiles.

Des notes d'une pureté de cristal s'élevèrent, la voix de la chanteuse devenant presque impossible à différencier du son de la harpe. La chanson parlait d'un berger et de son amour perdu. Les paroles et les notes l'atteignaient au creux du ventre, et vibraient, vibraient. Ce qui était complètement dingue parce qu'il n'était pas berger et qu'il n'avait pas d'amour à perdre. En outre, son ventre ne vibrait jamais. Pas même quand il avait bu trop de bière.

Les notes flottaient dans l'air, la voix et la harpe se lamentant à l'unisson formant des nuages miroitants de musique.

— Jolie musique, commenta Bud.

Il réalisa subitement qu'il attendait un blanc entre deux morceaux pour utiliser sa perceuse, comme s'il trouvait… inconvenant de faire du bruit en même temps que la musique. Aussi inconvenant que de pisser dans une église. Ce qui était idiot, vu qu'il s'agissait d'un enregistrement.

— Oui, répondit Claire en souriant. La chanteuse s'appelle Allegra. Allegra Ennis. Suzanne et elle sont mes deux amies les plus chères. Nous nous efforçons d'être ensemble le plus souvent possible. Nous formons une sorte de trio inséparable. Tu n'as pas vu la photo sur la cheminée ? Elle a été prise au bal de charité de la Fondation… de la Fondation Parks.

L'un des livres qu'elle avait à la main lui échappa. Elle se pencha pour le ramasser et quand elle se redressa, Bud remarqua qu'elle avait rougi, et qu'elle avait l'air gêné. Il prit note mentalement d'y réfléchir plus tard.

— Je, heu… je travaillais là-bas, précisa-t-elle. J'étais bibliothécaire.

— J'ai vu la photo. Impossible de passer à côté. Vous êtes superbes toutes les trois.

Claire rit.

— Pour ce genre d'événements, la robe de soirée est de rigueur. Suzanne avait été chargée des arrangements floraux. Elle avait composé des bouquets de lilas entourés de bambous en spirale, et pour le dîner de gala, le chemin de table était constitué d'une traînée de boutons de roses, c'était absolument féerique. Allegra a donné un récital merveilleux à cette occasion. Je suis la seule des trois à n'avoir aucun potentiel créatif, mais elles m'aiment quand même.

Bud avait effectivement eu l'œil attiré par la photo en question. Il s'était dit qu'il avait rarement eu l'occasion de voir trois femmes aussi belles réunies sur un seul cliché ailleurs que dans des magazines. Elles se tenaient par la taille, aussi souriantes et élégamment vêtues l'une que l'autre. À l'arrière-plan, il avait remarqué un énorme lustre de cristal, un piano à queue et des serveurs en smoking qui circulaient avec des plateaux de petits-fours. Claire était encadrée par une élégante jeune femme blonde et par une rousse éthérée au sourire un peu lointain. Entre elles, Claire personnifiait la brune renversante.

— Laquelle est Allegra ? s'enquit-il. La blonde ou la rousse ?

Mais il connaissait déjà la réponse. Son métier lui avait appris à déchiffrer les visages. La blonde était froide, chic et distante : la décoratrice. Alors que le visage de la rousse s'accordait parfaitement à la voix pure et angélique qu'il venait d'entendre. S'il avait posé cette question, c'était uniquement parce qu'il appréciait de parler avec Claire dans cette petite buanderie sans que l'atmosphère soit obscurcie par la tension sexuelle. Il sentait que cela ne tarderait guère, mais pour l'instant, le simple fait de parler avec elle suffisait à son bonheur. Une femme aurait sans doute appelé ça « bavarder ».

Oui, écouter Claire parler de ses amies dans cette petite pièce où il venait de passer une demi-heure à accomplir un travail productif sans que son sexe soit impliqué dans l'équation était très agréable.

Sexuellement, Claire le rendait dingue. Pour une raison qu'il ne s'expliquait toujours pas, il l'avait dans la peau et leur entente sexuelle s'était révélée aussi intense qu'immédiate. Mais Bud commençait à réaliser qu'en dehors de l'aspect physique, Claire lui plaisait. Vraiment. Beaucoup. Il aimait son enthousiasme innocent pour la vie, sa nature chaleureuse et sa bonne humeur contagieuse.

Son sexe réagit immédiatement à cet élan de sentimentalisme, mais Bud parvint à le tenir en bride. Non, ce n'était pas le moment. Il voulait écouter ce qu'elle avait à dire. Il voulait en apprendre davantage à son sujet. L'écouter parler de ses amies était très révélateur. Pour la première fois de sa vie, il découvrait qu'il préférait parler avec une femme plutôt que de coucher avec elle. Pour le moment, du moins. Il était disposé à remettre une partie de jambes en l'air à plus tard.

Incroyable.

Non, en fait. Pas aussi incroyable que cela si on considérait ce que Claire avait à offrir en dehors de son merveilleux visage et de son corps sexy. En dehors de ses longues jambes et de sa bouche pulpeuse. Elle était douce, pleine de vie et certainement bien plus cultivée que lui à en juger par les rayonnages couverts de livres du salon. Cela dit, c'était sans doute pour des raisons professionnelles, puisqu'elle avait été bibliothécaire.

Heureusement, la culture n'intimidait pas Bud. Tous les livres du monde ne vous apprendront jamais la vie telle qu'elle est. C'est dans la rue que ce savoir s'acquiert et Bud l'avait acquis dès son plus jeune âge.

— Allegra est la rousse, répondit Claire, et Suzanne est la blonde. Allegra est irlandaise. Son père était un musicologue réputé à Dublin ; il a émigré ici pour enseigner à Reed quand elle avait sept ans. Elle a conservé une pointe d'accent irlandais tout à fait charmante. Elle prétend être médium, ajouta Claire avant de se mordre pensivement la lèvre. Si c'est vrai, ce don de seconde vue l'a abandonnée au mauvais moment parce qu'elle n'a rien vu venir.

Bud fronça les sourcils.

— Qu'est-ce qu'elle n'a pas vu venir ?

— La tragédie. Personne ne l'a vue venir, en fait. On était tellement contentes pour elle. Tout marchait si bien. Sa carrière avait décollé – elle avait signé pour deux ans de tournées et ses trois CD se vendaient bien. C'est l'un d'eux que tu entends en ce moment. *Seasons*. C'est mon préféré.

Bud comprenait pourquoi. Les notes demeuraient suspendues dans une perfection cristalline, fragiles, délicates, étrangement belles. Comme une musique venue d'un autre monde. Ou du paradis.

— Pourquoi parles-tu de sa carrière au passé ? Que s'est-il passé ? Elle a cessé de chanter ?

— Oui.

Les yeux de Claire s'étaient mis à briller et son expression était tendue.

— J'imagine qu'on peut dire cela. Elle a cessé de chanter. Parce qu'on l'y a forcée. Quand elle a commencé à percer, elle a recruté l'un des meilleurs imprésarios de la profession. Elle était folle de joie. C'était un nom important dans le monde de la musique, un producteur qui était à l'origine de toute une série de tubes des années quatre-vingt. Il s'était retiré des affaires, mais lui avait fait savoir que pour elle, il était disposé à sortir de sa retraite. Allegra n'a découvert que plus tard – bien trop tard – que c'était un has been complet et qu'il avait perdu tous ses contacts à cause de ses problèmes d'alcool et de ses crises de rage. Loin d'être volontaire, son retrait des affaires était la conséquence de trop nombreux scandales. À force de se saouler, d'insulter publiquement des responsables de label et de saccager des chambres d'hôtel, plus personne ne voulait entendre parler de lui. Allegra l'ignorait quand elle a signé avec lui. Elle était sur le point de devenir très célèbre quand il a commencé à bousiller sa carrière. Et c'est à ce moment-là qu'elle a eu… un accident.

— Un accident ? répéta Bud. Elle va bien maintenant ?

Claire se mordit la lèvre, le regard douloureux.

— Non, elle ne va pas bien. Et ce n'était pas vraiment un accident. Elle a été victime d'une agression. Un des coups qu'elle a reçus lui a endommagé le nerf optique. Elle a perdu la vue.

Bud se figea, posa le marteau qu'il tenait à la main. L'expression que Claire découvrit sur son visage en levant les yeux l'effraya.

— Bud ?

— Qui l'a agressée ? On a retrouvé le coupable ? demanda-t-il d'une voix crispée.

— Trouvé le... ? Oh, celui qui a fait cela ! Oui. Son imprésario. C'est lui qui l'a frappée. Je n'arrive toujours pas à comprendre comment on peut faire du mal à Allegra. Elle est... Je ne sais pas comment la décrire. C'est quelqu'un de merveilleux, chaleureux et enjoué. Enfin, elle était chaleureuse et enjouée. Aujourd'hui elle est terrorisée et... perdue. Elle n'appartient pas au monde réel. C'est une véritable artiste. Il lui aurait fallu quelqu'un de solide pour gérer sa carrière et elle a cru l'avoir trouvé. Son imprésario a voulu coucher avec elle, mais elle a refusé. C'est à partir de là qu'il a commencé à... changer.

— Je m'en doute, commenta Bud d'un ton lugubre, concentré sur l'histoire qu'elle lui racontait.

Il ignorait à peu près tout de la vie d'une bibliothécaire ou d'une musicienne, mais il ne connaissait que trop bien le mécanisme qu'elle venait d'évoquer. Les hommes qui changent et deviennent violents, c'était son rayon. Il avait été si souvent témoin des conséquences de ce phénomène. Une femme refuse de se laisser contrôler et l'homme perd la boule. Il connaissait déjà la fin de cette histoire, mais tenait cependant à l'entendre.

— Continue, je t'écoute.

— Elle disait qu'il devenait de plus en plus exigeant, impossible à satisfaire. Rien de ce qu'elle faisait n'était jamais assez bien. Il entrait dans des rages folles et elle n'arrivait pas à le calmer, tu vois ce que je veux dire ?

Bud hocha la tête. Il voyait très bien.

— Musicalement, il voulait la pousser dans des directions impossibles. Tu as entendu sa voix. Tu l'imagines en train de chanter du rap ? C'était ce qu'il voulait. Après, ça a été le hip-hop et la salsa. Il a tout essayé. Il voulait qu'elle chante des trucs commerciaux qui ne lui convenaient absolument pas. Elle a essayé, pourtant. Elle a essayé de toutes ses forces, mais ça ne marchait pas. Moins ça marchait, plus elle redoublait d'efforts et plus il s'énervait. Les ventes de CD ont commencé à chuter et plusieurs concerts ont été annulés parce que les places ne se vendaient pas assez. Ce qui n'a fait qu'alimenter sa colère.

Bud connaissait le processus par cœur. Il savait comment les types veules se déchaînent sur leur entourage parce qu'ils refusent d'admettre leur propre échec.

— Elle nous en parlait, à Suzanne et à moi. Je n'ai rien d'une femme d'affaires, mais Suzanne l'est jusqu'au bout des ongles. C'est quelqu'un de bien plus solide qu'il n'y paraît. Elle a conseillé à Allegra de se séparer de son imprésario, lui a expliqué qu'il la tirait vers le bas. Allegra a donc décidé de rompre son contrat – Suzanne avait veillé à ce qu'une clause l'y autorisant y figure, précisa Claire avec un petit sourire admiratif. Allegra est donc allée le trouver accompagnée de son père pour lui annoncer qu'elle mettait fin à leur collaboration.

Claire prit une profonde inspiration.

— Et... et je ne sais pas. Allegra ne parle pas de ce qui s'est passé. Elle ne s'en souvient pas. Mais ce soir-là, sur le coup de minuit, Suzanne et moi avons reçu un appel de l'hôpital. Une infirmière avait trouvé nos numéros de téléphone dans le sac à main d'Allegra.

Bud ferma les yeux, assailli par le souvenir des fois où les coups de son beau-père avaient envoyé sa mère à l'hôpital. Il savait sur quel ton l'infirmière leur avait annoncé la chose. Un ton brusque et efficace qui ne parvenait pas à masquer complètement la compassion et la pitié.

— Le père d'Allegra était mort. Il s'était cogné la tête contre une table en verre, aux dires de l'imprésario. Allegra ne se souvient de rien. Tout ce qu'elle sait, c'est qu'elle s'est réveillée une semaine plus tard avec la mâchoire immobilisée, un traumatisme crânien et... aveugle.

Bud serra les dents. C'était l'une des plus vieilles histoires du monde, mais elle l'affectait toujours aussi douloureusement.

— Comment s'appelle cet enc... – cet imprésario ?

Claire le regarda d'un air étrange, mais répondit à sa question.

— Corey Sanderson. Comme je te l'ai dit, il était très connu dans les années quatre-vingt, et ça a sans doute joué en sa faveur. Son avocat a négocié un arrangement avec le juge. Il a déclaré que la mort du père d'Allegra était accidentelle et mis en avant les troubles du comportement de son client.

Allegra ne se souvenait de rien, et n'était pas en état de témoigner de toute façon. Elle était toujours hospitalisée, avec la mâchoire cassée. Elle est à peine remise aujourd'hui.

— Il a pris combien ?

— Tu veux parler de la sentence ?

Bud hocha la tête, la gorge nouée. Oui, la sentence. Son beau-père avait écopé d'une peine de prison dérisoire pour le meurtre de sa mère.

— Sept ans, je crois. Pour homicide involontaire, agression et voies de fait. Il a aussi été condamné à un suivi psychiatrique. Il est interné dans une clinique psychiatrique.

Corey Sanderson. Bud mémorisa le nom du salopard. Il se renseignerait sur cette affaire et s'assurerait que l'enquête de police avait été menée correctement. Il en doutait. Son intuition lui soufflait que Sanderson aurait dû être inculpé de meurtre. Quant au procès, il avait été monstrueusement bâclé. Sanderson s'était offert un excellent avocat, le procès avait eu lieu alors que la victime n'était pas en état de témoigner et il s'en était tiré à bon compte. Pour homicide involontaire, agression et voies de fait, il aurait facilement pu écoper de quinze à vingt ans dans une prison fédérale, et non pas sept dans une clinique confortable. Plus grave encore, les chefs d'inculpation ne correspondaient pas à l'affaire. Sanderson aurait dû être jugé pour homicide, voire pour meurtre au premier degré. Son ticket-repas s'était rebellé et le père s'en était mêlé : il avait supprimé le père et donné une bonne leçon à sa fille. Mais ce double cafouillage administratif faisait qu'une ordure qui avait tué un homme – et handicapé une femme à vie dans la foulée – ne pourrait plus jamais comparaître pour meurtre devant un tribunal.

Bud repensa à la photo qu'il avait vue. Allegra Ennis était une femme menue et délicate, avec un adorable visage en forme de cœur. À l'idée d'un homme se défoulant à coups de poing sur ce visage, ses propres poings se serrèrent et il dut faire un effort pour les rouvrir.

C'était pour cette raison – précisément – qu'il était entré dans la police. Pour protéger les faibles. Il était trop tard pour protéger sa mère, mais, bon sang, il avait eu le plaisir de mettre hors d'état de nuire une sacrée tripotée d'ordures en tout genre. Avec une nette préférence pour les gros durs qui s'en prenaient aux femmes et aux enfants.

Claire scrutait son visage d'un air inquiet. Bud savait qu'il émettait des ondes de fureur palpables et qu'elle n'avait aucun moyen de savoir que sa fureur n'était pas dirigée contre elle. Elle ne le connaissait pas assez. Pour autant qu'elle sache, il pouvait fort bien être un type violent, éventuellement susceptible de frapper une femme.

Elle était seule avec lui et il aurait pu lui briser la nuque aussi facilement qu'il aurait cassé une brindille. Il avait toujours été doué pour le combat de rue et son passage dans la marine lui avait permis de perfectionner sa technique. L'entraînement militaire lui avait été aussi naturel qu'apprendre à nager pour un canard et il était aussi bon avec ses poings qu'avec un couteau, une pierre ou une arme à feu. En tant que flic, il avait encore appris d'autres ficelles. Et à l'école de police, il avait brillé dans toutes les matières sauf en théorie sur l'application de la loi. Oui, il aurait pu lui faire du mal de bien des manières et elle n'aurait pas eu la moindre chance en face de lui.

Le fait qu'un homme ait eu des rapports sexuels avec une femme ne l'empêche pas de s'en prendre à elle. Cela met au contraire de l'huile sur le feu s'il est enclin à la violence. Pour autant que Claire sache, à la première querelle, il pouvait sortir de ses gonds et la frapper. Voire même la tuer.

Il avait déjà tué – dans le cadre de son boulot, bien sûr. Deux soldats ennemis quand il était dans la marine, au cours de la première guerre du Golfe. En tant que flic, il avait également abattu un homme qui n'en méritait même pas le nom. Un cinglé qui avait enlevé une gamine dans un hôpital. La petite héritière Parks. Bud avait écopé d'une balle dans le torse à cette occasion, était passé lieutenant et avait reçu des félicitations officielles.

Mais tout cela ne concernait pas Claire. Elle n'avait absolument rien à craindre de lui. Bud aurait préféré se trancher la gorge plutôt que de lever la main sur elle ou sur n'importe quelle femme, mais comment aurait-elle pu le savoir ?

L'heure avait sonné. Il était temps de lui avouer qu'il était flic. De lui expliquer que la tragédie d'Allegra et le meurtre de son père l'intéressaient directement. Que ce n'était pas contre elle qu'il était furieux, mais contre le système. Elle pouvait lui faire une confiance totale, absolue. Il était incapable de lever la main sur une femme, à moins que ce ne soit dans le cadre professionnel, et pour protéger quelqu'un de plus faible.

Il ouvrit la bouche pour lui dire tout cela, pour lui dire qui il était, et fut surpris de s'entendre demander :

— Pourquoi as-tu ces livres à la main ?

Claire se détendit, agita doucement les épaules au rythme de la musique celtique qui flottait dans la pièce.

— Ceux-là ? fit-elle en soulevant les livres en question, le sourire de nouveau aux lèvres.

Bordel, qu'est-ce qui lui avait pris ? Pourquoi ne lui avait-il pas dit la vérité ? Il y avait eu ce blanc dans la conversation, un trou béant qui n'attendait que d'être rempli. Ils passaient le week-end ensemble, ils en avaient déjà bien profité et il avait l'intention de continuer jusqu'au lendemain matin, avant de retourner au poste tandis qu'elle retournerait... vaquer à ses occupations quelles qu'elles soient. C'était le moment rêvé pour échanger des confidences, évoquer leurs vies respectives.

En fait, il savait pourquoi il n'avait rien dit. Ce week-end était comme une bulle hors du temps et il ne voulait pas que des détails insignifiants le perturbent, créent des interférences dans cette parenthèse magique.

— Oui, ceux-là, répondit-il.

Les deux livres étaient épais et leurs couvertures étaient tellement décolorées qu'ils devaient bien avoir cent ans.

— Je me suis dit que, puisque tu faisais quelque chose de viril et de satisfaisant, je pouvais peut-être faire quelque chose de féminin en échange. Et non... fit-elle en esquivant habilement les mains qui s'étaient tendues vers elle, avant de leur appliquer une tape, je ne parlais pas de cela. Pendant que tu travailles, je vais te lire de la poésie.

De la poésie ? Elle allait lui lire de la poésie ? Doux Jésus !

Bud plaqua un sourire sur ses lèvres.

— Oh, hum, de la poésie ? C'est… heu… gentil.

Claire éclata de rire.

— Oh, Bud ! J'aimerais que tu voies ta tête ! Tu es impayable !

Souriant pour elle-même, elle se hissa sur la machine à laver, puis s'assit en tailleur. Elle évoquait un elfe à la beauté malicieuse. Elle ouvrit le premier livre. Il était très épais, nota Bud avec inquiétude. Très épais, sombre, jauni et poussiéreux.

— Je suis sûre que ça va te plaire, reprit-elle en feuilletant rapidement le volume, un léger pli vertical entre ses sourcils sombres. Continue, ne t'occupe pas de moi, ajouta-t-elle sans lever les yeux. Considère ma voix comme un bruit de fond au même titre que les chants d'Allegra.

Les équerres avaient besoin d'être resserrées, aussi Bud se pencha-t-il avec un soupir pour pêcher un tournevis dans sa boîte à outils. Il avait toujours sa boîte à outils dans le coffre de sa voiture. Suzanne avait sans doute pensé à tout ce qui pourrait être utile à Claire, mais elle avait oublié les outils. Un adorable petit marteau de cuivre, qui pourrait éventuellement se révéler utile pour frapper les genoux de quelqu'un afin de vérifier qu'il n'était pas mort, et une série de tournevis dotés de jolis manches colorés qui se briseraient à la première utilisation – la liste de l'outillage dont disposait Claire s'arrêtait là.

— *Don Juan*, annonça-t-elle, un doigt fuselé posé sur une page, mais les yeux levés sur lui. Byron.

— Super, répondit Bud en s'efforçant d'insuffler un peu d'enthousiasme à sa voix. « Ode à une urne grecque ».

— Non, répliqua Claire d'un ton serein. L'urne grecque, c'est de Keats. Byron, c'est le sexe et le péché. Tu vas adorer. Maintenant tais-toi et écoute. La poésie fait beaucoup de bien. Je passe le prologue dans lequel Byron insulte les poètes les plus importants et imbus d'eux-mêmes de son époque pour aborder directement le passage dans lequel Don Juan, alors âgé de seize ans, séduit la fille du meilleur ami de son père.

Claire commença à lire, et malgré ses préjugés vis-à-vis de la littérature avec un L majuscule, Bud écouta. Elle s'interrompait de temps à autre pour expliciter une référence. Elle lisait bien, ménageant le suspense et soulignant les effets dramatiques d'intonations passionnées, et Bud s'intéressa malgré lui à l'histoire. Ce Don Juan était un vrai… don juan. Un type cruel et rusé qui s'intéressait de très près aux femmes. Bud ne tarda guère à perdre le compte de celles qu'il avait séduites.

La voix de Claire montait et descendait en fonction des émotions évoquées par le poème. Douce et légère, aussi pure qu'un tintement de clochettes, elle semblait emplir la pièce. C'était une excellente lectrice et Bud se retrouva bientôt captivé par la scansion des mots. Elle lut plusieurs chants pendant qu'il travaillait, ses gestes s'adaptant presque inconsciemment au rythme et à la cadence du poème. Il soulevait l'avant-dernière étagère quand elle s'arrêta.

Le temps était passé très vite, réalisa-t-il, stupéfait. Il avait fini de visser toutes les équerres tandis qu'elle lisait, et sa voix, l'histoire qu'elle lui avait racontée lui manquaient.

— C'était sympa, déclara-t-il, sincèrement surpris.

Avec un petit sourire malicieux, Claire posa l'épais volume à côté d'elle et s'empara de l'autre. Un vieux livre de poche, dont les pages avaient été visiblement souvent feuilletées, intitulé *Poésie satirique moderne*.

— Celui-ci te plaira encore plus. Attends un peu.

Elle tourna les pages en fredonnant jusqu'à ce qu'elle trouve celle qu'elle cherchait.

— Ogden Nash, annonça-t-elle avec un soupir de plaisir.

Bud avait déjà entendu ce nom-là, mais il aurait été incapable de le resituer. Synonyme d'ennui profond, lui semblait-il. Il se prépara donc à l'ennui profond, et en fut pour ses frais.

Le premier poème – « *Candy is Dandy but Liquor is Quicker* » (Les bonbons c'est si bon, mais l'alcool, c'est plus rapide) – lui arracha un éclat de rire si fort qu'il faillit se flanquer un coup de marteau sur le pouce. Claire enchaîna les poèmes. Bud riait malgré lui tandis qu'elle le mitraillait impitoyablement de traits d'esprit plus drôles les uns que les autres, déversant sur lui un véritable florilège d'aphorismes hilarants. Quand elle lui infligea le dernier, il s'avoua vaincu, rejeta la tête en arrière et rit à gorge déployée. Les outils tombèrent par terre et il les suivit en se tenant les côtes, riant si fort qu'il en avait mal au ventre. Il ne se souvenait pas d'avoir jamais ri si fort aussi longtemps.

Ravie, Claire feuilleta les pages de son livre.

— Un autre, déclara-t-elle, une lueur taquine dansant dans ses beaux yeux bleus.

Bud leva une main en l'air, l'autre demeurant plaquée contre son ventre.

— Pitié, la supplia-t-il, à bout de souffle. Je n'en peux plus !

Quand il fut de nouveau en mesure de penser correctement, il leva les yeux vers Claire. Toujours gracieusement perchée sur la machine à laver, elle affichait une expression ravie et pleine de suffisance.

Elle s'était changée et portait à présent un jogging rose vif, qui mettait en valeur son teint et intensifiait le bleu de ses yeux. Elle était tellement belle qu'il en eut le souffle coupé. Un désir fulgurant le traversa, d'une intensité presque électrique. Les poils de ses bras se hérissèrent et une véritable clameur retentit dans sa tête, envolée de cloches, sonnerie de cor et fracas de cymbales.

Son rire cessa abruptement. Il se redressa et s'approcha de la machine à laver.

— Bud ? murmura Claire en levant les yeux vers lui.

Il ne répondit pas. Il ne pouvait pas parler, il arrivait à peine à penser à cause du bruit qui retentissait dans sa tête.

— Lève les bras, ordonna-t-il d'une voix sourde.

Claire s'exécuta aussitôt. Les manches de son sweat-shirt glissèrent, révélant ses poignets délicats. Elle avait un tempérament merveilleusement docile – l'une des nombreuses choses qu'il aimait en elle.

Qu'il aimait ?

« Oublie, s'ordonna-t-il. Vis l'instant. »

Et pour l'instant, tout ce qu'il désirait, c'était la voir nue. Elle le regardait sans ciller, ses yeux aussi bleus qu'un ciel d'été. Clairs et calmes, parfaitement sereins.

Tant mieux, il ne voulait surtout pas qu'elle ait peur de lui, d'aucune façon que ce soit. C'était un miracle qu'elle accepte de lui parler après la séance presque brutale du petit déjeuner. Il avait complètement perdu les pédales. Il sentit son cœur s'emballer quand il tira lentement sur les manches de son sweat et les fit remonter le long de ses bras. Il retira les drôles de petits bâtons qu'elle plantait dans ses cheveux, savoura le spectacle de sa chevelure brillante qui se répandait sur ses mains. Il souleva une mèche épaisse, la fit rouler entre ses doigts. Le parfum de son shampoing flotta jusqu'à lui et il se retint de justesse d'approcher le nez de ses cheveux pour les humer, comme un chien. Il était dans un tel état d'excitation que son sexe était douloureux, et il réalisa rétrospectivement qu'il était en érection depuis un moment. Mais il avait été tellement occupé à rire qu'il ne s'en était pas rendu compte.

Il lança le sweat rose par-dessus son épaule, passa le bras autour d'elle et la souleva afin de faire glisser son pantalon le long de ses jambes interminables. Et voilà ! Elle était nue devant lui. Et parfaitement disposée à le recevoir à en juger par le regard qu'elle posait sur lui.

Un seul moyen d'en avoir le cœur net. Ses doigts effleurèrent délicatement sa fente. Elle était humide. Pas autant qu'il l'aurait souhaité, mais suffisamment. Réprimant un soupir, Bud comprit qu'une fois de plus, il n'allait guère consacrer de temps aux préliminaires.

La prochaine fois, peut-être.

Il se débarrassa de son propre sweat et baissa les yeux. Elle devait avoir froid, fesses nues sur la machine à laver. Il ne voulait pas qu'elle ait froid, ne voulait pas qu'elle ressente le moindre inconfort. Il la souleva, glissa son sweat sous ses fesses, et s'avança entre ses cuisses. Claire écarta les jambes pour l'accueillir, puis, à sa grande surprise, posa les mains sur son entrejambe. Son regard était rivé sur l'endroit où il s'était calé entre ses cuisses, si près d'elle que son érection effleurait sa toison.

— Je peux ? souffla-t-elle en frôlant son sexe à travers son pantalon.

Elle interpréta le bruit étranglé qui sortit de sa gorge comme un accord et fit courir son index le long de son érection. Très concentrée, elle esquissa un sourire en découvrant l'effet que le contact de son doigt avait sur lui. S'il avait durci davantage, Bud aurait pu se servir de son sexe comme d'un marteau pour planter les derniers clous qui restaient. Ses hanches avaient instinctivement basculé en avant sous sa caresse. Elle écarta la main et il faillit hurler : « Hé, reviens ici tout de suite ! »

Mais déjà, elle insérait les doigts sous l'élastique de son jogging et le tirait vers le bas. En un clin d'œil, son désir se révéla dans toute sa nudité, son sexe pointant avidement vers son objectif. Claire tira un peu plus fort, et son pantalon tomba sur ses chevilles. Bud était pieds nus. Une seconde plus tard, il avait enjambé son jogging et le repoussait d'un coup de pied. L'absence de sous-vêtements était vraiment une riche idée. Il ne leur avait pas fallu cinq secondes pour se retrouver nus.

Les cuisses de Claire étaient tellement écartées qu'il distinguait nettement les replis de son adorable vulve. Roses et luisants. La respiration de Bud s'accéléra et il sentit qu'il était sur le point de tout lâcher. Une fois de plus.

Au prix d'une maîtrise de soi qui aurait pu lui valoir le prix Nobel, il se positionna à l'orée de son sexe, et s'immobilisa. Il fallait à tout prix qu'il se contienne. Cette fois, il voulait faire les choses bien. Pas question d'éjaculer en elle dans un accès de frénésie incontrôlée.

Se ficher en elle et la baiser comme un forcené était hors de question. Claire méritait de découvrir que l'acte sexuel ne se limitait pas au pitoyable aperçu qu'il lui en avait donné jusqu'alors. Il devait impérativement trouver le moyen de procéder en douceur, de lui faire vraiment l'amour au lieu de la baiser à la va-vite. Trouver un rythme, une méthode pour contrôler ses mouvements. Oui, mais laquelle ?

Il était possédé d'une telle envie de plonger en elle qu'il dut serrer les dents pour s'en empêcher.

Il pressa l'extrémité de son sexe, le sentit s'insérer en elle, sentit qu'il dérapait… Il inspira à fond et se retira. Il devait faire ça bien.

En lui lisant des poèmes, elle avait trouvé le moyen de l'exciter et de le faire travailler en rythme tout à la fois. Ça pouvait peut-être marcher.

Il leva les yeux. Le visage légèrement empourpré, Claire arborait une expression qui l'émerveilla. Telle une promesse, sa bouche se retroussait sur un sourire – l'ébauche de celui qu'il rêvait de faire naître sur ses lèvres. Il se serait fait tuer plutôt que de voir ce sourire disparaître. Il croisa son regard et fut presque hypnotisé par le bleu si vif de ses yeux.

Il donna de nouveau une poussée et sentit son gland glisser en elle. Il poussa davantage.

Mon Dieu !

Davantage encore.

Il prit alors une longue inspiration et se mit à parler tant qu'il en était encore capable. Il se retira un peu, savourant le plaisir de la sensation.

— J'étais turbulent au lycée. De la graine de délinquant.

La pénétrant à peine, il fit doucement pivoter son sexe en elle, pour élargir le passage autant que pour se tourmenter lui-même. Une veine palpitait à la base de sa gorge. Il se pencha pour y donner un coup de langue et la mordiller, et fut aussitôt récompensé par une brève contraction de sa vulve.

— La drogue mise à part, j'ai fait toutes les conneries imaginables, y compris enduire de superglu les verrous des vestiaires des bizuths et renverser un pot de peinture verte sur la statue qui s'élevait au beau milieu de la pelouse de la cour d'honneur. Un gouverneur quelconque.

Le sourire de Claire s'élargit légèrement. Son cœur devait palpiter sous son sein gauche, devina-t-il, et il résista à l'envie de la mordiller aussi à cet endroit-là. S'il ne le fit pas, ce fut uniquement parce qu'il craignait de ne pas pouvoir s'arrêter.

— Je descendais un pack de bière tous les soirs, je m'enfilais un paquet de clopes par jour, je séchais les cours et je participais à des courses de voitures volées. Je gagnais ma vie en trichant au poker avec les gosses de riches. Si j'ai échappé à la maison de redressement, c'est en grande partie grâce au prof d'anglais, M. Roth. Il était sec comme un coup de trique et plus dur que moi.

Bud s'avança un peu plus loin d'une savante ondulation des hanches. Claire était tellement humide que son mouvement fit un doux bruit de succion. Elle leva les yeux vers lui.

— C'est... Oh !

Il avait entamé un mouvement de rotation des hanches qui lui plaisait apparemment beaucoup, à en juger par ses yeux à demi clos et sa bouche entrouverte.

— C'est... intéressant, haleta-t-elle, le regard flou.

Bud rit.

— Je t'assure, protesta-t-elle.

Mais ses yeux étaient presque fermés et sa tête inclinée comme si elle n'avait plus assez d'énergie pour la maintenir droite. Le spectacle qu'elle offrait était celui d'un tel abandon que Bud en fut tout remué.

— Attends la suite, répondit-il en lui souriant. M. Roth m'a fait apprendre des listes de trucs par cœur. Des trucs hyper ennuyeux. Les présidents des États-Unis, les rois et les reines d'Angleterre, les capitales des États, de la poésie, peu lui importait.

Si c'était bien ennuyeux et compliqué, paf ! il me le collait.

Les listes et les poèmes étaient toujours inscrits dans sa mémoire et y resteraient gravés jusqu'à sa mort.

— Il m'avait assuré qu'il me dénoncerait personnellement à la police si je n'apprenais pas ses foutues listes par cœur, et je crois bien qu'il l'aurait fait. J'ai donc passé tout un été à mâcher et à mémoriser tous ses trucs en le détestant de toutes mes forces. Ça m'a évité les ennuis pendant tout un trimestre.

Bud la pénétra lentement, complètement, jusqu'à ce que son front entre en contact avec le sien, puis il exhala un souffle tremblant. Elle l'enserrait si étroitement que tous ses sens hurlaient de plaisir. Sa peau si douce sous ses mains, ses cheveux parfumés qui ondulaient sur ses bras, ses cuisses souples pressées contre ses hanches, ses seins ronds plaqués si étroitement contre son torse qu'il en sentait la pointe tendue…

— Je me souviens encore de certains poèmes, murmura-t-il.

À l'époque, par dérision, il appelait ça des « pommes ».

— C'est vrai ? souffla-t-elle. Récite-m'en un.

— D'accord.

Son sexe était niché en elle, jusqu'au fond. Elle était bien lubrifiée, mais si étroite qu'il craignait de lui faire mal. Parler lui avait jusqu'ici permis de garder un certain contrôle.

« C'est parti pour le grand oral », se dit-il.

— *Une fois…*

Une fois dedans, une fois dehors.

— *sur le minuit lugubre...*

Six poussées au rythme des vers.

— *pendant que je méditais, faible et fatigué...*

La cadence l'aidait à maîtriser ses sensations, à se mouvoir régulièrement en elle.

— *sur maint précieux et curieux volume d'une doctrine oubliée...*

Oh, oui, c'était parfait ! Un mot, un coup de reins.

Les paupières de Claire se soulevèrent et son sourire s'élargit. Bud plongea son regard au fond de ses grands yeux bleus, les mots jaillissant à plus de vingt ans de distance d'un coin de son cerveau. Le va-et-vient de ses hanches calé sur la scansion du poème, il récita plusieurs strophes du « Corbeau » d'Edgar Poe, et ne s'autorisa à accélérer le tempo que lorsqu'il atteignit *« plus rien que les ténèbres »*.

Il remonta les mains pour l'attirer plus près, l'ajuster plus étroitement à son sexe, puis s'immobilisa, profondément enchâssé en elle.

— C'était bien, soupira Claire. C'était un bon poème pour...

Elle s'interrompit, se mordit la lèvre.

— Pour... ?

— Pour... heu... tu sais.

— Pour baiser ? demanda-t-il d'une voix rauque.

— Mmm.

— Dis-le.

Il s'enfonça davantage en elle, la soulevant légèrement. Elle était au bord de la jouissance, il le sentait. Elle avait les cuisses tremblantes, le souffle court, et les pupilles tellement dilatées qu'elles n'étaient plus entourées que d'un mince filet bleu foncé. Ses bras étaient noués autour de son cou et leurs visages étaient si près l'un de l'autre que leurs nez se touchaient presque. Si près qu'il pouvait lire la montée de l'excitation sur ses traits, dans la rougeur qui se déployait jusqu'à sa poitrine, dans l'accélération brutale de sa respiration qui était maintenant hachée.

— Vas-y, dis-le. La foudre ne va pas te tomber sur la tête. Dis que c'était un bon poème pour baiser.

Claire ouvrit la bouche, puis la referma.

— Je... je ne peux pas.

— Bien sûr que si. Tu sais parler, non ?

Il se retira et revint en elle d'un long et vigoureux coup de reins qui la fit frissonner de tous ses membres. Il poussa davantage, vers le haut. La plupart des femmes avaient un point sensible, juste là...

— Dis-le. Dis-le !

— Je ne peux pas, Bud.

— Mais si.

Infinitésimale pression.

Bud n'aurait pas su expliquer pourquoi il insistait ainsi. Peut-être parce qu'il avait besoin de sentir qu'elle perdait pied autant que lui. Ce mot semblait représenter pour cette charmante petite bibliothécaire un tabou infranchissable. Tant mieux. Lui-même était très en dehors de sa zone de confort.

Il glissa les doigts entre eux jusqu'à sentir son clitoris qu'il caressa doucement. Sa peau rougit encore davantage. De l'autre main, il affermit sa prise sur sa fesse et s'enfouit en elle aussi loin que possible.

— Allez, dis-le, gronda-t-il.

— C'est un… bon poème, balbutia Claire, pour… pour… baiser. *Oh, mon Dieu !*

Le mot qui venait de franchir ses lèvres la fit basculer dans l'extase. Ses jambes se raidirent autour de ses hanches, elle se cambra contre lui, et il la sentit jouir comme jamais, sa petite vulve trempée se contractant violemment autour de lui. Elle se cramponnait à lui, bras et jambes, l'étreignait convulsivement au rythme de ses contractions. Elle avait glissé une main sur sa nuque, l'autre sur l'arrière de sa tête. Son visage pressé contre le sien, joue contre joue, elle haletait juste à côté de son oreille. Bud dut serrer les dents pour ne pas jouir, se forcer à l'immobilité pour la laisser aller jusqu'au bout de son plaisir.

Elle finit par se calmer, ses bras lui enserrant toujours étroitement le cou. Puis elle laissa aller sa joue brûlante contre son épaule et il lui embrassa l'oreille.

— J'en connais d'autres, murmura-t-il, et il la sentit frissonner.

— D'autres ? Oh… Des poèmes ?

Les yeux fermés, Claire sourit.

— Je ne sais pas si je pourrai survivre à un nouvel assaut poétique.

— Bien sûr que tu peux, assura-t-il en faisant courir la pointe de sa langue sur le pourtour de son oreille, déclenchant un nouveau frisson.

Une ultime contraction l'étreignit doucement et il sourit. Glissant alors les mains sous les fesses de Claire pour l'immobiliser, il recommença à aller et venir lentement en elle. C'était encore meilleur maintenant qu'elle avait joui. Elle était toute douce et crémeuse, et le recevait aisément, comme si elle avait été conçue pour lui. Et c'était le cas. Elle était faite pour lui. Rien que pour lui.

— Écoute celui-là, murmura-t-il, et il continua, calquant le rythme de ses poussées sur celui de la cadence du poème : *C'était mal engagé pour les joueurs de Mudville ce jour-là, / juste une dernière manche à jouer, sur un compte de quatre à deux.*

Claire sursauta contre son épaule.

— « Casey à la batte » ? Tu vas me… baiser sur « Casey à la batte » ?

Bud sentit les muscles de son ventre se contracter lorsque, renversant la tête en arrière, elle laissa échapper un rire ravi.

— Chut.

Bud l'étreignit plus fort. Il risquait à tout instant de perdre le contrôle et devait absolument se concentrer sur son poème. La prochaine fois, peut-être, il serait plus endurant, mais avec Claire il commençait à douter d'y parvenir un jour. La prochaine fois, il serait peut-être obligé de lui réciter intégralement *Hiawatha*. Les cinq cents vers.

Il avait trouvé le rythme à présent. Ce poème-là aussi se révélait parfait pour baiser.

— *Très à l'aise Casey s'avance jusqu'à sa place. / L'allure est fière, et un sourire éclaire son visage…*

Bud la besognait tranquillement au rythme des espoirs que la bonne ville de Mudville avait placés en Casey. Mais quand arriva le moment où l'arbitre annonçait « *deuxième strike* », il haletait et tremblait. Seul le fait de réciter les mots appris par cœur le maintenait sur le fil du rasoir, empêchait le sang de quitter complètement son cerveau. Claire s'accrochait à lui, les cuisses largement ouvertes. Ses coups de boutoir se firent plus violents, plus rapides. Il récitait par pur automatisme, ses sens et son attention entièrement concentrés sur le va-et-vient de son sexe.

— *Quelque part des gens rient et ailleurs des enfants crient...*

Claire lui mordit délicatement le cou et Bud perdit pied. Il laissa échapper un cri qui fut étouffé par sa chevelure tandis qu'il la pistonnait furieusement et se répandait en elle à longs traits brûlants. Sa semence ne pouvait être que le fruit de sa moelle épinière liquéfiée, car quand tout fut fini, il dut appuyer les genoux contre la machine à laver pour les empêcher de flancher. Il tenait à peine debout. Il n'avait jamais été malade un seul jour de sa vie, mais il eut soudain la révélation de ce qu'on devait ressentir quand on était affaibli par la maladie. Ses muscles étaient devenus mous, complètement dépourvus de substance. S'il ne s'écroulait pas, c'était uniquement parce qu'il se retenait à Claire. Son cœur tambourinait follement dans sa poitrine et des taches noires dansaient devant ses yeux.

Mon Dieu, était-il possible de mourir de plaisir ?

Claire laissa échapper un soupir et nicha la tête au creux de son épaule.

— Je crois qu'Ernest Thayer s'est trompé. Casey n'a certainement pas raté son *strike*, déclara-t-elle, un sourire dans la voix.

Bud fut pris d'un véritable fou rire. Cela lui arrivait si rarement qu'il ne reconnut pas le son qui sortait de sa gorge. La vie en soi n'avait rien de drôle, et ce n'était certainement pas dans son boulot qu'il trouvait des raisons de rire, ou même de sourire. Et voilà que pour la deuxième fois de la journée, il riait bel et bien. Un vrai rire, à gorge déployée, qui jaillissait du plus profond de lui. Incroyable.

Tout était complètement incroyable depuis le début. Cette femme d'une beauté renversante qui lui était tombée du ciel, leur fabuleuse entente physique, sa propre réaction face à tout cela, intense, sauvage, irrépressible.

Et maintenant, cet éclat de rire.

Avant de rencontrer Claire, Bud était persuadé de savoir tout ce qu'il y avait à savoir en matière de sexe. Il pensait avoir tout vu et tout fait, dans toutes les positions et par tous les orifices possibles.

Il ignorait alors qu'il lui restait encore à découvrir les délices insoupçonnées qu'il y a à baiser en pentamètres iambiques.

9

Ce soir-là, Claire s'attarda un long moment sous le jet brûlant de la douche pour soulager ses muscles endoloris. Un sourire se forma sur ses lèvres quand elle se remémora la raison pour laquelle ses muscles étaient douloureux. Après l'avoir régalée d'un déjeuner à faire se pâmer le plus fin des gourmets, Bud l'avait de nouveau assaillie. Il avait poussé la délicatesse jusqu'à lui faire manger le veau *piccata* cuisiné en son honneur avec sa propre fourchette. Claire avait déjà été nourrie ainsi, bien sûr, à une époque où elle était trop faible pour s'en charger elle-même.

Mais jamais de cette façon-là. Jamais par un aussi bel homme dont les yeux fauves brillaient de désir quand il lui demandait d'ouvrir la bouche.

Elle lui avait obéi docilement.

Elle s'était complètement ouverte à lui, bouche, cuisses, sexe et... cœur.

Ils avaient langoureusement fait durer le déjeuner, après quoi Bud avait préparé un excellent café à l'aide du percolateur d'importation italienne dont la seule vue faisait blêmir Claire d'impuissance. Deux expressos divins, dont l'arôme s'était répandu dans toute la maison. Cet homme savait tout faire à la perfection. Conduire sous la neige, cuisiner, utiliser un percolateur, poser des étagères.

Baiser.

Ho ! Ho ! Bud commençait à déteindre sur elle...

Elle sourit et renversa la tête sous le jet de la douche. Elle n'avait jamais utilisé ce mot-là de sa vie. Pas même en pensée. Il se prêtait pourtant parfaitement à la description de l'acte sexuel. Le mot parfait pour un acte parfait. Et puis, de toute façon, c'était vrai : Bud baisait à la perfection.

Après cet excellent café, ils étaient passés au salon. Bud avait calé ses pieds imposants sur la commode de bois sculpté qui faisait office de table basse et allumé la télé.

Il tenait à suivre un match de football américain sur l'issue duquel il avait parié dix dollars. Claire n'avait jamais regardé de match de football américain et en ignorait totalement les règles. C'était bruyant, coloré et effroyablement violent. Une foule nombreuse et agitée de supporters vêtus de couleurs criardes emplissait les gradins. De jolies filles en jupettes ultracourtes agitaient énergiquement leurs pompons. Des types immenses, aux épaules disproportionnées par rapport au reste de leur corps et dont les jambes paraissaient presque grêles par comparaison, couraient en tous sens sur l'immense terrain – d'après Bud, ils obéissaient pourtant à des règles strictes. Tout cela était entièrement nouveau pour elle et lui avait donné l'impression d'assister à un documentaire sur les rites et coutumes d'une lointaine tribu d'Amazonie.

À un moment donné, un homme particulièrement costaud avait calé le ballon sous son bras pour foncer à travers un groupe d'adversaires effroyablement surdimensionnés. Claire s'était tournée vers Bud.

— Je croyais qu'on n'était pas censé toucher le ballon. Et que ledit ballon était rond.

Sans détacher les yeux de l'écran, Bud avait ri.

— Ce n'est pas du football, ma belle. C'est du foot américain.

— Ah. D'accord.

Claire avait posé ses pieds nus à côté des siens et s'était lovée sous l'arche que formait son grand bras sur le dossier du canapé. Le contraste de leurs pieds côte à côte lui semblait nettement plus intéressant que ce qui se passait à l'écran. Bud était parfait jusqu'au bout des pieds. Longs, minces, parcourus de tendons, avec un léger duvet doré sur les orteils.

— Qui est-on supposés soutenir ? avait-elle demandé.

— Les Seahawks de Seattle, avait-il répondu avec un léger froncement de sourcils, le regard rivé à l'écran, la télécommande nichée au creux de sa main gauche.

Cette dernière n'avait pas quitté sa main depuis qu'il s'était assis. C'était donc vrai. Les êtres humains dotés d'un chromosome Y étaient génétiquement programmés pour ne pas lâcher la télécommande. Claire avait lu cela quelque part, mais n'avait encore jamais eu l'occasion de constater le phénomène de ses propres yeux.

— Non pas que ça leur ait servi à grand-chose jusqu'à maintenant.

Un événement violent auquel Claire ne comprit strictement rien se produisit à l'écran, déclenchant les huées des supporters auxquelles Bud fit écho d'un ricanement désabusé.

— Non, mais regarde-moi ce clown ! s'exclama-t-il quand un joueur fonça sur un autre le faisant tomber à la renverse. Tu fous quoi, là, Nate ? Vas-y, défonce-les !

C'était tellement… tellement *normal*. Un homme et une femme. Un dimanche après-midi d'hiver devant la télé après le déjeuner, à regarder un match de football. Américain.

Jusqu'à aujourd'hui, Claire n'avait jamais imaginé que cela puisse faire partie de sa vie. Une fois qu'elle réalisa qu'à cet instant précis, des millions de femmes faisaient la même chose qu'elle, elle se sentit progressivement gagnée par une délicieuse sensation de confort. Toutes ces femmes regardaient la télé avec leur compagnon. Leur copain. Leur moitié. Leur amant du jour. Quel que soit le terme désormais en usage, Claire faisait la même chose qu'elles.

Sauf que les autres femmes ne regardaient pas la télé en compagnie d'un homme aussi séduisant et désirable que Bud. Claire le couva d'un œil fier tandis que ce qui se déroulait à l'écran suscitait un nouveau froncement de sourcils. Son air renfrogné le rendait encore plus sexy et mignon – si tant est qu'on puisse qualifier de « mignon » un colosse tel que Bud. Plusieurs joueurs dégringolèrent les uns sur les autres, et celui qui était tombé le premier se retrouva enterré sous une vingtaine de corps gigantesques. Bud se frappa la cuisse, l'air dégoûté. Il semblait si furieux que Claire avait éclaté de rire. Il avait tourné la tête vers elle.

Cela avait suffi à déclencher l'assaut.

Bud avait plissé les yeux et son pouce avait enfoncé une touche de la télécommande, le son de la télé décroissant tandis qu'elle soutenait son regard.

Elle avait senti son souffle se coincer dans sa gorge. Il braquait sur elle ces yeux dorés de prédateur dont elle connaissait désormais la signification et tendait les mains vers elle. En quelques secondes, ils s'étaient retrouvés entièrement nus. Bud l'avait pénétrée d'une vigoureuse poussée et elle avait noué les jambes autour de ses hanches. Il ne s'était pas arrêté avant la fin du match. Claire était allongée sous lui, un peu haletante, car bien qu'elle aimât le sentir peser sur elle, il était très lourd. Elle était en train de débattre mentalement pour déterminer ce dont elle avait le plus désespérément besoin – sentir le poids de son corps sur elle ou respirer – quand une clameur s'était élevée du téléviseur, si puissante qu'elle restait perceptible malgré le son réglé au minimum. La moitié du stade s'était levée et rugissait.

Claire s'était efforcée d'avaler assez d'air pour parler. Seigneur, Bud pesait un poids délirant. Il était étendu sur elle de tout son long, le visage au creux de son cou.

— Qui a gagné ? avait-elle demandé.

— On s'en fout, avait-il murmuré avant de l'embrasser dans le cou.

Claire ne pourrait plus jamais s'asseoir sur l'adorable canapé de chintz jaune que Suzanne avait fait venir d'Italie pour elle sans se rappeler l'heure qu'elle y avait passée en compagnie de Bud, fiché au plus profond de sa chair.

Le dîner avait suivi – un plantureux repas composé de trois plats – et Claire en avait savouré chaque délicieuse bouchée tandis qu'à l'extérieur, le gris du ciel cédait progressivement la place aux ténèbres. Il avait neigé par intermittence toute la journée, juste ce qu'il fallait pour les maintenir dans un cocon de blancheur. Elle avait délibérément évité de penser au lendemain. Le lundi matin n'est jamais agréable pour personne, mais celui qui se profilait ferait un sort à la plus merveilleuse parenthèse de sa vie.

Elle sortit de la douche, se sécha les cheveux, s'hydrata la peau avec soin en insistant sur les zones auxquelles Bud avait consacré une attention toute particulière, puis enfila sa chemise de nuit. Un adorable déshabillé de soie jaune pâle dont elle espérait qu'il rendrait Bud complètement fou.

Elle savait qu'il était déjà dans son lit, et à l'idée de toute cette virilité qui n'attendait qu'elle, son cœur se mit à battre à coups redoublés. En cet instant, elle percevait avec une acuité nouvelle chaque cellule de son corps, chaque cheveu sur sa tête, chacun des battements de son cœur. Tous ses sens étaient en alerte maximum. Elle avait parfaitement conscience de n'avoir jamais vécu une journée aussi fabuleuse de toute sa vie, et savait qu'il était possible qu'elle n'en connaisse plus jamais d'autre.

Mais la journée n'était pas encore finie. Loin de là.

Avant de franchir le seuil de sa chambre, elle eut un moment d'hésitation. La porte était laquée de gris perle, une couleur qu'elle avait choisie avec Suzanne. Quand elle avait discuté avec son amie de la décoration de sa maison, Claire avait imaginé de longues soirées solitaires consacrées à la lecture ou à écouter de la musique. De temps à autre, elle se serait peut-être gavée de pizza surgelée, bien riche en cholestérol et en mauvais hydrates de carbone, histoire de se donner le grand frisson. Elle avait également joué avec l'idée de prendre un chat, pour avoir une présence dans la maison.

Jamais, au grand jamais, elle n'avait imaginé que derrière cette élégante porte gris perle, un homme d'une virilité à couper le souffle l'attendrait dans son lit. Suzanne n'y avait sans doute pas plus songé qu'elle. Suzanne n'avait pas été malade, mais elle était incroyablement exigeante et difficile vis-à-vis du sexe opposé ; peu d'hommes l'avaient attendue dans son lit. Et aucun tel que Bud. Et Allegra, en dépit de sa beauté, n'avait aucun homme dans sa vie. Elle n'en avait plus fréquenté un seul depuis Corey Sanderson.

Et voilà que Claire Parks, l'ex-vierge, avait désormais une vie sexuelle si intense qu'elle dépassait à elle seule celle de ses deux amies réunies. Quand elle plaqua la paume de sa main sur la porte, elle était dans un tel état d'excitation qu'elle avait du mal à respirer. Légèrement tremblante, elle tourna la poignée, entra dans la chambre… et cligna des yeux.

Bud avait rassemblé toutes les bougies disséminées dans la maison, les avait allumées et les avait disposées sur la commode qui se trouvait ainsi convertie en autel parfumé voué au culte du sexe.

Claire avait une prédilection pour les bougies parfumées à la vanille, et leur fragrance l'enveloppa tandis que leur douce chaleur s'insinuait en elle. Les flammes vacillantes projetaient une lumière ambrée dans la chambre parfumée, et les rayons d'argent de la pleine lune qui se réfléchissaient sur la neige ajoutaient leur lueur à celle des bougies.

Le regard de Claire s'arrêta sur Bud et elle eut immédiatement l'eau à la bouche. Adossé à la tête de lit, nu, ses larges épaules luisant dans la semi-pénombre, il arborait déjà une formidable érection. Dans son visage plongé dans l'ombre, ses yeux dorés luisaient doucement.

— Reste où tu es, ordonna-t-il dans un grondement.

Claire s'immobilisa, mais ses orteils se recroquevillèrent d'excitation dans l'épaisseur de la moquette. Ce ton, ce regard signifiaient que des choses délicieuses n'allaient pas tarder à se produire.

— Joli déshabillé, la complimenta-t-il d'une voix rauque. Enlève-le.

— Que je l'enlève ? Moi ?

Elle afficha une petite moue dépitée. Elle avait des projets concernant ce déshabillé, des projets qui incluaient Bud et des caresses bien précises. S'en débarrasser elle-même ne faisait pas partie de son fantasme.

— Tu ne préfères pas me l'enlever ?

— Non, répondit-il dans un souffle. Enlève. Maintenant.

Son vocabulaire se réduisait notablement sous l'effet de l'excitation, et les mots d'une syllabe étaient la règle quand il était sur le point de perdre le contrôle.

Claire pinça la soie du déshabillé entre ses doigts pour en soulever le bas. Lentement. À peine quelques centimètres. Bud avait consacré la journée à la rendre folle et elle se sentait tenue de lui retourner ses faveurs.

Elle vit son pénis s'écarter légèrement de son ventre et s'allonger.

Le lien entre Bud et elle était désormais si étroit qu'elle ressentit pratiquement son érection. Elle ne savait pas comment il pouvait encore être excité après les excès de la journée, mais il l'était, cela ne faisait aucun doute. Les romans sentimentaux qu'elle avait lus ne l'avaient pas du tout préparée à une telle constance du désir masculin.

Ainsi, il voulait qu'elle retire son déshabillé ? Elle aurait pensé qu'il préférerait le lui ôter lui-même. À en juger par la rapidité avec laquelle il l'avait déshabillée depuis leur réveil, il était plus que doué pour cela. Mais s'il voulait changer de rythme… Elle souleva davantage le bas de son déshabillé, révélant ses chevilles.

Elle entendit sa respiration, vit son torse se dilater largement. Elle vit aussi son pénis palpiter au rythme des battements de son cœur.

C'était elle qui le mettait dans cet état ! Oh, Dieu, c'était merveilleusement excitant.

Sans se presser, elle fit remonter la soie du déshabillé le long de ses jambes, son pénis enflant davantage chaque fois qu'elle en révélait un peu plus. Waouh, elle s'y prenait vraiment bien !

— Enlève-le, répéta Bud d'une voix étranglée. Arrête de jouer. Retire-moi ce truc maintenant !

— Oh !

Claire retroussa l'étoffe jusqu'aux genoux, puis la fit onduler de droite à gauche comme une petite fille toute fière d'exhiber sa nouvelle robe.

— Maintenant ? fit-elle. Comme dans « tout de suite » ?

Elle n'était pas prête à renoncer à ce pouvoir grisant qu'elle exerçait sur lui. Son souffle, le mouvement de son pénis et les phalanges blanchies de ses poings lui avaient permis de mesurer très exactement à quel niveau elle avait remonté le tissu de son déshabillé.

— Oui, tout de suite. Vite.

D'accord.

Tourmenter Bud était délicieux, mais se retrouver entièrement nue sous ses yeux était trop tentant.

Claire soupira et se promit de lui offrir un vrai strip-tease une autre fois. Elle fit passer son déshabillé par-dessus sa tête et le lâcha. Il atteignit le sol dans un tourbillon de soie jaune liquide, et le feu ardent qui s'alluma dans les yeux de Bud la récompensa de sa docilité.

Il était temps de passer à l'action.

Elle fit un pas en avant, mais Bud tendit la main, paume tournée vers elle.

— Stop ! l'arrêta-t-il d'une voix sourde.

Stop ?

— Reste où tu es.

Claire s'arrêta à trente centimètres du lit, déconcertée.

— Pourquoi ?

Bud ressemblait à un dieu païen à la peau cuivrée. La lueur des bougies soulignait le relief de ses muscles et son sexe projetait une ombre cylindrique sur ses abdominaux d'acier.

— Je vais t'expliquer, dit-il d'un ton brusque. Si je te touche, une seconde après je serai en toi. J'avais décidé de consacrer un peu de temps aux préliminaires ce soir. Mais il a suffi que tu entres dans la chambre pour que…

Il laissa sa phrase en suspens et poussa un long soupir.

— Non, je ne veux pas que les choses se passent ainsi. Pas maintenant. Tu vas donc devoir t'en charger.

— Me charger de quoi ? demanda Claire qui n'avait pas compris grand-chose à ce qu'il venait de dire.

— Des préliminaires, répondit-il en refermant ses poings sur les draps comme s'il cherchait à s'ancrer au lit. Il va falloir que tu t'en charges seule, mon ange. Que tu te prépares à me recevoir parce que je suis trop excité pour le faire. Aide-moi, s'il te plaît. Lèche-toi l'index.

Toujours aussi déconcertée, Claire obéit. Bud plissa les yeux en réponse. Il était tellement concentré sur elle qu'une grenade aurait pu exploser dans la chambre sans qu'il le remarque. Son index mouillé brillait à la lueur des bougies, et Bud hocha la tête.

— Caresse-toi les seins.

Ah ! Un nouveau jeu.

Le coin des lèvres de Claire se retroussa sur un sourire. Elle fit glisser son doigt le long de son cou, puis effleura lentement l'arrondi de son sein. Bud suivit des yeux le mouvement de son doigt qui avait entrepris de dessiner des cercles.

Ceux-ci se resserrèrent progressivement, son index frôlant l'aréole avant de se consacrer à la pointe, qui palpita, puis durcit visiblement. Se caresser elle-même n'était pas aussi excitant que quand c'était Bud qui s'en chargeait ou quand il – *oh, mon Dieu !*– le prenait dans sa bouche. Ce souvenir rendit son sein extrêmement sensible au toucher. Bud, se rappela-t-elle, prenait son sein dans sa main et le soulevait pour le porter à ses lèvres comme s'il s'offrait une délicieuse friandise. Il le suçait, le mordillait aussi parfois, tout doucement, juste assez pour l'exciter sans risquer de lui faire mal.

Ce souvenir fit grimper le niveau de son excitation. Son souffle s'accéléra, et Bud ferma à demi les yeux. Il la scrutait si intensément qu'elle savait qu'il avait une conscience aiguë de la montée de son désir. Ressentait-il le lien entre eux aussi puissamment qu'elle ? Ses réactions physiques étaient-elles le reflet exact des siennes ?

Excitation, désir, passion. Les mécanismes les plus mystérieux du corps humain. À l'instar de la maladie, on pouvait les dissimuler au regard des autres, leur pouvoir magique persistant au plus secret de soi comme une source souterraine.

Claire se lécha de nouveau l'index et en caressa l'autre sein. Elle aurait bien voulu lui infliger le même traitement qu'au premier et jouir à nouveau du spectacle des yeux de Bud s'écarquillant comme des soucoupes, mais la pointe en était déjà durcie. Se caresser commençait à devenir plus frustrant qu'excitant. Elle avait besoin d'être stimulée autrement, comme lorsque Bud la mordillait. Elle pinça l'extrémité de son sein et le relâcha aussitôt, surprise. C'était douloureux. Elle comprit soudain de quelle délicatesse Bud avait fait preuve avec elle, alors même qu'il était si excité qu'il n'arrivait plus à parler. Aussi fort soit-il, Bud ne lui avait jamais fait mal, pas une seule fois, pas même involontairement.

— Plus bas, murmura-t-il.

Elle allait devoir bel et bien se charger seule des préliminaires, devina-t-elle.

— D'accord, dit-elle.

Elle porta lentement l'index à sa bouche et les yeux de Bud suivirent son mouvement. Elle le suça tranquillement, s'appliquant à bien le mouiller, puis le fit glisser autour de ses lèvres, avec la même lenteur calculée. Elle sourit en entendant un gémissement remonter dans la poitrine de Bud, puis s'humecta les lèvres de la pointe de la langue. Le souvenir de la manière dont Bud les lui avait léchées pendant qu'il lui faisait l'amour sur le canapé l'assaillit.

La sensualité de ce souvenir la fit rougir. Un flot brûlant roula dans ses veines lorsqu'elle se rappela – quasiment au point de les sentir – ses puissants coups de reins et son sexe si brûlant en elle que c'était un miracle qu'elle n'ait pas pris feu. Elle avait joui deux fois, et les deux fois, la caresse de son sexe doublée de celle de son doigt sur son clitoris avait prolongé son orgasme.

Il était arrivé à Claire de se masturber et les rares orgasmes qu'elle avait obtenus avaient été extrêmement brefs, disparaissant presque aussitôt qu'ils survenaient. Bud, lui, avait été capable de les faire durer encore et encore, en la caressant habilement de son sexe en un endroit secret dont il était seul à connaître l'existence. Son deuxième orgasme avait été si intense qu'il lui avait tiré des larmes.

— À quoi penses-tu ?

Il l'observait si attentivement qu'il avait sans doute deviné que ses pensées l'excitaient autant que ses caresses.

— Je pensais à ce que tu m'as fait sur le canapé pendant le match.

Elle se sentait tellement sexy que sa voix avait changé. Elle était plus grave, légèrement enrouée et très sensuelle. Jamais elle n'aurait cru être capable de s'exprimer avec cette voix-là, qu'elle ignorait même posséder.

— Quand tu étais en moi et que tu m'as... baisée tout le temps qu'a duré mon orgasme.

— Seigneur ! souffla Bud en fermant les yeux une seconde avant de les rouvrir pour la fusiller du regard, l'air positivement indigné. Je lutte comme un dingue pour garder le contrôle. Qu'est-ce que tu essaies de faire, là ?

De le rendre fou, voilà ce qu'elle essayait de faire.

Elle avança d'un pas. Ses lèvres et ses seins érigés étaient encore humides de salive. Il ne lui restait plus qu'une zone à explorer. Une zone puissamment érogène.

Souriant à Bud, elle posa l'index entre ses seins et le laissa descendre jusqu'à son nombril qu'elle encercla lentement, savourant l'expression fascinée de Bud. Son doigt glissa plus bas, effleura le triangle bouclé au creux de ses cuisses. Elle écarta les jambes et couvrit son mont de Vénus de sa main.

— Tu es mouillée ? demanda-t-il d'une voix rocailleuse, les veines de son cou et de ses bras plus saillantes que jamais, les jointures de ses doigts aussi blanches que le drap qu'ils serraient.

L'index de Claire glissa le long de sa fente.

— Un peu, mais pas autant que lorsque c'est toi qui me touches, répondit-elle en insérant entièrement le doigt en elle.

Voilà. Bien fait pour lui. Il voulait qu'elle se charge elle-même des préliminaires, mais elle était loin d'être aussi douée que lui. Il faut dire que dans ce domaine, Bud était tout simplement parfait.

Il ferma les yeux comme sous l'effet d'une vive souffrance, puis les rouvrit et lui jeta un regard noir.

— Dépêche-toi, Claire !

Elle écarta les jambes de façon à introduire deux doigts en elle. Elle les fit aller et venir, mais ils n'avaient pas le même effet magique que ceux de Bud. Elle effleura brièvement son clitoris, accentua le va-et-vient. Les choses commençaient à prendre tournure.

— Tu es prête ? s'enquit-il d'une voix tendue.

Une douce langueur s'emparait d'elle. C'était délicieusement coquin de se caresser sous le regard de Bud. Sous son beau regard doré et pénétrant.

— Prête pour quoi ? murmura-t-elle, haletante.

Peut-être arriverait-elle à repérer ce point sensible que lui trouvait immanquablement. Sa chair palpita subitement sous ses doigts et elle sentit ses poils se dresser sur sa nuque.

— Prête pour ça.

Bud tendit les bras et la souleva sans effort. En moins d'une seconde, elle se retrouva étendue sur le dos, tandis qu'il lui écartait les cuisses pour se positionner entre elles. Une seconde de plus, et son sexe dur plongeait en elle jusqu'à la garde.

Une fois profondément fiché en elle, il s'immobilisa. Il était en appui sur les mains pour ne pas l'écraser de son poids et Claire vit ses bras trembler. La tête penchée, il respirait fort, comme s'il n'osait bouger.

Il braqua soudain sur elle un regard aussi perçant que celui d'un aigle.

— Tu es à ton aise ?

— À mon aise ? répéta Claire, étonnée.

Elle se tortilla légèrement. Le haut de son corps ne reposait pas sur elle, ce qui lui permettait de respirer.

— Oui, tout à fait. Pourquoi ?

— Le drap ne fait pas de plis sous ton dos ? Tes cheveux ne sont pas coincés ?

Il avait soulevé la masse de ses cheveux avant de l'allonger sur le lit si bien que ceux-ci étaient répandus autour de sa tête.

— Je suis très bien, lui assura-t-elle.

Elle lui sourit, mais Bud ne lui rendit pas son sourire. Son expression était sévère, presque austère. Ses pommettes étaient en feu et il serrait visiblement les dents tandis qu'il la contemplait, ses yeux réduits à deux fentes. On aurait pu le croire en colère, mais ce n'était pas le cas. Avec un autre que lui, Claire aurait peut-être eu peur, mais pas là. Avec Bud, elle ne craignait rien. Elle savait qu'il ne lui ferait aucun mal.

— Pourquoi demandes-tu cela ?

— Je veux que tu sois à ton aise, murmura-t-il, parce que tu vas rester dans cette position très longtemps. J'ai l'intention de te baiser toute la nuit.

10

14 décembre

Le lendemain matin, Claire s'étira et grimaça. Elle était endolorie de partout. Entre les cuisses, surtout. Poisseuse, aussi.

À un moment donné, durant cette interminable nuit de passion torride, Bud lui avait soulevé les jambes, les avait repliées et largement écartées, les maintenant ainsi de ses mains posées sur ses genoux. Claire s'était retrouvée complètement offerte et Bud en avait profité sans merci. Elle avait perdu le compte des orgasmes qu'elle avait eus. À deux reprises au cours de la nuit, elle avait tenté de lui demander grâce.

— Je n'en peux plus, avait-elle soufflé.

— Mais si, tu peux encore, avait-il grondé en réponse avant de la pilonner plus fort encore.

Il avait raison. Claire s'était retrouvée agrippée à lui, tremblante, le suppliant de continuer.

Cette nuit avait été sauvage et passionnée, au point parfois d'en devenir effrayante. Bud l'avait poussée au-delà de ses propres limites. Elle s'était enflammée, consumée, elle était partie en fumée, et une nouvelle femme avait surgi de ses cendres. Une femme sexy, ardente, audacieuse, et prête à affronter tous les dangers. Une femme qui relevait tous les défis et gagnait à tous les coups.

Claire Parks, Wonder Woman.

Lorsqu'elle se réveilla, elle eut immédiatement conscience de son corps et de celui de Bud. Son esprit ne se dissocia pas de son corps pour aborder la journée avec prudence, et elle vécut pleinement l'instant. Son esprit habitait son corps endolori. Comblé. Elle n'avait pas eu besoin de faire semblant qu'elle était ailleurs. Elle était au lit, avec Bud.

Elle avait dormi la tête posée sur son torse et ses poils lui chatouillaient le nez. Et bien qu'elle n'ait eu droit qu'à quelques heures de sommeil, elle se sentait parfaitement reposée. Aussi fraîche qu'une rose.

Et totalement, merveilleusement heureuse.

L'avenir qui l'attendait était clair et lumineux. Son nouveau travail à l'agence la journée. Bud le soir. Les week-ends ensemble.

Une situation qui ne serait certes pas au goût de son père, songea-t-elle. Jugé à l'aune des critères d'Horace Parks, Bud n'avait pas du tout le profil du gendre idéal. Mais il avait le profil du compagnon idéal à l'aune de ceux de Claire et cela seul comptait. Si elle avait pu se douter qu'il existait sur terre un homme tel que Bud, elle aurait forcément rêvé de lui. C'était l'homme de sa vie, il était fait pour elle. Son père lui-même serait forcé de le reconnaître. Et s'il s'obstinait à nier l'évidence… qu'il aille se faire voir !

Elle mit une seconde à reconnaître la pensée qu'elle venait de formuler comme lui appartenant. Et se sentit aussitôt submergée par la honte. Son père l'aimait. Et si son amour était parfois étouffant, c'était parce qu'il avait vécu si longtemps avec sa maladie. Il avait eu tellement peur de la perdre qu'il la voyait toujours comme une enfant malade et dépendante. Son père aurait du mal à l'imaginer entre les bras d'un amant, encore moins dans les bras d'un amant bûcheron. Sans doute aurait-il préféré la savoir en compagnie d'un des employés de la Fondation Parks, d'un jeune homme cultivé, bien sous tous rapports et… mortellement ennuyeux.

Son père aurait sûrement du mal à accepter Bud comme son amant. D'un autre côté, bien qu'il soit un Parks, le quatrième héritier de la fortune familiale, il n'avait rien d'un snob. Ainsi, il chantait sans arrêt les louanges de l'officier de police qui l'avait tirée des griffes de Rory Gavett. Quelles que soient leurs origines, il reconnaissait les mérites des gens. Il finirait par aimer Bud autant qu'elle.

Aimer ?

Oh, oui ! Elle aimait Bud. Cela ne faisait aucun doute ni dans son esprit ni dans son cœur. Elle avait beau faire beaucoup plus jeune que son âge – on aurait presque pu la prendre pour une adolescente –, n'avoir perdu sa virginité que depuis quarante-huit heures, et n'avoir par conséquent aucune expérience des hommes et de la sexualité, cela ne l'empêchait pas de connaître son propre cœur. Et de reconnaître les qualités viriles de Bud.

Elle souleva la tête pour le gratifier d'un sourire, s'attendant à un accueil chaleureux qui ne tarderait guère à se convertir en un baiser brûlant. Au lieu de quoi elle croisa un regard neutre, presque froid. Complètement réveillé, les bras croisés sous la tête, il la dévisageait avec sérieux. Elle battit des cils devant son expression qui ne reflétait ni chaleur, ni désir, ni plaisir.

— Claire, commença-t-il d'une voix grave, il faut qu'on parle.

Oh, mon Dieu !

Elle sentit son cœur sursauter violemment dans sa poitrine et retomber avec un bruit sourd. Bud avait la même expression – exactement la même expression – que l'oncologue qui lui avait annoncé que sa greffe de moelle osseuse n'avait pas pris. Qu'il ne pouvait plus rien pour elle. Qu'il ne lui restait plus que quelques mois à vivre. Qu'elle était condamnée.

Oh, mon Dieu, mon Dieu, mon Dieu !

Que s'était-elle imaginé ? C'était juste une aventure. Le temps d'un week-end. Elle s'était laissé berner par son cœur. Il y avait sans doute eu des signes indiquant qu'il s'agissait uniquement d'une aventure passagère – d'un week-end de baise, pour dire les choses crûment –, mais elle manquait si cruellement d'expérience qu'elle n'avait pas su les voir. Elle avait pensé qu'il s'agissait de bien plus que cela… et c'était bien plus que cela.

Pour elle. Mais pas pour lui, de toute évidence.

Comment réagir ?

Claire passa instinctivement en mode Gratitude, comme elle avait appris à le faire à seule fin de survivre. Quand il lui arrivait des choses épouvantables, elle se raclait les méninges pour trouver quelque chose dont elle puisse s'estimer reconnaissante. Tout autre état d'esprit l'aurait entraînée sur une pente fatale.

Elle pouvait s'estimer reconnaissante de tant de choses. Elle devait à Bud la meilleure introduction à la sexualité qu'une femme puisse souhaiter. En deux jours, elle avait dû accumuler plus d'expérience sexuelle que Suzanne et Allegra réunies en deux ans. Et si l'idée de dire adieu à Bud était si douloureuse qu'elle en suffoquait, ma foi… elle avait déjà souffert. Elle survivrait.

Elle réprima impitoyablement ses larmes. Elle pleurerait plus tard, quand elle serait seule. Elle n'avait jamais pleuré qu'à l'abri des regards. Elle était passée experte dans l'art douloureux de retenir ses larmes.

— D'accord, dit-elle calmement.

Elle affichait un visage lisse, une expression neutre. Bud ne pouvait pas voir son cœur battre follement ni son estomac se contracter. Elle saurait faire bonne figure à mauvais jeu. Elle avait toujours su.

— Je t'écoute, ajouta-t-elle.

Il scruta un moment son regard, puis hocha la tête comme s'il était parvenu à une conclusion secrète.

— Je t'aime, Claire, articula-t-il posément.

Elle en demeura bouche bée.

Des bruits résonnèrent dans sa tête, comme des tintements étouffés, et elle mit un moment à réaliser que ce bruit n'était pas celui de ses neurones qui s'entrechoquaient, mais celui, lointain et insistant, de la sonnette de la porte d'entrée, ponctué du martèlement d'un poing contre le battant. Elle tourna la tête et fronça les sourcils.

— Qui cela peut-il être ? s'étonna-t-elle. Personne ne sait que je suis ici…

Elle tourna de nouveau la tête et vit Bud littéralement disparaître sous ses yeux. Son bel amant aux yeux d'ambre venait de s'évaporer pour céder la place à une créature aussi froide et inhumaine qu'un cyborg. Un étranger mortellement effrayant, au visage dépourvu d'expression et au regard sans âme, dont l'apparence évoquait celle d'un guerrier sur un champ de bataille.

— Reste là, murmura-t-il en s'écartant d'elle. Ne bouge pas.

D'un mouvement aussi preste que silencieux, il roula hors du lit et enfila son pantalon de jogging. Plongea la main dans le sac qui contenait ses affaires de rechange et la ressortit armée d'un revolver. Claire frémit. Il tenait ce gros revolver noir comme s'il s'agissait d'une extension de sa main. Il approcha vivement son autre main de l'arme. Un déclic retentit et Claire comprit, pour avoir lu des millions de thrillers, qu'il venait de déverrouiller la sécurité.

Cet homme – ce colosse au regard froid et dangereux – était à présent armé et se dirigeait d'un pas souple vers la porte d'entrée.

Pétrifiée, sous le choc, Claire se contenta de le regarder quitter la chambre, bouche bée.

La sonnette retentit à nouveau, un poing cogna contre la porte et une voix étouffée lui parvint.

— Claire ! Ouvre-moi, Claire ! Je sais que tu es là !

Dieu du ciel, c'était son père ! Il était rentré de Paris plus tôt que prévu.

Claire bondit hors du lit, enfila sa chemise de nuit et remonta le couloir comme une flèche. Bud se tenait d'un côté de la porte, le revolver levé au niveau de l'oreille.

— Bud ! hurla-t-elle, ne tire pas ! C'est mon…

Trop tard. Il jeta un coup d'œil à travers le judas, laissa son bras armé retomber le long de sa jambe, et ouvrit brusquement le battant. Le père de Claire faillit s'affaler à l'intérieur. Bud le retint de sa main libre.

— Monsieur Parks ! s'exclama-t-il, stupéfait.

— Lieutenant Morrison ! s'étrangla son père.

— Papa ! glapit Claire.

Bud pivota vers elle, le front plissé.

— *Papa ?*

Claire soutint son regard.

— *Lieutenant ?*

11

14 décembre
Manoir Parks

C'était bel et bien une princesse finalement, songea Bud ce soir-là, au cours du dîner chez les Parks.

Oh ! pas une vraie princesse avec une couronne et un royaume, mais il n'était pas tombé loin. En Oregon, la famille Parks était ce qui se faisait de mieux tout de suite après la royauté. Il y avait la Fondation Parks, le musée d'Art moderne Parks, l'aile de médecine pédiatrique Elisa Parks de l'hôpital Saint-Jude et le festival de musique médiévale Parks qui avait lieu chaque été.

L'argent des Parks avait en outre entièrement financé la modernisation du service informatique de la police de Portland. Après que Bud eut sauvé Claire, Horace Parks avait fait savoir à la fondation qui portait son nom que toutes les demandes de la police devaient être honorées sans discuter. Au treizième étage du poste de police de Portland, celui du service informatique, le personnel parlait de Bud comme du golden boy à qui on devait la poule aux œufs d'or qu'était pour eux la Fondation Parks.

La pauvre petite chose squelettique, chauve et terrifiée qu'il avait récupérée sur le plancher crasseux du van de Rory Gavett était donc *sa* Claire ? Pas étonnant qu'il ne l'ait pas reconnue, à *L'Entrepôt*.

La première fois que Bud l'avait vue, Claire avait quinze ans, elle pesait moins de trente-cinq kilos, elle avait perdu tous ses cheveux, elle était bâillonnée et ligotée, et son ravisseur lui avait bandé les yeux. Il se souvenait très précisément de l'instant où il avait découpé le puissant adhésif qui lui recouvrait la bouche et lui entravait chevilles et poignets. La balle qu'il avait reçue quelques instants avant commençait à le faire souffrir et il perdait beaucoup de sang, mais la petite fille – Bud ne lui aurait pas donné plus de sept ou huit ans – était si légère qu'il n'avait eu aucun mal à la soulever.

Il se souvenait aussi de ses grands yeux bleus et des tremblements de terreur qui la secouaient si violemment qu'il avait craint qu'ils ne lui brisent les os. Non, en aucun cas il n'aurait pu reconnaître la femme aux courbes allèchantes que Claire était devenue.

De son côté, Claire ne risquait pas de le reconnaître non plus. La dernière fois qu'elle l'avait vu, elle se cramponnait désespérément à ses épaules, le visage enfoui dans son cou. Il portait encore l'uniforme de la police de la route à l'époque. Après avoir reçu l'appel à toutes les patrouilles concernant le van Chevy 1987 à bord duquel se trouvait une enfant kidnappée, il était tombé dessus par hasard. Et les gens se souviennent toujours de l'uniforme, jamais de celui qui le porte.

Sans compter que l'uniforme en question était couvert de boue et de sang. Il avait envoyé un appel radio et serré la petite contre lui jusqu'à l'arrivée de la cavalerie, composée de deux unités de patrouille qui se trouvaient dans le secteur, bientôt rejointes par une équipe d'intervention d'urgence. Bud avait réussi à rester conscient jusqu'au moment où il avait remis la fillette aux mains des infirmiers, puis s'était évanoui aussitôt après. Il n'avait repris conscience que trois jours plus tard. À ce moment-là, Claire était déjà loin. Horace Parks l'avait envoyée dans une clinique suisse où elle bénéficiait du meilleur suivi médical de la planète ainsi que d'une protection rapprochée.

Comment aurait-il pu deviner que la belle brune avec qui il passait un week-end torride était Claire Parks ? Un tel hasard défiait toutes les lois de la probabilité. Bud ne vivait pas sur la même planète que les Parks.

Leur manoir était un véritable palais.

Quand il avait remonté l'allée principale au volant de sa voiture, il s'était senti de plus en plus abattu. Il ne faisait absolument pas le poids. L'immense demeure de trois étages qui se profilait devant lui était digne d'un roi. La caravane dans laquelle il avait grandi aurait aisément trouvé sa place dans un recoin du hall d'entrée, mais elle aurait eu l'air affreusement déplacé sur le dallage de marbre noir et blanc.

Un mois de son salaire n'aurait pas suffi pour payer les couverts en argent qui se trouvaient sur la longue table d'acajou de la salle à manger, et il était prêt à parier que les tableaux accrochés aux murs valaient plus que ce qu'il gagnerait au cours de sa vie entière.

Heureusement, Bud avait d'excellentes manières à table. On avait disposé pour chacun des convives quatre fourchettes, trois cuillères, quatre couteaux et quatre verres en cristal bordés d'un filet d'or.

Bud savait à quel usage était destinée chacune des fourchettes.

La marine est une énorme machine à transformer les hommes. À un bout, elle avale des types tels que lui, issus des catégories sociales les plus basses de la société – des types qui n'ont jamais assisté à un dîner chic, et se sont contentés toute leur vie de manger des conserves à même la boîte –, et à l'autre bout, elle les recrache sous forme de véritables machines à tuer, parfaitement capables de participer à un dîner à quatre fourchettes.

L'occasion lui avait rarement été donnée de mettre ce savoir en pratique, mais il le possédait, ce qui lui éviterait de se ridiculiser. Il ne boirait pas le vin rouge dans le verre à eau, ne se servirait pas du couteau à viande pour étaler du beurre sur le pain et ne boirait pas l'eau du rince-doigts. Ce qui ne l'empêchait pas de se sentir atrocement mal à l'aise.

Qu'est-ce qu'il foutait là, nom de Dieu ?

Claire et son père avaient tellement insisté qu'il s'était senti obligé d'accepter cette invitation. Le père de Claire lui avait toujours manifesté une telle reconnaissance que Bud en avait été parfois gêné. Pendant sa convalescence à l'hôpital, Horace Parks lui avait fait parvenir un chèque d'un montant astronomique que Bud lui avait aussitôt retourné.

— Encore un peu de roast-beef, lieutenant ?

Rosa, la cuisinière, lui adressait un sourire radieux au-dessus d'un plat de service aussi vaste que le plateau de son bureau. Rosa... Une autre source d'embarras profond.

Quand Bud avait franchi d'un pas prudent le seuil du manoir, s'attendant à tout – du moins le croyait-il –, une petite bonne femme toute ronde s'était ruée vers lui. Sa tête grisonnante lui avait heurté le sternum, et elle l'avait entouré de ses bras potelés.

— Vous l'avez sauvée ! s'était-elle exclamée avec un fort accent italien. Vous avez sauvé *la mia bambina !*

Deux secondes plus tard, elle fondait en larmes en s'agrippant à lui.

Bud s'était senti monstrueusement gêné. D'autant que Claire et son père n'étaient pas venus à son secours. Ils s'étaient contentés de couver Rosa d'un œil indulgent tandis qu'elle déversait un torrent de larmes sur sa belle chemise toute neuve, et qu'il s'efforçait de lui tapoter gauchement le dos.

Depuis qu'il avait pris place à table, Rosa avait veillé à ce que son assiette, ou plutôt ses assiettes – ils en étaient au cinquième plat – soient toujours abondamment garnies. Tout était délicieux et Bud avait consciencieusement terminé chacune d'elles. Il avait tout mangé, car s'il s'avisait de refuser de reprendre une deuxième ou une troisième fois d'un plat, la lèvre inférieure de Rosa se mettait instantanément à trembler. Il commençait à se sentir aussi fringant qu'une baleine échouée.

— Tyler, mon garçon, dit Horace Parks avec un grand sourire, vous devez absolument goûter au gratin de pommes de terre. C'est la spécialité de Rosa.

Facile à dire. Parks, lui, avait à peine picoré dans les plats. C'était un très vieux monsieur, aussi mince et frêle qu'un moineau, dont il avait d'ailleurs l'appétit.

— Vous avez besoin de reprendre des forces, ajouta-t-il sans se départir de son sourire.

Si Bud avait été capable de rougir, il ne s'en serait pas privé. Horace Parks devait bien avoir une idée de la façon dont il avait brûlé ses calories pendant le week-end.

Un sourire d'adoration aux lèvres, Rosa déposa une belle tranche de roast-beef sur son assiette. La quatrième. Avant d'y entasser une portion de pommes de terre susceptible d'étouffer un cheval. Bud se sentait aussi mal à l'aise qu'un taureau sacrificiel qu'on engraisse avant la mise à mort. Pourquoi lui servait-on une telle quantité de nourriture ?

— Voilà, mon garçon, se réjouit Horace Parks. Ce serait dommage de contrarier Rosa, n'est-ce pas ? Elle a passé toute la journée à cuisiner pour vous.

— Oui, *lieutenant Tyler*, renchérit Claire, une pointe d'ironie dans la voix. Reprenez de la viande. Faites plaisir à Rosa.

Depuis qu'elle avait découvert son véritable prénom et sa profession, Claire se montrait légèrement sarcastique. Certes, il s'appelait Tyler, mais on l'avait toujours appelé Bud. Et s'il était vrai qu'il n'avait pas trouvé le moyen de lui dire qu'il était lieutenant de police, c'était essentiellement parce qu'ils avaient passé pratiquement tout le week-end à faire l'amour. De toute façon, elle était mal placée pour l'accuser de dissimulation.

Bud tourna la tête vers elle et plissa les yeux.

— Volontiers, *mademoiselle Schuyler*.

Claire eut au moins la bonne grâce de rosir. Il avait peut-être omis de mentionner quelques faits, mais Claire, elle, lui avait effrontément menti. Claire Schuyler, franchement…

Horace Parks toussota.

— À votre avis, lieutenant, qui serait susceptible de remplacer Longman après son départ à la retraite ? demanda-t-il, faisant allusion au chef de la police de Portland.

Bon sang, le milliardaire voulait parler boutique, à présent ! Vu l'étendue des pouvoirs de Parks, Bud se retrouvait en terrain miné. Une perspective aussi agréable que de se faire dévitaliser une dent. Bud était un homme de terrain, pas un fonctionnaire, et il risquait de faire la plus monstrueuse boulette de toute l'histoire de la police de Portland en se prononçant sur ce point.

— Ma foi… commença-t-il avant de chercher à gagner du temps en savourant longuement une gorgée d'excellent vin rouge. Robert Mansfield semble avoir la confiance de Longman. Il a en outre de nombreuses relations au conseil municipal, ce qui pourrait nous être utile en matière de budget.

Robert Mansfield était un parfait abruti uniquement doué pour cirer les pompes de ses supérieurs et écraser ceux qui se trouvaient sous ses ordres. Mais il était remarquablement télégénique. Grand, large d'épaules, le crâne coiffé d'un casque de cheveux blancs qui inspirait confiance. Et aussi creux qu'un présentateur télé. Il semblait pourtant dans les petits papiers des décideurs. Bud avait horreur de cet aspect-là de sa profession.

Selon lui, le seul type taillé pour remplir le rôle de chef de la police était justement celui qui avait le moins de chances de décrocher le poste : Carlos Jimenez Sanchez. Compétent, honnête, incorruptible, Sanchez n'avait pas peur de marcher sur les pieds des puissants pour mener une mission à bien. Dédié corps et âme aux hommes et aux femmes qui se trouvaient sous ses ordres, il connaissait par leur nom les plus insignifiantes des nouvelles recrues et aurait préféré traverser un champ de mines plutôt que de les trahir. Il entretenait également d'excellentes relations avec la société civile. Pour couronner le tout, c'était un ancien marine. Mais Carlos avait énervé quelques grosses pointures ; physiquement, il était du genre petit, sec et nerveux, et ressemblait à un chien enragé quand il passait à la télé. Son ascension au sein de la hiérarchie ne dépasserait jamais le seizième étage.

— Robert Mansfield, hum ?

Parks jouait avec le rebord de son verre comme Bud n'aurait jamais osé le faire. Ayant de très grandes mains, il aurait craint de briser le cristal délicat. Parks, lui, avait grandi dans cet univers raffiné et avait sans doute bu du lait dans des verres Waterford dès son plus jeune âge. Après un long moment de contemplation, le vieil homme soupira.

— Robert semble, en effet, avoir l'approbation de Longman et du conseil municipal. Le problème, c'est que c'est un véritable crétin.

Bud, qui buvait une gorgée de vin, faillit s'étrangler.

— Et Carlos Sanchez ? ajouta Parks en fixant Bud d'un regard attentif. Vous ne pensez pas qu'il ferait un excellent chef de la police ?

Bud cligna des yeux et comprit que quelque chose d'extrêmement important était en train de se jouer.

Horace Parks avait le pouvoir de faire ou de défaire une carrière. Même si Bud aurait tôt ou tard fini par devenir lieutenant grâce à ses seules compétences, c'était à Parks qu'il le devait.

— Carlos serait parfait pour ce boulot, répondit-il, prudent. Il l'aurait sans doute déjà obtenu s'il n'avait pas…

Bud s'interrompit, cherchant comment formuler la chose aussi délicatement que possible.

— S'il n'avait pas cassé la mâchoire de ce reporter télé ? suggéra Parks. Celui qui a annoncé à l'antenne que la police était sur le point d'épingler le violeur multirécidiviste de Tigard, lui donnant ainsi l'occasion de filer ? Un incident regrettable, j'en conviens. Parfaitement compréhensible, évidemment, même s'il est vrai qu'il aurait dû… retenir ses poings.

— Retenir ses poings n'est pas le fort de Carlos, reconnut Bud avec honnêteté. Je suis cependant persuadé qu'il ferait un chef de la police efficace si on lui laissait vraiment carte blanche et si on arrêtait d'interpréter perpétuellement tout ce qu'il fait. Carlos est dévoué à la communauté et il a d'excellentes relations avec les minorités, mais il n'a rien d'un fin politique.

— Je comprends, fit Parks en hochant la tête. Néanmoins, il ferait un bon chef de la police, ajouta-t-il d'un ton subtilement interrogatif.

— Il ferait un excellent chef de la police, affirma Bud d'un ton assuré. Ferme et dévoué. Portland est dans le collimateur de la mafia russe qui rêve d'en faire le nouveau Vladivostok. Argent et émissaires envoyés en éclaireurs : tous les signes sont là. Avec

Carlos aux commandes, ils y réfléchiraient à deux fois. Rien n'échappe à son radar.

— Sans compter que Robert Mansfield est un vieux pervers, intervint Claire de façon inattendue.

Surpris, son père et Bud tournèrent la tête vers elle.

— Il m'a pincé les fesses au cours d'un cocktail de la fondation et quand je l'ai sommé de s'excuser, il a accusé le serveur. Un pauvre petit Pakistanais, qu'il a cherché à faire renvoyer. Il m'avait pincée tellement fort que j'en ai gardé un bleu pendant toute une semaine.

Bud sentit une nuée d'abeilles lui bourdonner aux oreilles. Il mit un moment à retrouver sa voix.

— Il t'a fait mal ? gronda-t-il d'une voix où perçait la colère. Robert Mansfield t'a fait mal ?

S'il avait pu l'entendre, Robert Mansfield aurait compris qu'il était mort. Bud se leva à demi de sa chaise, prêt à aller trouver Mansfield sur-le-champ pour lui régler son compte.

— Ce salaud de fils de…

— Je crois qu'il est temps de passer à la bibliothèque, mon cher, l'interrompit Horace Parks d'une voix chevrotante qui ne manquait cependant pas d'autorité.

Malgré son âge, Horace Parks jouissait toujours de toutes ses facultés mentales, et il avait senti que Bud était sur le point de craquer, voire de déclencher un scandale. Il ne s'était pas trompé. Il fallut à Bud une bonne minute pour maîtriser sa respiration et desserrer les poings.

Quand on est reçu dans la plus prestigieuse maison de Portland, on ne jure pas et on ne se laisse pas emporter par la colère. Bud aurait eu honte de lui-même si Parks ne l'avait pas interrompu, mais l'idée que cette ordure de Mansfield ait pu poser les mains sur Claire lui avait fait voir rouge et perdre le sens des proportions.

— Pas de cigare, papa, rappela Claire d'un ton sévère en agitant l'index. Et pas de cognac. Tu peux t'autoriser un sherry. Un seul.

Le vieil homme émit un long soupir résigné.

— Comme tu voudras, ma fille.

Il se tourna vers Bud, écartant ses longues mains frêles et tavelées dans un geste qui signifiait : « Voyez ce que je dois supporter. »

— Comme vous pouvez le constater, lieutenant, je ne suis plus maître sous mon propre toit. Ma fille, la chair de ma chair, me prive un à un des derniers plaisirs de la vie, soupira-t-il, baissant les yeux sur le tapis persan comme s'il pouvait lui révéler la raison des injustices dont il était victime.

Bud comprit qu'il lui laissait le temps de se ressaisir. Les accès de colère animale ne devaient pas être fréquents dans la salle à manger des Parks.

Claire contourna la table, si longue qu'elle mit une éternité à passer de l'autre côté, et tendit la main à son père pour l'aider à se lever. Quand il fut debout, elle passa le bras autour de sa taille et ils demeurèrent ainsi un instant, leurs têtes se touchant, un même sourire flottant sur leurs lèvres. Finalement, Claire déposa un doux baiser sur sa joue parcheminée.

Ils formaient un charmant tableau à la lumière des chandeliers qui garnissaient la table : la jolie jeune fille aimante et dévouée en compagnie de son père distingué et vieillissant. Tout dans cette pièce respirait le raffinement, la sophistication, et un haut degré de civilisation. Bud fut soudain saisi par la ressemblance entre le père et la fille. Il s'agissait moins d'une ressemblance physique que d'un style. Une espèce de légèreté, de grâce.

Qu'est-ce qu'il foutait là ? se demanda-t-il une fois de plus. Il n'avait aucune place parmi ces antiquités hors de prix, ces œuvres d'art authentiques et cette atmosphère d'élégance intemporelle.

Il savait pourquoi le vieil homme tenait à l'entraîner dans la bibliothèque. Il aurait presque pu écrire à sa place le discours dont il s'apprêtait à le gratifier.

Je vous suis extrêmement reconnaissant d'avoir sauvé la vie de ma fille, lieutenant. Vous pouvez me demander tout, absolument tout ce que vous voulez. Mais vous comprendrez certainement que toute relation entre ma fille et vous est impossible...

Blablabla.

Le pire de tout, c'était que le vieil homme avait raison. Claire et lui formaient un couple impossible.

— Ne retiens pas Tyler trop longtemps, papa. Je n'aimerais pas me coucher trop tard.

Dans le dos de son père, Claire adressa à Bud un clin d'œil doublé d'un sourire complice. Et ce fut comme une révélation.

Il le savait déjà, évidemment. Il avait senti l'attraction immédiate, l'accord harmonieux de leurs corps, l'intensité extraordinaire de leur union. Le simple fait d'être en sa présence déclenchait une sensation si étrange dans sa poitrine qu'il avait mis deux jours pour réaliser que c'était du bonheur. Il savait qu'il aimait Claire Parks. Mais ce savoir ne l'avait pas empêché de se préparer à la laisser aller.

Mais il avait suffi de ce sourire complice pour qu'il comprenne.

Bordel, non ! Pas question de renoncer à Claire !

Pour elle, il lutterait de toutes ses forces. Claire lui appartenait.

Bud n'avait jamais aimé aucune femme. Ce qu'il ressentait pour elle était sans précédent, mais il savait au plus profond de lui que Claire lui était destinée. Il ferait tout ce qui était en son pouvoir, affronterait Satan en personne pour la garder auprès de lui.

Horace Parks était le père de Claire, et à ce titre, il méritait son respect. Mais s'il décidait de s'interposer entre Claire et lui, impossible de dire ce qui se passerait. Les Parks étaient issus de plusieurs générations d'argent et d'éducation, mais Bud avait appris à défendre bec et ongles le peu qu'il avait jamais obtenu de la vie. Face au courage et à la détermination, l'argent ne valait pas grand-chose. Bud n'avait encore jamais connu l'échec.

Il emboîta donc le pas à Horace Parks, farouchement déterminé à l'emporter.

La bibliothèque était conforme à ce qu'on attend de la bibliothèque d'un manoir. Rayonnages de bois sombre garnis d'ouvrages reliés de cuir disparaissant dans les hauteurs d'un plafond situé à au moins six mètres du sol. Épais tapis, lampes de banquier et argenterie ancienne. Portraits à l'huile de messieurs à l'expression austère, dont le visage s'agrémentait de moustaches et de favoris. Puissante odeur de cuir, de papier et d'argent – du genre ancien, qui se transmet de génération en génération.

Une fois que la porte capitonnée se fut refermée derrière eux dans un souffle évoquant celui de la salle des coffres d'une banque, Horace Parks se redressa et se dirigea d'un pas presque sautillant vers un cabinet à alcools. Il versa un liquide ambré dans deux verres immenses, puis rejoignit Bud qui s'était immobilisé au milieu de la pièce.

— Asseyez-vous, lieutenant, asseyez-vous, dit-il en lui tendant l'un des verres.

Cristal taillé, lourd et robuste.

Bud huma les vapeurs âcres et parfumées à la pomme qui s'en échappaient.

— Ce n'est pas du sherry, constata-t-il.

Parks s'assit dans le fauteuil voisin du sien avec un soupir.

— Non, en effet, admit-il en frémissant. Le sherry est un méchant breuvage, douceâtre et fade, totalement dénué de caractère. Non, c'est du calvados. Père Magloire, le meilleur du monde.

Il huma son verre, en avala une longue gorgée.

— J'ai développé un goût prononcé pour le calvados au cours de l'année que j'ai passée à Paris, après la guerre, dans le vain espoir de maîtriser les rudiments du droit international. Un échec total. J'y ai cependant acquis une solide connaissance des cognacs français et découvert le charme des Françaises.

Il tendit la main vers un coffret de bois sculpté sur le guéridon placé entre leurs deux fauteuils. Quand il souleva le couvercle, l'odeur du tabac se mêla aux vapeurs du calvados. Un alliage puissant.

— Les meilleurs cigares de La Havane, mon cher. J'ouvrirai la fenêtre avant que nous quittions la pièce pour éviter les foudres de Claire.

Il coupa l'extrémité des cigares à l'aide d'un coupe-cigares en argent, en offrit un à Bud et les alluma à l'aide d'un briquet en or visiblement ancien. Bud exhala une bouffée de fumée qui s'éleva en volutes paresseuses, puis sirota une gorgée de calvados qu'il savoura longuement.

— Vous savez que c'est illégal, dit-il doucement en levant le cigare de contrebande.

— Oui, répondit Parks en souriant avant de téter son cigare, une lueur malicieuse dans le regard. Mais j'ai des amis dans la police.

Ils restèrent un moment silencieux. Bud manquait d'éducation, mais il avait acquis un certain savoir en matière de tactique et de stratégie. Ce silence n'était que le calme avant la tempête, le moment où les camps adverses jaugent l'équilibre des forces avant la bataille. Il fit durer l'instant jusqu'à ce qu'il sente qu'il était temps de sortir l'épée de son fourreau.

— Je pense qu'un certain nombre de choses doivent être dites, monsieur Parks, commença-t-il d'un ton posé, mais ferme. À propos de Claire et de moi.

— Horace, mon garçon. Appelez-moi Horace. Allez-y, je vous écoute, fit-il en agitant son cigare.

Bud tourna les yeux vers lui. Le vieil homme l'observait attentivement ; son expression était parfaitement neutre.

— J'ai grandi dans une caravane, attaqua-t-il. Mon père est mort avant ma naissance. Je crois. C'est ce que ma mère prétendait, en tout cas. Ils n'étaient pas mariés et je n'ai pas la moindre idée de son identité. Ma mère non plus, probablement. Morrison est le nom de ma mère. Elle était alcoolique, tout comme mon beau-père. Je n'ai jamais été ce qu'on appelle un élève studieux. J'ai fait toutes sortes de bêtises et je n'ai jamais terminé le lycée.

Après la mort de ma mère, j'ai attendu d'atteindre l'âge légal et je me suis engagé dans la marine – ce qui m'a permis de décrocher le bac en candidat libre. Quand j'ai quitté la marine, je me suis engagé dans la police, dont je fais toujours partie. J'y resterai jusqu'à ma mort ou l'âge de la retraite, selon ce qui surviendra d'abord. Je gagne environ soixante-cinq mille dollars par an et je ne gagnerai sans doute jamais beaucoup plus que ça. J'ai un peu d'argent de côté, pas grand-chose, et je suis propriétaire de mon appartement, mais ma fortune s'arrête là. Je ne serai jamais riche et je ne serai jamais autre chose qu'un flic. Je n'ai rien à offrir à Claire qu'elle n'ait déjà par millions. Mais je l'aime de tout mon cœur et, si elle veut bien de moi, j'ai l'intention de l'épouser. La seule chose que je puisse vous promettre, c'est que je lui serai fidèle et que je m'efforcerai d'être le meilleur mari possible.

Leurs regards se croisèrent, celui de Bud, froid et clair. Parks le soutint sans ciller. Ses yeux étaient d'un bleu délavé par l'âge, mais son regard était direct. Il demeura silencieux un moment, tirant pensivement sur son cigare. Il s'efforçait probablement de trouver les mots pour dire à Bud qu'il était tombé sur la tête.

— Ma foi, lieutenant, c'était bref et charmant, déclara Parks en étudiant l'extrémité incandescente de son cigare. Évidemment, vous avez oublié certains détails. Vous n'avez pas mentionné, par exemple, que votre beau-père était violent et que votre mère se retrouvait régulièrement à l'hôpital. Tout comme vous d'ailleurs, pour l'avoir défendue face à un homme deux fois plus grand que vous. Vous avez également oublié de citer les deux médailles pour actes de bravoure qui vous ont été décernées au cours de votre passage dans la marine. De la même façon que vous avez omis vos citations et recommandations en tant qu'officier de police, sans parler de votre diplôme en criminologie, décroché en parallèle de l'exercice actif de vos fonctions, et d'aptitudes au tir exceptionnelles qui font de vous le meilleur tireur des forces de police de Portland. Longman m'a confié que vous êtes le meilleur officier qu'il ait jamais eu sous ses ordres. Et puis, bien sûr, il y a ce petit détail empoisonnant : vous avez sauvé la vie de ma fille.

« Si vous n'êtes pas riche, lieutenant, c'est parce que l'argent ne vous intéresse pas. Vous auriez pu garder ce chèque que je vous avais fait parvenir pendant votre convalescence. Le montant s'élevait à trois ans de votre salaire. Je m'étais renseigné. À l'époque, il vous restait cinq cents dollars sur votre compte courant et vous n'aviez pas encore fini de rembourser le crédit de votre appartement. Cela aussi, je l'avais vérifié.

L'expression de surprise de Bud lui tira un sourire neutre qu'il ponctua d'un haussement d'épaules.

— Walter Bordas, le directeur de votre agence bancaire, est un de mes amis d'enfance. Je lui avais posé quelques questions à votre sujet. Oui, je sais que c'est illégal, mais je ne vous apprendrai rien si je vous dis qu'entre riches, nous jouons selon nos propres règles.

Bud se raidit.

— Si vous pensez que j'ai été bête de refuser votre chèque, vous avez certainement raison, gronda-t-il. Mais je ne pouvais pas accepter cet argent alors que je m'étais contenté de faire mon boulot. Ce n'était pas juste.

Si Horace Parks avait voulu prouver que Bud ne ferait jamais fortune, il ne s'y serait pas pris autrement.

— Non, en effet, votre sens de l'honneur vous l'a interdit, et je trouve cela fort louable. Avez-vous pensé que je vous critiquais ? J'ai comme l'impression que vous avez le sentiment que je désapprouve les travailleurs, or, rien ne pourrait être plus éloigné de la vérité. Je jouis pour ma part d'une immense fortune alors que je n'ai jamais eu aucun effort à fournir pour la gagner. Pas plus que mon père ou son père avant lui. J'ai beaucoup d'admiration pour quelqu'un comme vous, qui est parti de rien et a réussi à faire quelque chose de sa vie. Le montant de votre compte en banque ne signifie strictement rien à mes yeux. Et en ce qui concerne Claire, vous aurez du mal à trouver une jeune fille – pardon, une jeune femme – moins matérialiste qu'elle. L'argent ne l'a jamais intéressée, elle a toujours eu des goûts très simples. Non, mes inquiétudes sont d'une tout autre nature.

Bon. L'attaque allait surgir d'un angle inattendu. Bud se prépara au pire.

Parks soupira et contempla longuement son verre sans mot dire.

— J'avais cinquante-cinq ans et Elisa, ma femme, en avait quarante-cinq quand nous avons appris qu'elle était enceinte.

Parks fit lentement tournoyer le liquide ambré dans son verre, puis en but une longue gorgée.

— Je vous mentirais en vous racontant que la nouvelle nous a remplis de joie. Nous menions une vie aussi plaisante que satisfaisante, assortie de nombreuses obligations sociales et de voyages à l'étranger qui n'étaient absolument pas compatibles avec la venue d'un enfant. Si la grossesse d'Elisa n'avait pas été aussi avancée, nous aurions certainement opté pour une interruption. Étant donné son âge, Elisa a d'abord mis son retard sur le compte d'une ménopause précoce. Et quand elle est allée consulter le médecin, elle en était déjà au quatrième mois. Si les choses s'étaient passées différemment, nous aurions sans doute emprunté le chemin que suivent la plupart des gens de notre classe. Dans notre milieu, nous n'apprécions pas qu'un enfant vienne interrompre le cours de notre vie et nous prenons les dispositions nécessaires. À savoir : engager une nurse à plein temps, s'assurer que l'enfant a tout ce qu'il faut sur le plan matériel et qu'il apprend les bonnes manières, et, dès qu'il en a l'âge, l'expédier dans un pensionnat huppé. Je ne juge pas mes pairs, c'est l'éducation que nous avons tous reçue et nous nous contentons de perpétuer la tradition. Mais quand Claire est venue au monde... elle s'est purement et simplement emparée de nos cœurs.

« Il a suffi qu'on la dépose dans mes bras pour que je tombe amoureux d'elle. Du jour de sa naissance, elle s'est révélée délicieuse. Aussi belle que charmante et intelligente. Elisa et moi n'avons même pas eu besoin de réfléchir, nous préférions mille fois passer nos soirées à la maison avec notre petite fille qu'aller retrouver les amis que nous fréquentions jusqu'alors.

Horace Parks laissa échapper le soupir haché d'un vieil homme.

— Avec le recul, je me dis que ça a peut-être été notre première erreur. Claire a grandi dans un univers merveilleux que des parents âgés avaient conçu pour elle, entourée d'une nurse dévouée et de Rosa, qui l'aimait comme sa propre fille. C'était une enfant fragile, souvent malade. Le pédiatre nous avait prévenus que les enfants nés de parents âgés sont plus faibles que les autres, c'est pourquoi nous l'entourions de soins constants. Une année, elle a tellement manqué l'école que nous avons engagé des répétiteurs. De fil en aiguille, nous avons trouvé cela plus facile, et elle a fini par faire presque tout son parcours scolaire à la maison. Elle jouait rarement avec d'autres enfants – nous avions peur qu'elle n'attrape quelque chose. Les enfants ne sont pas censés grandir ainsi, je m'en rends compte à présent. Le résultat de cette éducation, c'est que Claire n'a aucune notion de ce qu'est le monde extérieur, de la laideur et de la violence qui y règnent. Sa vie durant, elle a été entourée de personnes aimantes. Les choses auraient sans doute changé à l'adolescence, mais quand elle a eu treize ans… elle…

La voix de Parks était devenue rauque et il déglutit bruyamment.

— Elle est tombée malade. Leucémie fulgurante. Nous étions anéantis.

Il baissa les yeux sur son verre de calvados et des vaguelettes se formèrent sous le tremblement de sa main.

— Cela a tué Elisa. Quelques jours après que les médecins nous eurent annoncé qu'il n'y avait pratiquement aucun espoir, elle a été terrassée par une crise cardiaque. Pratiquement du jour au lendemain, je suis passé d'un bonheur idyllique au cauchemar le plus brutal. Je vivais tranquillement dans mon petit monde utopique, mari comblé et père gâteux, et subitement, je me suis retrouvé veuf, et sur le point de perdre ma fille. En l'espace de quelques jours, mon univers entier s'est effondré.

Il porta son verre à son front, l'y fit rouler. Quand il releva la tête, ses yeux étaient injectés de sang. Chacune de ses quatre-vingts années de vie était inscrite sur son visage.

— Pour une enfant qui avait été élevée dans le coton, Claire a surpris tout le monde. Elle s'est battue comme une tigresse pour rester en vie. La première année, elle a fait cinq longs séjours à l'hôpital. Chaque fois, on me disait qu'il n'y avait plus d'espoir, et chaque fois, elle réussissait à s'en sortir. Elle comprenait tout ce qu'il y avait à comprendre de sa maladie, lisait tout ce qui lui tombait sous la main. Je suis tombé des nues quand j'ai vu ma petite fille de treize ans lire de bout en bout le *Manuel Merck*, réservé aux étudiants en médecine, et en comprendre chaque mot. Elle insistait pour qu'on la soumette à tous les traitements expérimentaux qu'elle découvrait sur Internet. La plupart de ces traitements étaient extrêmement douloureux, mais elle n'a jamais versé une seule larme, ne s'est jamais plainte. Pas une seule fois. Elle était beaucoup, beaucoup plus forte que je ne l'étais moi-même. Souvent, c'est elle qui me réconfortait.

Le tremblement de sa main s'était accentué au point qu'il dut reposer son verre sur le guéridon.

— Peu de temps avant son quinzième anniversaire, on lui a fait une greffe de moelle osseuse.

C'était l'opération de la dernière chance. Cela n'a pas marché. Il n'y avait plus rien à tenter. Les médecins ont commencé à me parler de dons d'organes et d'autorisations de débranchement…

Il s'interrompit pour reprendre son souffle.

— On l'a placée sous respiration artificielle. Je passais toutes les nuits près d'elle. J'étais épuisé à cette époque-là, moi aussi. Les médecins m'avaient dit que mon rôle consistait essentiellement à m'assurer qu'elle n'était pas en train de mourir. Une nuit…

Parks s'arrêta, haletant, luttant pour se contrôler.

— Une nuit, la douleur a été vraiment insoutenable, elle arrivait à peine à respirer. J'ai cru devenir fou en l'entendant déglutir alors qu'elle essayait d'aspirer un peu d'air et gémir entre ses dents serrées parce qu'elle refusait les antidouleur. Traiter la douleur avec un surcroît de médicaments est une façon polie d'achever un patient en phase terminale et elle le savait. À un moment…

Il s'arrêta de nouveau. Sa respiration était devenue sifflante et Bud vit une veine palpiter sur sa tempe.

— À un moment donné au cours de cette nuit qui n'en finissait pas, murmura-t-il, à force de l'entendre suffoquer et de la regarder trembler de douleur, j'ai prié Dieu et je l'ai supplié d'abréger ses souffrances. J'ai vraiment souhaité, prié… pour que ma petite fille… se dépêche… de mourir.

Sa voix se brisa et Bud détourna le regard, comme on détourne les yeux d'un accident de voiture.

Il lut les titres des livres qui se trouvaient sur le rayonnage le plus proche, et étudia les portraits de famille tout en se demandant ce qu'il ressentirait s'il se trouvait au chevet de Claire mourante. Il attendit que les sanglots de Parks se calment avant de le regarder de nouveau.

— Personne n'aime voir souffrir ceux qu'il aime, murmura-t-il, et c'était le seul réconfort qu'il avait à lui offrir.

— Non, acquiesça Parks en sortant de sa poche un grand mouchoir blanc dans lequel il se moucha. J'ai tellement honte de moi, continua-t-il d'une voix rauque. À force de frayeur et d'épuisement, j'en étais venu à souhaiter qu'elle... s'éteigne, pour en finir avec ce calvaire. Heureusement, Claire est beaucoup plus forte que moi. Elle a survécu à cette nuit-là, et à la suivante, et à la suivante encore. Elle a insisté pour qu'on retente une greffe de moelle osseuse selon un protocole expérimental. À la surprise de tous, cette greffe-là a pris. Et c'est à ce moment-là qu'elle a été enlevée.

Parks tourna vers Bud des yeux rouges et embués de larmes.

— Grâce à vous, ce cauchemar n'a duré que quelques heures. Vous l'avez retrouvée très vite et votre courage vous a valu de recevoir une balle.

Bud balaya ce rappel d'un geste de la main. Horace Parks cherchait à lui dire quelque chose d'important. L'enlèvement de Claire était de l'histoire ancienne.

Parks observa un instant de silence pour rassembler ses pensées.

— Après l'épisode Gavett, j'ai envoyé Claire en Suisse, où elle a passé cinq ans à l'abri du monde extérieur. Elle a lu, elle a appris le français et l'allemand, et elle a lu encore. Elle a amplement rattrapé son retard scolaire, surpassant les élèves du même âge, et a préparé un diplôme de bibliothécaire. Quand elle est revenue à la maison, j'ai insisté pour qu'elle vive ici et qu'elle travaille à la fondation, où elle était très malheureuse. J'aurais dû m'en rendre compte, mais je n'ai pas voulu le voir. De la même façon que j'ai refusé de voir qu'elle avait envie d'un endroit bien à elle. C'est une adulte et elle est guérie depuis cinq ans maintenant, mais je continue de la traiter comme une enfant malade. Quand je suis parti deux semaines à Paris, ç'a été pour elle comme une libération. Elle a quitté son emploi à la fondation, en a déniché un autre dans une agence publicitaire, s'est acheté une maison. Et je viens de découvrir à mon retour qu'elle s'est aussi trouvé un amant.

Bud se figea.

— Heu, à ce sujet, monsieur Parks… je veux dire Horace, heu…

— Oh, cela ne m'ennuie pas, mon garçon ! Je ne suis pas prude. Claire est une très belle jeune femme. Sa vie amoureuse aurait dû commencer il y a bien longtemps. J'imagine qu'elle était vierge, n'est-ce pas ?

Cette fois, et pour la toute première fois de sa vie, Bud se sentit virer à l'écarlate.

Mais ce que dit alors Parks sans attendre de réponse à sa question qui n'en était pas vraiment une, le prit complètement de court. Il se fit le parfait écho de Claire.

— Je suis heureux que vous ayez été le premier, lieutenant, avoua-t-il. Elle a eu beaucoup de chance.

Parks se leva pour se resservir un verre. Le vieil homme tenait sacrément bien l'alcool – il avait arrosé le dîner de plusieurs verres de château-neuf-du-pape. Il se rassit avec un soupir, puis avala la moitié de son calvados sans quitter Bud des yeux. Un profond silence régnait dans la grande pièce plongée dans la pénombre. Le silence ne dérangeait pas Bud, pas plus que le regard scrutateur dont il était l'objet. Horace Parks avait une idée derrière la tête et ne parlerait que lorsqu'il se sentirait prêt à le faire.

— Si je vous ai raconté tout cela, lieutenant, c'est pour une bonne raison, déclara-t-il finalement d'une voix calme. Je suis un vieil homme. L'un dans l'autre, j'ai eu une vie bien remplie et je sens que mon heure va bientôt sonner. Non…

Bud venait d'ouvrir la bouche pour protester et Parks avait levé la main pour l'en empêcher.

— Pas de platitudes, je vous en prie. Nous devons tous mourir un jour ou l'autre. Ce n'est pas cela qui m'inquiète, non. Ce qui me ronge, c'est de laisser Claire toute seule, sans personne pour veiller sur elle. C'est une jeune femme très intelligente. Elle lit plus de livres en un an que vous et moi n'en lirons en une vie. Mais elle est… elle est innocente. D'une innocence difficilement concevable pour quelqu'un de normal. Elle a passé toute sa vie enfermée dans une bulle. D'abord celle que ma femme et moi avons créée autour d'elle, puis celle que la maladie a créée. Elle n'a pas la moindre idée, pas la plus petite notion de la brutalité du monde. Elle n'a jamais été confrontée au mal ni à la cruauté. Elle ne saurait pas les reconnaître. Je crains… je crains tant qu'à l'instar de son amie Allegra, elle tombe un jour entre les pattes de quelqu'un qui lui fasse du mal si je ne suis plus là pour veiller sur elle.

Bud sentit les poils se dresser sur sa nuque. Il venait de réaliser avec la fulgurance d'un électrochoc que Claire avait pris un risque énorme en couchant avec un homme qu'elle venait de rencontrer dans une boîte fréquentée par toutes sortes de personnes peu recommandables. Aveuglé par l'attraction qu'elle exerçait sur lui, il n'avait même pas pensé au danger qu'elle avait couru.

Par chance, c'était lui qu'elle avait choisi. Mais que se serait-il passé si elle était tombée sur un sale type ? Dans son métier, Bud n'avait que trop vu des femmes se faire tabasser et violer par un homme qu'elles avaient rencontré dans un bar. Quand les choses ne finissaient pas de façon encore plus tragique.

Pas plus tard que la semaine passée, il avait enquêté sur une jeune femme dont on avait retrouvé le corps démembré. Lorsque ses amis l'avaient vue pour la dernière fois, elle quittait un bar branché en compagnie d'un « jeune homme très bien ». Le jeune homme très bien l'avait découpée en morceaux à l'aide d'un couteau. D'après le médecin légiste, elle avait mis très longtemps à mourir.

Parks se pencha et posa la main sur l'avant-bras de Bud. Ses yeux étaient brillants et sa main tremblait.

— Lieutenant. Tyler. Écoutez-moi, commença-t-il d'une voix chevrotante tandis que l'étreinte de sa main s'affermissait – l'étreinte du désespoir. Je n'arrive plus à fermer l'œil à la pensée de ce qui pourrait arriver à Claire après ma mort. Vous dites que vous l'aimez. Puis-je vous confier ma fille ?

Veillerez-vous sur elle, la protégerez-vous quand je ne serai plus de ce monde ? Si je sais que je la laisse entre vos mains, je pourrai partir en paix.

Plongeant le regard au fond des yeux de Bud, il ajouta :

— Êtes-vous prêt à me donner votre parole d'honneur que vous prendrez soin de ma fille ?

Tout ce que le vieil homme ressentait – l'amour, la crainte et un espoir naissant à l'idée d'être enfin soulagé de son fardeau – était concentré dans ce regard bleu noyé de larmes et dans cette main crispée sur le bras de Bud.

Horace Parks se présentait à lui dépouillé de son argent, de son éducation, de ses privilèges. Il était réduit à l'essentiel : un vieil homme fragile qui n'en avait plus pour longtemps à vivre et tentait désespérément de protéger sa fille bien-aimée, au-delà de la tombe s'il le fallait.

Bud avait la gorge tellement nouée qu'il lui fallut un moment pour retrouver sa voix.

— Oui, fit-il avant de se racler la gorge. Je vous le promets, Horace. Vous avez ma parole d'honneur. J'aime Claire et je veillerai sur elle jusqu'à mon dernier souffle. Il ne lui arrivera rien de mal si je peux l'en empêcher. Je m'engage à la protéger au péril de ma vie. Vous pouvez compter sur moi.

Il posa la main sur celle du vieil homme et la pressa doucement. Tous deux contemplèrent leurs mains jointes. Celle de Bud était grande, puissante et bronzée. La main d'un homme dans la force de l'âge. La main d'Horace Parks était décharnée, douce et tavelée. La main d'un homme qui ne pouvait plus protéger celle qu'il aimait.

Ensemble, elles forgeaient un lien.

Tous deux savaient qu'Horace Parks venait de remettre le sort de Claire entre les mains de Bud.

À partir de cet instant, Claire lui appartenait.

— Réveille-toi, ma belle, il est temps de rentrer, murmura Bud en secouant doucement l'épaule de Claire.

Elle s'était endormie dans le grand salon en l'attendant. Il est vrai qu'elle n'avait guère dormi ces deux dernières nuits. Bud avait promis à son père de veiller sur elle et il le ferait. Veiller sur elle ne signifiait pas lui faire l'amour toute la nuit, deux nuits d'affilée. Elle devait être épuisée. Elle était peut-être guérie, mais elle avait été très malade et avait besoin de se reposer.

À partir de maintenant, Bud allait veiller sur elle.

Claire sursauta, et battit des cils. Elle leva les yeux vers lui, et lui sourit tout en repoussant ses cheveux en arrière.

— J'ai l'impression que je me suis endormie, dit-elle en se redressant. Où est papa ? ajouta-t-elle en regardant autour d'elle.

— Il est resté dans la bibliothèque. Il ronflait quand je l'ai quitté, mentit Bud.

La vérité, c'était qu'Horace Parks ne voulait pas que sa fille voie qu'il avait pleuré.

— C'est sûrement à cause du décalage horaire, fit-elle en secouant la tête. Il n'a pas dû penser à faire une sieste cet après-midi.

— Allez, mon ange, insista Bud en lui tenant son manteau, je te ramène chez toi. Il est tard. Tu dois être fatiguée.

— Pas trop fatiguée, non, répondit-elle avec un demi-sourire, tandis que son teint de porcelaine prenait une délicate teinte rosée.

Merde.

Le sexe de Bud avait réagi aussitôt à cette délicieuse suggestion. « Non, non, pas ce soir », le prévint-il.

Le souvenir de la façon dont il avait usé et abusé d'elle la nuit précédente lui tira une grimace. Il l'avait besognée des heures durant. Il lui avait largement écarté les jambes pour mieux la posséder et l'avait sauvagement pilonnée.

Et voilà le résultat, songea-t-il en contemplant les cernes sous ses yeux.

— Tu as besoin de te reposer, ma douce, murmura-t-il.

Il lui boutonna son manteau jusqu'au cou, puis jeta un regard inquiet vers la fenêtre. Il neigeait.

— Tu es sûre que ce manteau est assez chaud ? Il gèle dehors. Et tu devrais te protéger la tête.

— Je n'aime pas les chapeaux, répondit Claire en le regardant d'un air perplexe, intriguée par sa soudaine sollicitude.

— *Ecco*, lieutenant, fit Rosa qui accourut avec une immense écharpe de laine rouge.

— Merci, Rosa, répondit Bud avec un sourire.

Il plia l'écharpe en triangle, la posa sur la tête de Claire et lui en enveloppa les épaules à la manière d'une babouchka. L'essentiel, c'était qu'elle n'ait pas froid.

— Voilà, mon ange, déclara-t-il. Je ne voudrais pas que tu attrapes un rhume.

— *Si*, approuva Rosa, les mains jointes, son regard passant vivement de Claire à Bud, et vice-versa. *Si*.

Bud enfila son manteau et prit Claire par le bras.

— Au revoir, Rosa. Et merci pour ce dîner somptueux, lança-t-il en ouvrant la porte.

Une bourrasque de vent glacial s'engouffra dans le hall. Heureusement qu'il avait garé sa voiture au bout de l'allée, non loin du manoir. Il ne tenait pas à ce que Claire reste dehors une seconde de plus que nécessaire par un temps pareil.

Il plaça la main au creux de ses reins pour l'inciter à se dépêcher.

Une fois dans la voiture, il démarra en hâte, et fut content de sentir la chaleur se répandre presque immédiatement dans l'habitacle.

— Alors ? demanda Claire en chassant les flocons de neige accrochés à son manteau. De quoi avez-vous parlé papa et toi pendant tout ce temps ?

— De tout et de rien. Oh, et je lui ai demandé ta main.

Claire se figea.

— Quoi ? Oh, mon Dieu, tu as fait quoi ? s'écria-t-elle. Et qu'est-ce qu... Qu'est-ce qu'il a dit ?

Bud lui sourit tranquillement, se pencha vers elle et déposa un baiser aussi bref que tendre sur la bouche.

— Ce qu'il a dit ? répéta-t-il en passant la première. Il a dit oui, bien sûr.

12

20 décembre
Chez Armand

— Alors comme ça..., dit Suzanne Barron avant de pouffer de rire et de jeter un rapide coup d'œil vers l'atrium de l'élégant restaurant pour s'assurer que Bud était toujours au téléphone,... alors comme ça, te voilà fiancée ! Tu n'as pas perdu de temps, dis-moi. Je te laisse seule un week-end dans ta nouvelle maison, et paf ! je te retrouve avec une bague de fiançailles.

Suzanne se pencha pour regarder de près l'énorme solitaire que Claire portait à la main droite, et secoua la tête, admirative.

— Et pas n'importe quelle bague. Taille princesse, pas un seul défaut, pas la moindre inclusion. Au moins deux carats, à vue de nez, résuma-t-elle en connaisseuse. C'est une bague de fiançailles qui en impose.

— Oui, tout s'est passé très vite, reconnut Claire.

Elle plia les doigts de la main gauche, et manqua d'être aveuglée par les feux de l'énorme solitaire. Il était tellement gros qu'il rendait le port des gants difficile et délicat l'enfilage des bas. Il trônait sur sa main, aussi dur que le nœud d'anxiété qui se formait parfois dans son ventre.

Quand Bud avait découvert l'existence des diamants taille princesse, il avait décrété qu'ils avaient été conçus pour elle et qu'il lui en fallait un à tout prix. Claire, qui se serait contentée de la languette d'une canette de Coca en guise de bague de fiançailles, s'était retrouvée avec cette grosse bague tape-à-l'œil qu'il avait payée une fortune.

— Je parie qu'il vaut au moins dix mille dollars, déclara Suzanne.

— Dix mille cinq cents, rectifia Claire d'un ton lugubre.

Elle avait été consternée lorsque Bud avait insisté pour dépenser autant d'argent.

— Le type qui va avec n'est pas mal non plus, commenta Todd Armstrong, la mine gourmande, en glissant un coup d'œil à Bud par-dessus son épaule. Tu as vraiment beaucoup de chance.

Il se retourna vers elles et ses cheveux d'un blond doré suivirent le mouvement de sa tête. La flamme du chandelier se reflétait sur le crucifix d'or qui pendait au bout d'une chaîne au lobe de son oreille droite. Todd, le meilleur ami et collaborateur occasionnel de Suzanne, était célèbre pour ses boucles d'oreilles extravagantes et ses aventures sans lendemain.

— Si ça ne marche pas, dit-il à Claire en tapotant l'énorme solitaire de l'index, j'imagine qu'il n'acceptera pas de virer sa cuti, n'est-ce pas ?

Claire et Suzanne échangèrent un sourire.

— Aucune chance, répondit Claire. Bud est un hétéro pur et dur.

— Dommage, soupira Todd. Je m'en doutais, remarque, mais ça ne coûtait rien de demander. Il est à croquer, en tout cas. Tous ces muscles, cette puissance qui se dégage de lui, comme s'il pouvait vous arrêter à tout moment et vous faire tout un tas de trucs délicieux incluant une paire de menottes...

Il frissonna, les yeux fermés.

— On a le droit de rêver, non ? ajouta-t-il avant de jeter un nouveau regard concupiscent à Bud, sa boucle d'oreille oscillant au bout de sa chaîne. Il est vraiment trop sexy.

— Oui, soupira Claire. Il l'est.

Bud, qui leur tournait jusqu'alors le dos, pivota à demi, leur offrant son profil, son téléphone portable toujours vissé à l'oreille. Bud – le lieutenant Tyler Morrison – était au top, ce soir. Il ressemblait au genre de garçon qu'on n'hésite pas à présenter à sa mère. Il ressemblait aussi à quelqu'un qu'on n'aurait pas aimé croiser dans une ruelle obscure. Ou qu'on aurait aimé avoir à ses côtés au cas où l'on se serait retrouvé en fâcheuse position dans ladite ruelle obscure.

Son costume sombre à la coupe irréprochable soulignait sa carrure. Claire savait parfaitement qu'il s'était mis sur son trente et un pour faire bonne impression à ses amis, et son offensive de charme s'était vue couronnée de succès. Il s'était montré courtois, attentif, intéressant et bien informé.

Ils n'avaient guère eu l'occasion de parler politique au cours de leur week-end torride, Claire avait donc eu la surprise de découvrir à quel point l'écouter était instructif. Elle avait été fascinée par sa vision du monde. Bud n'entrait pas dans les détails quand il évoquait son métier, mais c'était clairement un homme de pouvoir et d'autorité.

Elle le trouvait plus séduisant et sexy que jamais depuis qu'elle savait qu'il était lieutenant de police.

Non pas qu'elle en tire un quelconque bénéfice.

Bud n'était pas gay, mais il aurait aussi bien pu l'être si elle en jugeait par le nombre de fois où il lui avait fait l'amour depuis leurs fiançailles. Il s'était apparemment mis en tête que trop de relations sexuelles risquaient de la fatiguer, ou de l'user ou... elle ne savait trop quoi. Lui qui s'était révélé incapable de résister à la tentation de la toucher se comportait désormais avec elle comme un fiancé du XIXe siècle en gants beurre-frais.

Ils passaient toutes les nuits ensemble dans la maison de Claire, mais n'avaient fait l'amour qu'une seule fois au cours des six derniers jours. Et il s'était montré si respectueux, si poli qu'on aurait pu diffuser leurs ébats sur Disney Channel. Cela avait duré le temps qu'il fallait pour qu'elle ait deux orgasmes. Après quoi il s'était retiré et s'était contenté de la câliner alors qu'il bandait toujours comme un cerf.

Claire aurait pu se dire qu'il avait atteint sa limite et que leur week-end de baise – il n'y avait pas d'autre terme pour décrire ce qu'ils avaient fait – était une anomalie, sauf qu'elle avait remarqué qu'il avait une érection dès qu'il l'approchait, et que cela durait toute la nuit une fois qu'ils étaient au lit. Ou du moins, qu'il se couchait et se réveillait dans cet état.

Sans que ça lui rapporte quoi que ce soit.

Elle commençait à se demander si elle n'allait pas lui proposer d'emprunter son pénis, rien qu'un moment.

Le bûcheron atteint de priapisme, meilleur amant qu'aucun héros de romans d'amour, s'était métamorphosé en un gentil fiancé aimant et prévenant. Il l'entourait – la comblait – d'attentions et de tendresse. Mais Claire n'en avait que faire. Elle avait été abreuvée de tendresse toute sa vie. Ce qu'elle voulait, c'était un homme qui la couve d'un regard ardent et qui lui saute dessus au moment où elle ne s'y attendait pas, comme s'il ne pouvait plus contenir son désir.

Ce qu'il lui avait fait au cours de ce week-end de folie l'avait excitée et électrisée ; elle s'était sentie vivante comme jamais, sexy et incroyablement désirable. Par comparaison, la dernière fois qu'il lui avait fait l'amour, elle avait eu l'impression de se retrouver dans la peau d'une rombière mariée depuis cinquante ans à un comptable.

Suzanne posa la main sur celle de Claire et se pencha vers elle.

— Ç'a été tellement soudain, fit-elle. Tu es sûre que c'est une bonne idée de te fiancer aussi vite ? Tu sais que tu n'as pas eu... beaucoup d'expérience avec les hommes jusqu'ici.

Seule Suzanne était capable de se montrer aussi délicieusement polie. Elle savait pertinemment que Claire n'avait aucune expérience avec les hommes.

— Vous devriez peut-être attendre encore un peu, Bud et toi, non ? reprit-elle. Histoire de voir comment ça se passe. Est-ce que tu l'aimes ?

— Oui, répondit Claire sans hésiter, car c'était une question à laquelle elle était certaine de pouvoir répondre sans aucun risque d'erreur.

— C'est bien, sourit Suzanne en hochant la tête.

C'était l'une des nombreuses choses que Claire adorait chez son amie. Elle la traitait en adulte. Si elle affirmait qu'elle aimait Bud, cela suffisait. Suzanne la croyait.

— Comment voudrais-tu qu'elle ne l'aime pas ? intervint Todd d'un air indigné. Regarde-moi ces épaules. Et puis, cet homme porte une arme et il sait s'en servir. Tu imagines comme ça doit être excitant ? Mmm... Je me demande s'il en porte une ce soir ?

— Oui, confirma Claire.

C'était là une surprise parmi tant d'autres que lui avait réservées Bud – enfin, Tyler. Apparemment, il était toujours armé, et s'il ne l'était pas, il trouvait le moyen de mettre la main sur son arme en moins de deux secondes. Tout le temps qu'il lui faisait follement l'amour, son beau bûcheron avait toujours eu son arme à portée de main. C'était le concept le plus étrange qu'elle puisse imaginer – elle était fiancée à un homme armé. Et pas n'importe lequel : un tireur d'élite, apparemment.

— Les armes sont des substituts du pénis, déclara Todd doctement. C'est ce que mon psy prétend, en tout cas. Mais mon petit doigt me dit que cet homme-là n'a pas vraiment besoin de substitut, qu'il a déjà tout ce qu'il faut dans son pantalon. Regarde un peu la taille de ses mains et de ses pieds. Je parie qu'il a un très gros…

Todd s'interrompit et se donna une tape sur la main.

— Un peu de tenue, Todd ! se dit-il à lui-même. Alors ? enchaîna-t-il en se tournant vers Claire, à quand le mariage ? J'ai déjà une merveilleuse idée de cadeau !

— Oh, répondit Claire, vaguement alarmée à la pensée d'un mariage alors qu'elle ne s'était pas encore habituée à l'idée d'être fiancée. Pas avant un certain…

— Dès que possible, répondit une belle voix grave.

Bud s'assit à côté d'elle, lui prit la main, la porta à ses lèvres et y déposa un baiser.

— Désolé de vous avoir abandonnés, dit-il à l'adresse de Todd et de Suzanne sans lâcher la main de Claire. J'étais obligé de répondre à cet appel.

— Un cadavre ? s'enquit Todd.

— Rien d'aussi excitant, répondit Bud. Autrement, je serais obligé de partir. Heureusement, le calme a l'air de régner, ce soir, dans notre bonne ville de Portland. Non, il s'agissait d'un simple point administratif à éclaircir. Tous les officiers de police sont d'astreinte après 22 heures.

Suzanne approcha le visage du chandelier. C'était une femme d'une beauté éblouissante sur laquelle tous les hommes se retournaient, mais Bud, à la grande joie de Claire, n'avait même pas semblé s'en apercevoir. Il traitait Suzanne avec une courtoisie polie, comme s'il avait eu affaire à une vieille dame affublée d'un triple menton et de verrues.

— Ne me parle pas de paperasseries ! s'exclama Suzanne en levant les yeux au plafond. Si tu savais toutes les tracasseries administratives que j'ai endurées quand j'ai décidé de restaurer la fabrique !

— Si tu voyais la paperasserie que génère une simple enquête, tu n'en reviendrais pas, assura Bud.

— Tous ces tests ADN, ces autopsies et ces adorables petites pochettes dans lesquelles on range les pièces à conviction, intervint Todd, qui haussa les épaules comme Suzanne arquait un sourcil délicat. Quoi ? Je ne rate jamais un épisode des *Experts*, moi, qu'est-ce que tu crois ? C'est très intéressant.

Bud sourit.

— Je crois que tu confonds avec *Forensic Files*, Todd. Les inspecteurs se contentent de rassembler tous les éléments d'une enquête afin de présenter au tribunal un dossier qui tienne la route. C'est assez ennuyeux, en fait.

La conversation fut interrompue par l'arrivée du serveur qui apportait les desserts – auxquels Bud avait préféré un whisky. Il déposa également devant ce dernier une pochette en cuir contenant l'addition, car il avait insisté pour inviter tout le monde. C'était un restaurant excessivement cher et Claire n'appréciait pas de le voir dépenser autant d'argent pour elle, comme s'il cherchait à se maintenir au niveau de quelque chose. Ni elle, ni Todd, ni Suzanne n'avaient besoin qu'on paye l'addition à leur place. Todd et Suzanne avaient des goûts assez sophistiqués, mais quand elles sortaient entre filles avec Allegra, elles se contentaient bien souvent d'aller chez *Lo Chow*, où l'on pouvait se gaver de spécialités à la vapeur à s'en faire exploser la panse pour moins de cinq dollars.

Cela dit, même si c'était beaucoup trop cher, la soirée s'était bien passée jusqu'ici. En dépit de ses allures de gros dur macho, Bud n'était pas homophobe. Il s'était bien entendu avec Todd et les deux hommes s'étaient même découvert une passion commune pour la pêche au lancer. Todd étant incollable sur la question, ils avaient discuté les différents types de leurres au-dessus de la blanquette de veau.

Todd, pêcheur ? Claire l'ignorait, et à en juger par son expression, Suzanne aussi.

— Suzanne vit dans une ancienne fabrique de chaussures qu'elle a héritée de ses grands-parents, expliqua Claire à Bud. Elle l'a entièrement restaurée et le résultat est fabuleux.

— Vraiment ? répondit Bud en glissant sa carte de crédit dans la pochette en cuir. Où se trouve-t-elle ?

— Dans le quartier de Pearl, sur Rose Street, répondit Suzanne.

— Pearl, Rose Street, répéta Bud, qui passa soudain en mode flic et plissa les yeux d'un air désapprobateur. C'est le quartier le plus chaud de la ville. Pas vraiment l'endroit que je conseillerais à une femme seule.

— Je sais, fit Suzanne avec un haussement d'épaules. C'est vraiment dommage. C'était encore parfaitement fréquentable il y a une quarantaine d'années à ce qu'on m'a dit. Mais je n'aurais jamais pu trouver un tel espace ailleurs. Et comme cet immeuble appartient à ma famille depuis trois générations, je n'ai pas eu le cœur de m'en défaire. Mais je ne vais peut-être pas rester seule très longtemps. J'ai passé une annonce pour louer la moitié que je n'occupe pas. Un homme d'affaires apparemment très intéressé m'a déjà contactée. Je dois le rencontrer après-demain.

Claire bâilla. Cela fut si soudain qu'elle n'eut pas le temps de réprimer son bâillement comme elle faisait d'ordinaire. Bud, qui guettait chez elle le moindre signe de fatigue, se leva aussitôt et la prit par le coude.

— Il est temps de rentrer. Suzanne, Todd, j'ai passé une excellente soirée. J'espère que nous aurons l'occasion de nous revoir.

— Bud, je vais très bien, protesta Claire, qui trouvait dommage d'écourter la soirée à cause d'un simple bâillement. Nous avons tout le temps...

Mais Bud ne l'écoutait même pas.

— Vérifie bien à qui tu as affaire avant de signer un contrat de location, Suzanne, lui conseilla-t-il. Et assure-toi que ton système de sécurité est à la hauteur. Je pourrai te donner un ou deux tuyaux, si tu veux.

— Volontiers, Bud, merci. Et encore merci pour ce délicieux dîner, dit-elle en se levant, aussitôt imitée par Todd.

— Oui, merci beaucoup, renchérit celui-ci.

Bud hocha la tête et fixa sur Todd un regard dur.

— Veille à ce que Suzanne rentre chez elle sans encombre.

— Bien, lieutenant, répondit Todd avec un sourire qui creusa une fossette sur sa joue. Faut-il que j'ajoute un salut militaire ?

— Non, je ne suis pas ce genre de lieutenant. Raccompagne-la bien jusqu'à sa porte. Claire, mon ange, allons-y. Tu as l'air fatigué. Ils t'exploitent, dans cette agence. Tu as fait des heures supplémentaires trois soirs, cette semaine. Ils t'en demandent trop.

Claire eut à peine le temps de dire au revoir à Todd et à Suzanne que Bud l'entraînait déjà vers la sortie.

Ils avaient déjà eu cette conversation. Claire adorait son nouveau travail à l'agence. C'était tellement différent de celui de la bibliothèque de la fondation. Ses collègues étaient drôles, délurés et même un peu fous, comme Lucy. Bud en voulait toujours à celle-ci de l'avoir abandonnée à *L'Entrepôt* alors que Claire lui avait déjà pardonné depuis longtemps. Lucy était sympa et irresponsable, voilà tout, mais Bud parlait d'elle comme d'une criminelle qu'il aurait aimé pouvoir mettre sous les verrous.

Claire avait effectivement travaillé dur cette semaine à Semantika, mais ce n'était pas cela qui la fatiguait. Non, ce qui la fatiguait, c'était de rester éveillée à contempler le plafond en attendant vainement que Bud daigne s'occuper d'elle.

Il devait bien y avoir un moyen de le faire redevenir comme avant. Il fallait impérativement qu'elle en trouve un en tout cas. Un changement de décor, peut-être ?

Ils roulaient sans mot dire à travers les rues désertes. Bud semblait n'avoir aucun problème malgré la neige fondue qui rendait la chaussée glissante. Il faut dire que, contrairement à Claire, c'était un conducteur hors pair.

— Bud, je n'ai jamais vu l'endroit où tu vis. On ne pourrait pas passer la nuit chez toi, pour changer ?

— Tu veux dormir chez moi ? s'étonna-t-il. Pourquoi ? Je doute que ça te plaise. Je n'y suis pratiquement jamais et la décoration est plutôt spartiate.

— Qu'entends-tu par spartiate ? Tu as l'électricité ? Des toilettes ? Le chauffage ?

— Oui, admit-il en esquissant un sourire, j'ai même un lit et une salle de bains. Le grand luxe, quoi.

— Je voudrais juste voir où tu vis, Bud. Je te promets que je n'enterrerai pas tes chaussettes sales au fond du jardin !

— Il n'y a pas de jardin, répliqua-t-il. Je vis 1432 Fuller Street dans un appartement situé au quatrième étage.

— Tu vois, même ça, je l'ignorais. Allez, Bud, s'il te plaît, le supplia-t-elle. J'apporterai mes draps et mes serviettes. J'irai même jusqu'à cuisiner pour toi.

— Non, gronda-t-il.

Sa seule tentative dans ce domaine s'était révélée... décevante. En matière d'art culinaire, Claire avait encore énormément de progrès à faire.

— Je me charge de la cuisine. Et j'ai quand même des draps et des serviettes, inutile d'apporter les tiens. Pour le reste, c'est d'accord, concéda-t-il d'un ton résigné en se garant devant chez elle. Je dois aller à Chico demain matin pour prendre une déposition. Je rentrerai tard le lendemain.

À mon retour, on dormira chez moi si tu y tiens tant que ça. Mais ne t'attends pas à un palace.

Claire n'avait jamais pensé que son boulot puisse l'amener à quitter la ville. Bud ne parlait jamais de son travail avec elle, il ne lui racontait même pas comment s'était passée sa journée. Non, il se contentait d'être aux petits soins pour elle.

Le sujet de la conversation qu'il avait eue avec son père dans la bibliothèque était évident : elle. La pauvre petite Claire. La pauvre petite malade. Éternellement petite et éternellement malade.

Mais elle allait bien désormais. Très bien. Elle avait vingt-cinq ans, elle était adulte, et maintenant qu'elle avait été initiée aux joies du sexe, elle en voulait encore davantage.

Ils entrèrent dans la maison et les choses se déroulèrent selon un rituel désormais obligé. Leur vie commençait vraiment à ressembler à celle d'un vieux couple marié. Claire fit sa toilette dans la salle de bains principale et Bud prit sa douche dans celle à côté de la buanderie. Comment pouvait-il passer devant la buanderie et ne pas se souvenir de ce qu'ils y avaient fait ? Au rythme de la poésie. Cela demeurait un mystère pour Claire, qui savait déjà que ce souvenir resterait éternellement gravé dans sa mémoire.

Elle devait absolument trouver un moyen de faire sortir Bud de ce « le sexe est dangereux pour la santé de Claire » qui semblait être son nouveau credo. Son déshabillé de soie jaune ferait peut-être l'affaire ? Celui qui l'avait mis dans un tel état qu'elle avait été obligée de l'enlever elle-même…

Claire se sécha, se tartina le corps de lait et se parfuma, bien décidée à séduire Bud. Quand elle sortit de la salle de bains, il l'attendait déjà au lit, comme chaque soir. Il mettait toujours moins de temps qu'elle pour faire sa toilette. Il n'avait pas allumé de bougies, mais il était entièrement nu et visiblement excité.

Il dormait toujours tout nu – ce qui se serait révélé très pratique s'il s'était décidé à passer à l'action – et son sexe érigé tendait le drap du lit comme le mât central d'un chapiteau de cirque. Bud était une véritable fournaise humaine et tant que Claire ne l'avait pas rejoint, il ne prenait pas la peine de rabattre l'édredon.

Il la regarda entrer dans la chambre, et la lueur prédatrice qui lui manquait tant s'alluma dans son regard d'ambre.

Ah ! Un début prometteur…

— J'aime beaucoup cette chemise de nuit, murmura-t-il.

— Je sais, dit-elle dans un souffle. Je l'ai mise spécialement pour toi. Et j'espère que cette fois, c'est toi qui me l'enlèveras…

Les yeux de Bud brillèrent d'un feu encore plus intense.

— Oh que oui ! Viens par ici, ma belle, je…

Il s'interrompit brusquement. La chaleur disparut de son regard pour céder la place à l'inquiétude.

— Je ne sais pas… Ce ne serait pas raisonnable. Tu es trop fatiguée. Je crois qu'on ferait mieux de se contenter d'un petit…

— Tais-toi, Bud, le coupa-t-elle avant de retirer résolument sa chemise de nuit pour avancer vers le lit entièrement nue.

Bud s'était tu, et quand il l'attira dans ses bras, il tremblait. Il la fit s'allonger sur lui et s'empara de ses lèvres pour la gratifier d'un long, d'un profond baiser, une main plaquée à l'arrière de sa tête pour l'immobiliser, l'autre pressée au creux de ses reins. Écartant les jambes, Claire frotta sa vulve sur son pénis brûlant. De ses reins, la main de Bud descendit sur ses fesses, puis plus bas encore. Elle sentit un doigt s'immiscer là où elle mourait d'envie d'être caressée.

Enfin ! Ces caresses lui avaient tellement manqué !

Cette chaleur, cette intensité, ce brouillard qui lui emplissait la tête, cette délicieuse impression de n'être plus que sensations pures… La langue de Bud se mouvait dans sa bouche au rythme du va-et-vient de son doigt en elle. Bouche humide, étroit fourreau humide, pointes des seins durcies s'écrasant contre son torse… Claire s'agrippait à lui, enivrée par le contact de ses muscles saillants. Elle était au bord de l'explosion quand Bud repoussa l'édredon d'un coup de pied. Une plume voleta mollement au-dessus du lit et, comme Bud la faisait rouler sur le côté, la plume atterrit sur le visage de Claire.

Elle éternua et il se figea.

Il cessa de l'embrasser, de la caresser, et la fit s'allonger sur le dos avec douceur.

— Pardon, mon cœur, murmura-t-il en rabattant le drap sur elle.

Il ramassa l'édredon, l'en recouvrit et le serra étroitement autour d'elle comme si elle avait trois ans. Après avoir déposé un chaste baiser sur son front, il tendit le bras pour éteindre la lampe de chevet.

— Je n'aurais pas dû commencer alors que tu as besoin de te reposer. Bonne nuit, mon ange.

Claire était paralysée. Elle était toujours à un cheveu de l'orgasme et ne savait absolument pas quoi faire. Elle était bien trop timide pour demander à Bud de continuer, bien trop timide pour glisser la main entre ses cuisses et se caresser. De toute façon, l'orgasme qu'elle aurait obtenu aurait été ridicule comparé à celui que Bud lui aurait procuré…

Elle sentit des larmes rouler sur ses joues, mais n'osa pas les essuyer. Bud se serait affolé et aurait exigé de savoir ce qui n'allait pas. Ce qui n'allait pas, c'était qu'il venait de l'abandonner, pantelante et tremblante, au bord de la jouissance. Les yeux rivés au plafond, Claire serra les dents et attendit que la tempête dans son corps se calme. Dans sa poitrine, la colère le disputait à la tristesse.

Elle aimait Bud.

Mais Tyler lui donnait des envies de meurtre.

13

Nuit du 22 au 23 décembre, 1 heure du matin
1432 Fuller Street

Claire soupira et s'agita. Bud se mit à transpirer à grosses gouttes. Le genou de Claire était calé contre son sexe. Contre son sexe prêt à exploser. La réveiller pour remédier à cela était cependant hors de question. Même si ça n'avait pas été hors de question, Bud l'aurait prise trop violemment. Il était dans un tel état d'excitation qu'il aurait été incapable de maîtriser la force de ses coups de reins une fois qu'il aurait été en elle. Alors il souffrait en silence.

Il était rentré, deux heures plus tôt, vanné et aussi bouillant qu'un taureau qui s'apprête à entrer dans l'arène, et avait trouvé Claire dormant à poings fermés sur le canapé, une tasse de thé refroidi posée sur la table basse. Recroquevillée sur elle-même, elle avait l'air d'avoir à peine douze ans. À l'idée qu'elle l'attendait chez lui, Bud avait effectué le trajet de retour depuis Chico en un temps record.

La déposition avait pris plus de temps que prévu. L'informateur slovène qu'il avait entendu ne parlait pas un mot d'anglais et son interprète s'exprimait très lentement.

Mais ce n'était pas cela qui l'avait fatigué. S'il était épuisé, c'était parce qu'il avait consacré la nuit qu'il avait passée à l'hôtel à se masturber. Jamais il n'aurait imaginé qu'être fiancé puisse se révéler aussi épuisant. La masturbation n'avait jamais tenu une place importante dans ses pratiques sexuelles. Où qu'il soit, Bud avait toujours trouvé une femme qui ne demandait qu'à le soulager. Il suffisait de regarder autour de lui.

La jeune interprète slovène aurait pu faire l'affaire, par exemple. Bud avait remarqué les coups d'œil appréciateurs qu'elle lui coulait fréquemment – raison pour laquelle, peut-être, l'interrogatoire avait traîné en longueur. Mais il ne voulait pas de l'interprète slovène, pas plus que de l'officier de police féminin du poste de Chico ou de la serveuse du *diner* où il avait mangé un morceau ou encore de l'hôtesse d'accueil de l'hôtel.

C'était Claire qu'il voulait.

Dormir avec elle sans lui faire l'amour lui mettait les nerfs à rude épreuve. Nuit après nuit, il demeurait allongé près d'elle à bander comme un malade en regrettant qu'elle ait les yeux aussi cernés. Bud avait récolté deux médailles pour actes de bravoure à l'époque où il était marine, mais affronter les tirs ennemis ne lui avait pas demandé autant de cran que de dormir dans le même lit que Claire sans la toucher.

Pour réprimer ses pulsions, il lui suffisait de se rappeler la voix tremblante du père de Claire alors qu'il évoquait la nuit qu'il avait passée à son chevet, attendant qu'elle meure. L'effet était immédiat ; son désir était instantanément douché. Il avait donné sa parole d'honneur que rien de mal ne lui arriverait.

Or, en la baisant comme un soudard, il ne respecterait pas sa parole.

Lorsqu'il avait franchi la porte de son appartement, c'est le parfum de Claire qu'il avait senti avant toute autre chose. Il était imprimé dans son cerveau et il aurait pu le reconnaître les yeux bandés. « Ce soir, peut-être », s'était-il dit. Puis il était entré dans le salon, l'avait trouvée sur le canapé en pyjama, la tête calée sur son bras replié. Il l'avait trouvée pâle et l'avait portée jusqu'à la chambre. Après l'avoir déposée sur le lit, il avait enfilé un pyjama – dormir nu, comme il le faisait d'habitude, aurait été bien trop dangereux – et s'était glissé près d'elle.

Claire aimait le sentir contre elle pendant son sommeil. C'était très agréable, mais c'était aussi une véritable torture. Bud s'efforça de la tenir dans ses bras sans la toucher. Un sexe en érection était-il susceptible d'exploser comme un ballon ? Si oui, c'était ce qui risquait d'arriver au sien.

Le pire de tout, c'était qu'il ne pouvait pas refermer la main dessus pour se masturber comme il l'avait fait la veille. Le mouvement risquait de la réveiller. Avec la chance qu'il avait, à l'instant précis où il éjaculerait… Bonjour, la honte.

Elle se blottit plus étroitement contre lui dans son sommeil, étendant un bras mince en travers de son torse. Pouvait-il se permettre de lui prendre la main, de l'enrouler autour de son sexe et de faire en sorte qu'elle mette fin à son supplice ? Elle ne l'avait touché qu'une seule fois, dans la buanderie. Le simple souvenir de ce qu'ils avaient fait dans cette petite pièce qui sentait le détergent et le vernis à bois, Claire s'offrant à lui, entièrement nue sur le dessus de la machine à laver, suffit à accélérer son rythme cardiaque. Elle l'avait touché très tendrement. Elle avait passé les mains sous l'élastique de son jogging pour le baisser. Les choses n'étaient pas allées plus loin. Claire n'était pas très audacieuse en matière de sexe. Bud aurait pu souhaiter qu'elle fasse montre d'un peu plus d'agressivité, mais dans ce cas, ça n'aurait plus été Claire, la femme qu'il aimait.

Il avait connu des tas de femmes qui n'y allaient pas par quatre chemins. Des femmes qui poussaient l'audace jusqu'à glisser la main sous la table en plein dîner dans un restaurant pour le branler. Des femmes qui lui demandaient sans détour : « Ça te dirait de baiser ? »

Oh oui, ça lui dirait !

Il rêvait de baiser Claire.

Sa chevelure était répandue sur son torse, formant une couverture d'ébène souple et tiède. Son souffle était si léger qu'il l'entendait à peine. Tout en elle était merveilleusement doux et délicat. Cela l'inquiétait. Il s'était montré trop brutal avec elle au cours de ce week-end de passion.

Cela étant, elle avait adoré tout ce qu'il lui avait fait et ne lui avait jamais dit non. Bud savait qu'il avait un gros appétit sexuel. Il n'avait jamais envisagé sérieusement de devenir monogame, mais il savait que si ça lui arrivait un jour, sa partenaire devrait se montrer à la hauteur de ses attentes. Avant de découvrir qu'elle avait été gravement malade, Bud s'était dit que Claire saurait répondre à ses besoins.

À présent, il n'en était plus aussi sûr.

Il aimait Claire. Il avait l'intention de lui rester fidèle jusqu'à la fin de ses jours. Mais que se passerait-il s'ils ne faisaient pas l'amour aussi souvent qu'il en avait envie – besoin ? En serait-il réduit à se masturber dans les toilettes du poste de police ?

Bon sang, son érection le faisait atrocement souffrir !

Sa main le démangeait de descendre vers son sexe. Pouvait-on éjaculer sans bouger ? Au lieu de faire aller et venir son poing le long de son sexe, il pouvait peut-être se contenter de le presser…

La sonnerie du téléphone coupa court à ses tergiversations. À 1 h 30 du matin, il ne pouvait s'agir que d'une urgence professionnelle.

Presque reconnaissant de cette distraction, il s'empressa de répondre avant que la deuxième sonnerie ne retentisse.

— Morrison.

— Bud, c'est John Huntington.

Bud aurait reconnu cette voix entre mille. C'était le lieutenant commandant John Huntington, ancien Seal, que tous ses collègues surnommaient *Midnight man*, L'homme de minuit. Bud ne l'avait pas revu depuis douze ans, mais ils avaient fait leurs classes ensemble dans les marines.

L'homme d'affaires qui s'intéressait au local que Suzanne Barron cherchait à louer n'était autre que John Huntington, qui venait inopinément de refaire surface à Portland. Suzanne l'avait appelé pour se renseigner à son sujet, car John avait mentionné Bud dans la liste de ses garants.

Avec Midnight comme locataire, Suzanne pourrait dormir sur ses deux oreilles. Et Bud aussi, car Suzanne étant l'amie de Claire, il se sentait responsable d'elle. Midnight était l'un des hommes les plus dangereux de la planète et il ne permettrait pas que quiconque s'avise de faire le moindre mal à sa propriétaire. D'autant que ladite propriétaire était une très belle femme.

Bud ne perdit pas de temps en bavardage.

— Que se passe-t-il, John. Tu as un problème ?

— On peut dire ça, ouais. Je viens de tuer un homme.

Une situation effectivement problématique. Bud écarta le bras de Claire de son torse, s'assit et attrapa son pantalon tout en gardant le combiné à l'oreille.

— Désolé de te déranger à une heure pareille, Bud, mais je devais impérativement te prévenir. Je suis chez Suzanne Barron, 437 Rose Street. Un homme s'est introduit chez elle ce soir. Armé. Je l'ai éliminé. Tu ferais bien de rappliquer en vitesse avec ton équipe. Ce n'est pas joli à voir.

— Bud ? demanda Claire d'une voix ensommeillée.

Elle s'assit, repoussa les cheveux de son visage et battit des paupières.

— Tu es rentré ? Je voulais t'attendre, mais j'ai dû m'endormir.

Bud posa la main sur le combiné.

— Désolé de t'avoir réveillée, mon cœur. Rendors-toi.

— Il y a un problème ?

— Non, mentit-il.

Si, il y avait un problème impliquant sa meilleure amie, mais Bud se serait fait hacher menu plutôt que de l'inquiéter avant de savoir précisément de quoi il retournait.

— Rendors-toi, ma douce. Je vais devoir ressortir et je ne sais pas quand je rentrerai. Si je ne suis pas là demain matin, tu as les clefs. Verrouille bien la porte en partant.

Encore à demi endormie, Claire cligna des yeux comme une chouette.

— D'accord, marmonna-t-elle.

Elle reposa la tête sur l'oreiller et sombra aussitôt dans le sommeil.

Bud ramassa ses vêtements et passa au salon avec le téléphone.

— J'arrive, dit-il après avoir écarté la main du combiné. Je préviens le poste, et je viens directement. Le reste de l'équipe sera sur place d'ici un quart d'heure.

— Tu trouveras la porte grande ouverte, dit John. Il a niqué l'alarme. Et n'hésite pas à brancher ta sirène, il ne peut plus aller nulle part. Attends une seconde.

Bud profita du silence qui suivit pour finir de s'habiller.

— À première vue, il s'agit d'un pro, Bud, déclara John quand il revint en ligne.

— Ah, oui ? Qu'est-ce qui te fait dire ça ? demanda Bud, le téléphone calé contre son épaule tandis qu'il bouclait son holster.

— Colt Woodsman, numéro de série limé et silencieux. Tu ne t'équipes pas d'un engin de ce genre pour faire main basse sur le service à thé. Et il porte un gilet pare-balles. Pas vraiment le style d'un monte-en-l'air non plus. Grouille-toi, Bud.

Un Colt Woodsman – l'arme standard du tueur à gages – avec un silencieux. Un gilet pare-balles. Chez Suzanne. Ça sentait mauvais.

— Je suis déjà en route, mon grand.

23 décembre, fin de matinée
Département de police de Portland

Neuf heures plus tard, Bud était au poste. Il avalait par habitude un breuvage infect qui ressemblait davantage à de l'huile de moteur qu'à du café et fixait l'écran de son ordinateur dernier cri d'un air contrarié. Il s'était connecté à la base de données du FBI pour identifier les empreintes des deux tueurs qui s'en étaient pris à Suzanne Barron.

Car c'était deux tueurs, et non pas un, qui avaient cherché à l'abattre. Une fois le boulot des techniciens achevé et le corps de celui que Midnight avait tué en route pour la morgue, tout le monde avait pris la direction du poste de police. C'est à ce moment-là qu'un tueur équipé d'un fusil à lunette, posté au premier étage d'un hôtel borgne, avait ouvert le feu, ratant Suzanne de très peu. Si John n'avait pas eu des réflexes aussi rapides, c'était le cadavre de Suzanne que Bud aurait dû expédier à la morgue.

John avait éliminé le sniper de deux balles dans la tête avant de prendre la fuite avec Suzanne. La situation, déjà catastrophique, avait alors viré au cauchemar.

Bud n'avait pas la moindre idée de l'endroit où Midnight avait emmené l'amie de Claire, et le flic en lui désapprouvait son comportement. Si des tueurs avaient Suzanne en ligne de mire, ils avaient de bonnes raisons, c'est pourquoi il enrageait de ne pas pouvoir l'interroger.

L'homme en lui, en revanche, comprenait l'attitude de Midnight. Il avait deviné que John et Suzanne étaient amants. John protégeait celle qui lui appartenait. Quelqu'un cherchait à éliminer Suzanne, et John l'avait mise à l'abri, laissant le soin à Bud de tirer les choses au clair. Si Midnight avait caché Suzanne quelque part, personne ne la retrouverait jamais.

La balle était désormais dans le camp de Bud.

Le *modus operandi* de ces deux tueurs était celui de la mafia. Le second était chargé d'abattre le premier de façon à effacer tout lien entre l'exécutant et le commanditaire.

Une sonnerie retentit, l'informant que sa requête avait abouti. Bud scruta le portrait de face et de profil qui était apparu à l'écran. Il s'agissait bien de l'homme que Midnight avait tué – en état de légitime défense.

Bud fut reconnaissant à son ancien compagnon d'armes d'avoir planté un Ka-Bar en travers de la gorge du tueur plutôt que de lui avoir explosé la tête. Ils avaient ainsi un visage et des empreintes qui collaient. L'homme était un peu plus jeune, ses cheveux étaient plus courts, mais c'était bien l'ordure qu'il avait vue sur le sol de l'appartement de Suzanne.

Roger Beckett, trente-six ans, dernier domicile connu : pénitencier d'État de Salem. Première inculpation à l'âge de quinze ans, toxicomane, criminel multirécidiviste... Et pas pour des broutilles : voies de fait, vol à main armée, trafic de drogue. Viol.

Le cœur de Bud bondit dans sa poitrine.

Viol.

Selon lui, un violeur restait un violeur. Toujours.

Si John n'était pas intervenu à temps, ce fumier aurait violé Suzanne avant de l'abattre.

Le téléchargement du fichier concernant le sniper commençait à peine quand Carmela Lopez, le sergent préposé à l'accueil, pénétra dans le bureau.

— Lieutenant, quelqu'un demande à vous voir, annonça-t-elle.

— Plus tard, sergent Lopez, je suis occupé, répondit Bud sans détacher les yeux de l'écran.

— Je crois que vous allez vouloir recevoir cette personne, répliqua le sergent d'un ton ironique.

Elle s'écarta pour livrer passage à un homme de taille moyenne, aux cheveux coupés court et aux traits quelconques. Il portait un costume noir bon marché, une chemise blanche et une fine cravate noire.

Il aurait tout aussi bien pu avoir le sigle *FBI* tatoué sur le front.

— Lieutenant Morrison, agent spécial Sisman, se présenta-t-il.

— Je suis très occupé, là, agent Sisman, répondit Bud. Si vous venez me voir au sujet de la circulaire d'il y a quinze jours...

— Non, l'interrompit Sisman. Il s'agit de l'enquête sur laquelle vous travaillez actuellement.

Vous avez fait une recherche d'empreintes sur notre base de données, et toutes les réponses nous sont transmises en priorité. Pour certains jeux d'empreintes, nous recevons un avertissement, et celui-ci..., ajouta-t-il en désignant sur l'écran le fichier dont le téléchargement venait de se terminer, celui-ci en fait partie.

L'écran devint subitement noir et la mention INFORMATIONS RÉSERVÉES se mit à clignoter.

— Qu'est-ce que... ? Réservées ? Réservées à qui, bordel ? éructa Bud.

— À moi, pour commencer, répondit l'agent Sisman en le regardant droit dans les yeux. Je ne vous autoriserai à accéder aux informations que contient ce dossier que si vous me dites pour quelle raison vous en avez besoin.

Bud réfléchit trois secondes. Pas une de plus. La vie de Suzanne était en jeu.

— Entendu. À vous l'honneur.

L'agent Sisman s'assit à côté de lui et composa le code d'accès au dossier. L'opération prit plusieurs minutes, mais les photos d'identité judiciaire du second tueur apparurent finalement à l'écran. Bud n'aurait pas pu jurer qu'il s'agissait de l'homme qu'il avait examiné à la morgue car les deux balles que John lui avait logées entre les yeux l'avaient défiguré. Il avait cependant noté qu'il avait les cheveux blond foncé, une jaquette en or sur l'incisive de gauche, et une cicatrice au-dessus de la clavicule.

Il lut les données biométriques.

Ryan McMillan, quarante-sept ans, un mètre quatre-vingts, quatre-vingt-douze kilos, cheveux blond foncé... thyroïdectomie en prison en 1995...

Les renseignements qui venaient ensuite le firent frissonner.

Ryan McMillan faisait partie du cercle restreint des tueurs à gages d'élite recensés sur le territoire américain. Suspecté des meurtres de Carmine « Fish » Lo Pesce, de Vic Torrance et… du sénateur Julius Leskey. Le crime jamais résolu le plus célèbre des États-Unis après la disparition de Jimmy Hoffa !

McMillan demandait généralement cinq cent mille dollars par contrat.

Celui qui voulait la mort de Suzanne était prêt à payer au moins un demi-million de dollars. Les implications de cette découverte tournaient encore dans la tête de Bud quand l'agent Sisman interrompit le cours de ses pensées.

— À vous, lieutenant Morrison.

Bud soutint le regard las de Sisman, puis consacra une vingtaine de minutes à lui rapporter en détail les événements de la nuit passée, terminant par l'examen du second corps à la morgue.

Sisman demeura silencieux une bonne minute, avant de lâcher :

— C'est carrément du très, très lourd.

Ce qui était l'évidence même.

23 décembre, 18 heures
Commissariat central de Portland

Le taxi déposa Claire au pied de la tour de béton et d'acier qui abritait le commissariat central de Portland. Claire avait lu quelque temps auparavant dans *L'Oregonian* qu'une nouvelle loi interdisait de se garer à proximité immédiate du bâtiment suite aux événements tragiques du 11 Septembre. Habillée comme elle l'était, il n'était pas question qu'elle parcoure à pied une longue distance dans ce froid glacial. Elle avait donc opté pour un taxi.

Ayant effectué pas mal d'heures supplémentaires ces derniers jours, elle avait obtenu sans problème l'autorisation de partir plus tôt que d'habitude. Elle resserra les pans de son manteau autour d'elle. Malgré le froid, elle transpirait. Ce qu'elle s'apprêtait à faire était assez effrayant.

Elle baissa la tête en traversant le hall et gagna directement le treizième étage, celui de la Criminelle. Elle avait vérifié.

Tandis que l'ascenseur s'élevait lentement, ses genoux se mirent à trembler et son cœur à battre follement.

Mais Claire était passée maîtresse dans l'art de dissimuler ses émotions, et quand les portes de l'ascenseur s'ouvrirent, elles livrèrent passage à une élégante jeune femme parfaitement sûre d'elle.

Médusée, elle balaya du regard l'immense espace en partie cloisonné. Des téléphones sonnaient un peu partout tandis que des officiers de police des deux sexes allaient et venaient, visiblement affairés, et tous armés. Il devait y avoir une centaine de personnes qui travaillaient ici, et le niveau sonore était élevé.

L'univers de Bud. Un univers rude et brutal.

Une odeur de cuir, de papier, de sueur et de mauvais café saturait l'atmosphère.

Tremblant intérieurement, elle hésita. Ce n'était peut-être pas une bonne idée. Et si Bud n'avait pas de bureau privé, c'était une idée irréalisable.

— Excusez-moi…

L'homme à qui elle s'était adressée ne daigna même pas faire pivoter son siège pour lui faire face. Claire se racla la gorge et répéta plus fort :

— Excusez-moi.

L'homme se retourna, surpris. Il était petit, barbu, et de grosses touffes de poils noirs jaillissaient de l'encolure de sa chemise.

— Oui ? répondit-il en la détaillant de la tête aux pieds.

Avec son manteau de cachemire bordeaux Valentino, ses gants de cuir noir et ses escarpins à hauts talons, Claire ne se sentait vraiment pas dans son élément. L'homme parvint apparemment à la même conclusion.

— Il faut retourner au rez-de-chaussée, mademoiselle. Vous trouverez un point d'information tout de suite après le…

— Je suis bien à la Criminelle ? l'interrompit-elle.

— Oui, répondit-il.

— Est-ce que le… le lieutenant Tyler Morrison est là ?

— Bud ? Oui. Vous le trouverez dans le bureau de gauche, dit-il en désignant le fond de la salle.

À son grand soulagement, Claire aperçut deux bureaux aux parois de verre dépoli, chacun doté d'une porte.

— C'est pour signaler un meurtre ? ajouta l'homme en ricanant après l'avoir déshabillée du regard.

— Non, répliqua-t-elle aimablement. C'est pour éviter d'en commettre un.

Tournant les talons, elle traversa le grand bureau bourdonnant d'activité sans que quiconque fasse attention à elle. L'ambiance paraissait chaotique, mais ce n'était qu'une impression, réalisa-t-elle. Visiblement, chacun savait exactement ce qu'il faisait.

Elle aussi.

Galvanisée par cette pensée, elle frappa à la porte du bureau de gauche. Son cœur s'emballa quand une voix familière lui répondit.

— Oui ? Qu'est-ce que c'est ?

Claire ouvrit la porte et entra.

Jamais encore elle n'avait vu Bud afficher une telle surprise. Il mit quelques secondes à se ressaisir.

— Claire ?

Il la fixa sans comprendre, puis son visage se crispa d'inquiétude.

— Qu'est-ce que tu fais ici ? Il s'est passé quelque chose ? demanda-t-il en faisant aussitôt mine de se lever.

— Reste assis, l'arrêta-t-elle.

Il se laissa retomber sur son siège, stupéfait. Elle avait trouvé le ton parfait. Ferme, autoritaire.

Elle se retourna pour verrouiller la porte, puis traversa lentement la pièce.

En regardant Bud droit dans les yeux.

De sa main gantée, elle déboutonna tranquillement son manteau, puis le laissa un instant entrouvert, le temps de savourer l'expression abasourdie de Bud. Elle leva lentement les mains et, d'un geste caressant, repoussa son manteau de ses épaules nues. La secousse fit osciller ses seins, et le manteau atterrit sur le sol avec ce doux bruissement que seul le véritable cachemire peut produire.

Elle portait en tout et pour tout des gants de cuir, des bas de soie noire, des escarpins et du rouge à lèvres. Elle avait tout de la prostituée de haut vol. Une prostituée qui aurait pris énormément de plaisir à exercer son métier. Ce n'était pas le froid, mais bien l'excitation qui durcissait les pointes de ses seins tandis qu'elle regardait Bud la regarder.

La flamme dorée qui luisait à présent dans ses yeux noisette récompensait Claire de chaque minute, de chaque seconde d'angoisse qu'elle avait endurée pour en arriver là.

— En traversant la ville, je n'ai pas cessé de penser à toi, à cet instant, dit-elle dans un souffle sans le quitter des yeux.

Elle tira sur un gant, un doigt après l'autre, puis le retira lentement avant de s'attaquer à l'autre.

— Dans le taxi qui m'a amenée ici, je t'imaginais en train de me caresser. Il suffit que tu me touches pour que j'aie des frissons partout, tu savais ça ? Rien que de penser à toi j'étais toute moite. Quand le chauffeur prenait un virage, je croisais les jambes pour intensifier la sensation, et quand il s'est engagé sur Webster, j'ai failli jouir. Quand mes seins frottaient contre la doublure de mon manteau, j'imaginais que c'était ta langue qui me léchait. Cela dit… ajouta-t-elle en s'approchant de lui à pas lents, rien de tout cela n'est aussi bon que de sentir tes mains sur mon corps. Tes bras autour de moi.

Elle contourna son bureau et s'arrêta devant lui.

— Me baiser, murmura-t-elle. Ça, c'est meilleur que tout.

Il tendit les mains vers elle, avec ce regard d'or liquide qu'elle adorait et qui lui avait tant manqué, mais elle interrompit son geste en plaquant ses mains contre les siennes, paumes contre paumes. Leurs doigts s'entrecroisèrent spontanément. Le simple contact de ses grandes mains chaudes suffisait à l'exciter. Elle exerça une légère pression sur leurs mains jointes jusqu'à ce qu'elles touchent la cuisse de Bud, puis écarta les siennes.

— Ne me touche pas, pas encore, dit-elle d'une voix de gorge.

Les mains de Bud se crispèrent, comme s'il luttait pour se retenir de la toucher, puis s'immobilisèrent. Claire mourait d'envie qu'il la touche, mais elle avait un projet bien précis en tête.

Elle baissa les yeux sur son entrejambe, inclina la tête de côté en soutenant son regard, puis se passa la langue sur les lèvres.

— J'ai comme l'impression que tu es content de me voir…

Son érection était on ne peut plus visible.

— Très content, admit-il d'une voix rauque qui la réjouit.

Elle fit courir sa main le long de l'imposante colonne de chair qui tendait son pantalon. Elle était brûlante. Elle la sentit se tordre, s'allonger et enfler sous ses caresses.

— Claire, croassa Bud en recouvrant sa main de la sienne, l'incitant sans le vouloir à resserrer son étreinte, tu sais où nous sommes ?

— Bien sûr, répondit-elle en souriant. Nous sommes au 1111 2e Rue Ouest. Au commissariat central de la police de Portland, ajouta-t-elle, ses paupières voilant à demi son regard.

— Oui. Sur mon lieu de travail. On ne peut pas faire ça ici, mon cœur.

— Tu n'as pas envie de baiser ? demanda-t-elle avec une petite moue déçue.

— Non, répondit-il sans desserrer les dents. Baiser ici ? Tu es folle ?

Claire n'en crut pas un mot. Elle scruta son visage et ce qu'elle vit la combla d'aise. Désir ardent. Tressaillement d'un muscle de la mâchoire, pommettes enflammées, yeux plissés braqués sur ses seins.

Parfait. C'était exactement là-dessus qu'elle voulait qu'il se concentre. Sur ses seins. Et aussi…

Elle écarta les jambes, chancelant imperceptiblement sur ses hauts talons, et eut le plaisir de voir Bud baisser la tête. S'il regardait attentivement, il verrait les lèvres de son sexe… et se rendrait peut-être compte à quel point elle était mouillée… Si elle se fiait à la flamme dans son regard, il regardait très attentivement.

Glissant la main entre ses cuisses, elle commença à se caresser. Elle était vraiment trempée.

— Regarde, Bud, chuchota-t-elle en lui montrant son doigt recouvert de sa sève intime.

Sa voix avait baissé d'au moins une octave. Marlene Dietrich en bas et talons hauts, le haut-de-forme en moins.

— Regarde dans quel état tu me mets.

Bud ferma les yeux.

— Ma douce, ce n'est ni le moment ni l'endroit. C'est une journée extrêmement… chargée, en outre, quelqu'un pourrait entrer.

— Non, répliqua Claire en dessinant un cercle autour de la pointe érigée d'un sein de son doigt humide. J'ai verrouillé la porte.

Elle se pencha brusquement et décrocha le téléphone.

— Et personne ne pourra t'appeler non plus. Tu es tout à moi.

— Pas au travail, Claire. Ce n'est pas possible.

Bud s'efforçait d'être convaincant, mais ses yeux et son sexe démentaient ses paroles.

Elle s'assit à califourchon sur ses cuisses.

— Claire !

Elle faillit éclater de rire en voyant son expression, entre choc et désir. Prenant solidement appui sur ses talons hauts, Claire glissa le long des cuisses de Bud jusqu'à plaquer sa vulve contre la base de son pénis. Elle commença à se frotter contre lui, le contact de l'étoffe et de la fermeture Éclair l'excitant presque autant que la colonne de chair qui se trouvait dessous.

Elle prit appui des mains sur ses épaules. Elle portait un rouge à lèvres rouge vif explicitement aguicheur, le genre de rouge à lèvres qui rappelle que la bouche est un organe sexuel. Elle ne pouvait pas se permettre de l'embrasser – cela laisserait des traces –, mais elle pouvait le lécher. Faire courir la pointe de sa langue sur le pourtour de son oreille… Elle sentit un frisson traverser Bud. Son sexe enfler et tressaillir contre elle.

Il avait posé les mains sur ses hanches, sans aucun doute dans l'intention de l'écarter de lui. Il aurait pu le faire.

Mais il s'en abstint.

Ses doigts s'enfoncèrent dans la chair tendre de ses fesses, suivant son mouvement ondulant tandis qu'elle le chevauchait. Claire sentit s'élever en elle cette délicieuse sensation qui précède l'impression fulgurante de se perdre à l'intérieur de soi-même. La sensation de glisser longuement dans un bain de sensualité...

Avant de glisser complètement, elle appliqua un dernier coup de langue sur l'oreille de Bud, la mordilla doucement, puis, se laissant souplement glisser entre ses cuisses, elle s'agenouilla devant lui.

— Claire, souffla-t-il, à bout d'arguments.

Il ne pouvait plus lui pétrir les fesses, aussi agrippa-t-il les accoudoirs de son siège, si fortement que ses jointures blanchirent.

— Ne fais pas ça, pas ici, pas maintenant, débita-t-il.

Si elle avait senti que c'était ce qu'il souhaitait vraiment, Claire aurait arrêté aussitôt. En fait, il croyait que c'était ce qu'il voulait. Ce qui n'était pas du tout la même chose.

Elle posa les mains sur ses genoux, les écarta. Elle avait appliqué un vernis à ongles assorti à son rouge à lèvres et ses doigts pâles aux extrémités écarlates formaient un contraste puissamment érotique avec le gris foncé de son pantalon. Elle dégrafa sa ceinture et tira sur sa fermeture. Le bruit de la glissière métallique s'éleva dans le silence de son bureau insonorisé.

— Claire... mon ange... tenta une dernière fois de résister Bud.

Puis il se tut, visiblement incapable d'articuler un mot de plus. Depuis leur week-end torride, Claire savait que chez lui la perte de l'usage de la parole était révélatrice d'une intense excitation.

— Bud, fit-elle avec un soupir émerveillé comme elle libérait enfin son sexe.

Il était aussi moite qu'elle. Un miracle. Il avait suffi de quelques minutes pour faire jaillir des perles de liquide translucide de son sexe, pour le faire pleurer de désir.

Claire se pencha en avant et le lapa délicatement.

Bud renversa la tête en arrière, les yeux clos, et laissa échapper des gémissements de souffrance entre ses dents serrées.

Quand il était arrivé à Claire de lire des descriptions de l'acte auquel elle se livrait, elle n'avait jamais imaginé que cela puisse déclencher une telle excitation. Elle avait posé les mains en haut de ses cuisses, de part et d'autre de son sexe, les pouces tournés vers ses testicules, encadrant son érection. Une érection qui méritait amplement d'être encadrée. Son sexe était parcouru de veines saillantes qui formaient un motif sombre et luisant. Fascinant.

L'enserrant à la base, elle l'aspira entre ses lèvres. Bud gémit et posa les mains sur sa tête. Il n'était pas question de le prendre entièrement dans sa bouche. Il était trop gros et elle se serait étouffée, mais l'action conjointe de sa main à la base de son pénis et de sa langue sur le frein et l'ourlet du gland semblait lui suffire amplement.

— Claire... haleta-t-il, ses doigts s'enfonçant dans ses cheveux, on ne peut pas faire ça ici...

Elle écarta la bouche et le lâcha.

— Je sais, soupira-t-elle.

Avec précaution, comme si elle manipulait un objet infiniment précieux et fragile, elle pressa son pénis contre son ventre, remonta son caleçon et referma – difficilement – la fermeture de son pantalon.

Le regard brûlant de Bud ne la quitta pas tandis qu'elle se redressait. Il avait écarté les mains pour la laisser se relever et elle s'empara de l'une d'elles.

— Touche-moi, murmura-t-elle en guidant sa main entre ses cuisses. Sens dans quel état je suis.

Il inséra lentement un doigt en elle. Les jambes de Claire se mirent à trembler et elle renversa la tête en arrière. Seigneur, il savait exactement comment la toucher ! L'orgasme se frayait déjà un chemin en elle, bien plus vite qu'elle ne s'y était attendue.

Non. Pas maintenant. Pas ici.

Elle recula tant qu'elle en était encore capable, un pas, puis deux. Hors de portée de ses mains. Les yeux rivés aux siens, elle chuchota :

— C'était nos préliminaires, Bud. Ce soir, on pourra s'en passer.

S'éloigner de lui était aussi difficile que d'échapper à un champ magnétique.

On frappa un coup à la porte et la poignée s'abaissa.

— Lieutenant ? fit une voix masculine de l'autre côté du battant.

Ils demeurèrent aussi immobiles l'un que l'autre. Sans le quitter des yeux, Claire ramassa son manteau. Le regard de Bud était dur, implacable. Son torse s'élevait et s'abaissait rapidement.

— Je vais à la maison, annonça-t-elle posément en reboutonnant son manteau, la call-girl se métamorphosant en jeune femme respectable par la magie de six boutons. Quand tu rentreras, je t'attendrai au lit, nue. Je n'aurai besoin d'aucun préliminaire. Tu me baiseras immédiatement…

— Lieutenant ! Raccrochez le téléphone. C'est urgent !

Claire recula vers la porte en soutenant son regard.

— ... et tu me baiseras toute la nuit, acheva-t-elle dans un murmure.

Elle tendit la main derrière elle, déverrouilla la porte et l'ouvrit. Se retournant, elle se retrouva nez à nez avec un officier de police au poing levé. Il la contempla avec des yeux ronds.

— Entrez, je vous en prie, dit-elle de sa voix la plus mondaine. J'en ai fini avec le lieutenant.

14

23 décembre, tard dans la soirée
Une maison abandonnée de la banlieue de Portland

Bud cligna des yeux quand le flash de l'appareil photo se déclencha une dernière fois, éclairant la scène de crime. Le corps mutilé, les giclées de sang, le sol couvert de détritus de la maison abandonnée.

— Je ne sais pas qui est ce type, grommela Allen Siteman, le médecin légiste, mais il a salement énervé quelqu'un.

Bud contourna lentement le corps en évitant les flaques de sang. L'équipe technique venait de passer deux heures à ramasser et à ensacher méticuleusement tous les indices qui permettraient de reconstituer les événements une fois qu'on les aurait mis bout à bout au labo.

C'était à lui de jouer, à présent.

Les techniciens n'avaient pas pu relever les empreintes de la victime car ses mains avaient été tranchées au niveau des poignets.

Bud fit signe d'approcher à la jeune recrue toute pâle qui avait découvert le corps, l'officier Sandy Potter. Elle s'était tenue à l'écart, immobile, pendant que les techniciens faisaient leur boulot, chacun ignorant poliment le fait qu'elle avait rendu son dîner, son déjeuner et son petit déjeuner dans un seau en zinc. Potter le rejoignit et adopta la position de repos, mains dans le dos. Elle sortait manifestement tout juste de l'école de police et tenait à faire bonne impression. Elle avait réussi. Hormis l'épisode vomissements – qui n'avait rien de honteux, Bud lui-même était passé par là autrefois –, elle s'était révélée compétente et efficace.

— On va tout reprendre depuis le début. Je vous écoute, officier Potter.

Elle hocha la tête sans manifester le moindre signe d'impatience. Elle avait déjà tout raconté trois fois et cela faisait des heures qu'elle attendait, frissonnant de froid dans cette sinistre maison abandonnée. Bud ne manquerait pas de rédiger une note favorable à son sujet quand il rédigerait son rapport.

— Deux gamins du quartier ont trouvé le corps. La maison est abandonnée depuis quinze ans et on raconte qu'elle est hantée. Ils ont juré que c'était la première fois qu'ils y mettaient les pieds. À la suite d'un pari perdu, ils s'étaient engagés à y passer la nuit. J'ai perdu un pari de ce genre quand j'avais douze ans, ajouta-t-elle avec un pâle sourire.

Bud hocha la tête. Lui aussi.

— Vous avez les noms des gamins ?

— Noms et adresses, lieutenant Morrison. Ils ont commencé par explorer la maison, et c'est comme ça qu'ils sont tombés sur le corps, poursuivit-elle en baissant machinalement les yeux vers le cadavre avant de les détourner aussitôt. Je patrouillais dans le secteur avec mon coéquipier et nous avons aussitôt alerté le central. Mon coéquipier a raccompagné les enfants chez eux.

— Il faudra les interroger.

— Ils en ont été informés.

— Parfait, dit Bud en enfilant une paire de gants en latex.

Il s'accroupit à côté de Siteman qui s'était agenouillé pour examiner le corps.

L'homme gisait sur le flanc droit, son visage ensanglanté tourné vers le sol. Ses cheveux étaient tellement imprégnés de sang qu'il était difficile de déterminer leur couleur. Clairs, sans doute.

La victime avait reçu une balle dans chaque rotule et une au coude. Au niveau des genoux, l'os des rotules saillait, tels des champignons macabres. Les mains avaient été tranchées avec une précision presque chirurgicale. Le radius et le cubitus luisaient dans la chair rouge.

— J'en saurai plus long après l'examen à la morgue, soupira Siteman. Tout ce que je peux dire pour l'instant, c'est qu'il s'agit d'un homme de race blanche d'un peu moins d'un mètre quatre-vingts et qu'il est mort environ deux heures avant notre arrivée. La température de son foie me permettra d'être plus précis.

— Torturé à mort, observa Bud calmement.

— On dirait, acquiesça Siteman. Une mort extrêmement douloureuse. À la façon dont le sang s'est répandu, je dirais qu'il a reçu une première balle dans le genou droit, puis dans le gauche. Quand on lui a tiré dans le coude, il était déjà mourant, il n'y a pratiquement pas de sang au niveau du coude. Sans ses empreintes, l'identification sera difficile. Il faudra attendre que quelqu'un signale sa disparition. Je peux retourner le corps, lieutenant ?

— Allez-y, répondit Bud.

Siteman poussa doucement sur l'épaule gauche du cadavre jusqu'à ce qu'il bascule sur le dos. Les cheveux imprégnés de sang coagulé retombèrent autour de son visage – un visage familier – et révélèrent une boucle d'oreille. Un crucifix pendant au bout d'une chaîne.

Non !

Bud se redressa lentement, le choc ralentissant ses mouvements. L'espace d'un instant, il eut l'impression que la boucle d'oreille du mort flottait vers lui, et il recula, horrifié. Il sentit que sa tête se vidait de son sang et chancela un instant. Le temps se ralentit, demeura comme suspendu en l'air, et s'arrêta. Un profond silence se fit dans sa tête, puis il eut l'impression qu'elle était traversée par un courant d'air violent. Pour la première fois de sa vie, Bud se sentit sur le point de s'évanouir.

— Je vais voir si je peux programmer l'examen post-mortem pour demain matin. Lieutenant ? Vous avez entendu ce que je viens de dire ? demanda Siteman en levant les yeux vers lui. Lieutenant ?

Bud l'entendait, mais il avait l'impression qu'il se trouvait à des kilomètres de lui.

— Bud ? demanda Siteman d'un ton inquiet. Ça va ? On dirait que vous avez vu un fantôme.

Pas un fantôme, non. Un homme avec qui il avait dîné récemment. Presque un ami.

Sa bouche s'était asséchée brutalement. Il dut se passer la langue sur les lèvres pour réussir à parler. Bud avait une certaine expérience de la peur, mais jamais encore il n'avait ressenti une telle frayeur. Il était comme paralysé.

D'un seul coup, le temps reprit son cours, tel le flot rugissant d'une rivière. Bud entendit de nouveau les bruits autour de lui et sentit le martèlement de son cœur dans sa cage thoracique.

— Je le connais, dit-il d'une voix rauque en désignant le corps. Il s'appelle Todd Armstrong. Il a une agence de décoration d'intérieur près de Pioneer Square, Todd's Design. On l'a torturé parce qu'on voulait savoir où se trouve une autre décoratrice avec qui il collabore occasionnellement, Suzanne Barron. Elle a été victime d'une tentative de meurtre hier soir. Probablement en rapport avec la mafia. On lui avait envoyé deux tueurs.

Bud regarda autour de lui. Son partenaire, l'inspecteur Lawrence Cook, discutait tranquillement avec le photographe. Il s'empressa de le rejoindre quand Bud lui fit signe.

Il griffonna rapidement un ordre de mission.

— Je te transmets l'affaire, Cook. Il me faut une voiture et l'un de nos meilleurs conducteurs. Immédiatement.

Il se dirigea vers la porte en aboyant ses instructions.

— Envoyez une équipe du SWAT[1] au 1740 Lexington Road. Prévenez-les qu'ils risquent d'être

1. Acronyme de *Special Weapons and Tactics*. Unité de police spécialisée dans les opérations paramilitaires dans les grandes villes *(N.d.T.)*.

confrontés à une situation de prise d'otage. Je veux une entrée dynamique – flashbangs[1] et explosifs.

Une entrée furtive prenait du temps à mettre en place et servait à appréhender des criminels et des terroristes. Bud se foutait d'appréhender qui que ce soit. Tout ce qu'il voulait, c'était arriver à temps.

— Prévenez-les que nous sommes en présence d'hommes armés et extrêmement dangereux.

Il se retourna, jeta un dernier regard au corps torturé de Todd.

— Ils sont responsables de ce carnage et ils retiennent peut-être une femme en otage. Ils sont peut-être en train de…

Il s'interrompit. Il n'arrivait plus à respirer et dut lutter contre la panique qui menaçait de le submerger.

— … de la torturer.

Il ne réussit pas à prononcer les mots « si elle n'est pas déjà morte ».

Il croisa le regard horrifié de Cook.

— Appelle le SWAT tout de suite, lâcha-t-il avant de s'éloigner au pas de course.

23 décembre, 23 h 30
1740 Lexington Road

Bud était en retard. Il faudrait qu'elle s'y habitue. Son métier était très prenant. Claire respectait son engagement professionnel et il ne lui serait pas venu à l'idée de le lui reprocher ou de se plaindre. Ce qui ne l'empêchait pas de souhaiter en son

1. Grenade incapacitante *(N.d.T.)*.

for intérieur qu'il soit déjà là. Elle l'attendait, nue dans son lit, depuis maintenant deux heures.

— Lieutenant, c'est urgent, avait dit l'officier qui avait frappé à la porte de son bureau.

Oui, Bud avait d'autres priorités, mais penser à son bureau lui rappela ce qu'elle y avait fait… Elle roula sur le ventre et frissonna à l'idée de ce qu'ils feraient quand il rentrerait enfin. Son excitation avait duré même après qu'elle l'eut quitté, si bien qu'elle était plus que prête à le recevoir. Elle voulait tellement qu'il la trouve au lit en rentrant qu'elle avait dîné là. Un sandwich et un verre de vin blanc. Au lit, toute nue. Elle se sentait délicieusement décadente.

Elle n'arrivait décidément pas à fixer son attention sur le roman d'amour qu'elle lisait en l'attendant. Elle le referma et éteignit la lumière. Il n'y avait rien, dans ce livre, d'aussi excitant que ce que Bud lui ferait en rentrant. C'était l'homme le plus excitant du monde.

Dehors, il neigeait. Les flocons voletaient doucement contre les carreaux et Claire se sentit merveilleusement à l'abri, nue sous l'édredon. Quelle que soit l'heure à laquelle Bud rentrerait, pas question qu'il la trouve endormie. De toute façon, elle était dans un tel état d'excitation qu'elle n'aurait pas pu trouver le sommeil même si elle l'avait voulu.

Il ne sonnerait sans doute pas puisqu'elle lui avait donné une clef. Il se glisserait subrepticement dans la chambre et la rejoindrait au lit.

Mmm… Quelle délicieuse pensée. Claire sourit dans l'obscurité.

Et ce fut à cet instant précis que le monde vola en éclats.

Une violente lumière, jaillie de nulle part, l'aveugla tel un soleil transformé en nova. L'explosion avait été si forte qu'elle n'entendait plus rien. Elle se redressa et hurla. Puis elle vit ce qui lui parut être des centaines de créatures extraterrestres, avec de grosses carapaces noires évoquant des insectes, massées autour de son lit, tandis que des rayons laser s'entrecroisaient follement sur les murs et le plafond. Elle hurla de nouveau quand elle s'aperçut que les extraterrestres braquaient sur elle de monstrueux fusils.

Elle se recroquevilla contre la tête du lit en poussant des cris de terreur. Les extraterrestres communiquaient entre eux dans un langage confus.

— RAS ! cria une voix dans le jardin.

— RAS ! lui fit écho une autre voix dans le salon.

— RAS ! répéta l'un des extraterrestres qui se trouvait dans la chambre.

La lumière s'alluma. Les extraterrestres abaissèrent leurs armes avec un ensemble parfait et se dépouillèrent de leurs masques.

Claire mit un moment à réaliser que ce n'était pas des extraterrestres. Les créatures qui avaient envahi sa chambre étaient des hommes équipés de masques à gaz et de gilets pare-balles. Elle n'arrivait pas à respirer et agrippait follement l'édredon.

— Mon Dieu, Claire, j'ai eu si peur !

Des bras puissants s'étaient refermés autour d'elle et quelqu'un l'étreignait avec force. Quelqu'un dont elle aurait reconnu la voix n'importe où.

— Bud !

Elle se cramponna à son cou en gémissant.

— Oh, Seigneur, Bud, qu'est-ce qui se passe ?

Elle réalisa qu'il tremblait comme une feuille. Il tremblait de peur ! Il avait enfoui le visage dans son cou et elle sentit quelque chose d'humide.

Il pleurait. Bud pleurait. Elle n'aurait pas cru cela possible. Elle aussi pleurait. Elle, Claire Parks, qui avait supporté sans broncher les douleurs les plus atroces. Qui n'avait pas versé une larme quand un médecin lui avait annoncé qu'elle était condamnée.

Bud s'écarta d'elle, retira sa veste et la drapa sur ses épaules.

— Bud, murmura-t-elle, qu'est-ce qui se passe ? Qui sont ces hommes ? Pourquoi sont-ils armés ?

Il ne lui répondit pas. Il se leva du lit et se mit à donner des ordres aux hommes qui se trouvaient là. Ils quittèrent la chambre en un clin d'œil dans le plus parfait silence.

Bud alla ensuite fouiller dans l'armoire, en sortit une valise qu'il jeta sur le lit. Il l'ouvrit et commença à y entasser des vêtements.

— Habille-toi, mon ange, dit-il sans la regarder. Mets des vêtements chauds, des bottes, des gants. Allez, remue-toi !

Allez, remue-toi ?

Claire en resta un instant pétrifiée de surprise, puis elle remonta le drap jusqu'à son cou d'une main tremblante.

— Bud, dis-moi ce qui se passe. Qui sont ces hommes ?

Il ne l'écoutait toujours pas. Il continuait de remplir la valise tout en parlant dans son portable.

— Je sais. Un peu que je veux, disait-il d'un ton contrarié. Ça ne signifie pas qu'ils ne sont pas en chemin. Évacue la zone, mais sécurise le périmètre… Le leurre est en place ?… Bon. Elle a les cheveux longs ?… Mettez-lui un chapeau, dans ce cas, et faites-la entrer. On va sortir par-derrière… Préparez l'abri.

Il referma son téléphone avec un claquement sec.

— Vite, Claire. Ils nous attendent derrière. Habille-toi.

— Pourquoi dois-je m'habiller et où va-t-on ? demanda-t-elle, s'efforçant de maîtriser sa voix encore chevrotante.

Bud rabattit le couvercle de la valise et la ferma.

— Dans un abri sécurisé. Une femme flic qui te ressemble est postée dans le salon. Elle nous sert de leurre. Une fois qu'elle sera sortie par-devant, on sortira par-derrière. Il te faut des vêtements et de la lecture. Je ne sais pas combien de temps tu vas devoir rester à l'abri.

Il prit un sac de voyage dans son armoire et versa dedans toute sa pile de « livres à lire » qui lui avait tiré un éclat de rire quand elle lui avait expliqué de quoi il s'agissait quelques jours auparavant. Il referma le sac, le souleva et tourna les yeux vers elle.

— Bon sang, Claire, je t'ai dit de t'habiller !

— Je ne m'habillerai pas tant que tu ne m'auras pas…

Il se contenta de la tirer du lit et lui fourra un pull et un pantalon entre les mains. Il fronçait furieusement les sourcils et était en nage. Claire se tenait devant lui, nue sous la lourde veste qu'il avait posée sur ses épaules et qui lui arrivait aux genoux.

— Bordel, Claire, je t'ai dit de te remuer ! Ne m'oblige pas à me répéter. On n'a pas le temps.

Il jeta un manteau sur le lit. Puis une paire de chaussettes.

Jamais encore Bud ne lui avait parlé ainsi. Des ombres remuaient dans le jardin, une radio grésillait. Le moteur d'une voiture ronronna. Bud la regarda, le visage dur. Pétrifiée, Claire serrait la veste autour d'elle.

— Si tu ne t'habilles pas tout de suite, je te traîne dehors toute nue. Je n'hésiterai pas, je te préviens.

Claire le crut sur parole. Elle s'habilla tandis que Bud regardait par la fenêtre. Il rouvrit son portable.

— En place, murmura-t-il dans le combiné.

Claire entendit le moteur de la voiture rugir. Bud jeta encore un coup d'œil par la fenêtre, puis la prit par le coude.

— On y va.

Elle se raidit.

— Je n'irai nulle part tant que tu ne m'auras pas dit où et pourquoi.

Bud affichait une expression qu'elle ne lui avait encore jamais vue. Impitoyable. Il approcha son visage tout près du sien.

— Je ne répéterai pas ce que je vais te dire, Claire. Quelqu'un en a après Suzanne. Hier soir, deux tueurs l'ont ratée de justesse. Son locataire les a abattus et s'est enfui avec elle. Je viens d'examiner le corps de Todd Armstrong. On l'a torturé à mort pour tenter de savoir à quel endroit Suzanne se cache. Ceux qui cherchent à l'abattre s'en prennent à ses proches, ce qui fait de toi la prochaine victime sur leur liste.

Le cœur de Claire s'était mis à cogner sourdement dans sa poitrine. Suzanne était en danger de mort… Aussitôt, une autre pensée effroyable l'assaillit.

— Allegra…

— Elle est en sécurité. Tu m'avais dit qu'elle se trouve actuellement à la clinique pour aveugles de Boston et j'ai appelé un collègue en venant ici. Elle est déjà sous protection. À partir de maintenant, toi aussi. Je t'emmène dans un abri sécurisé le temps d'y voir plus clair et de découvrir qui est derrière tout ça. Tu seras sous surveillance rapprochée vingt-quatre heures sur vingt-quatre. Les parents de Suzanne aussi.

À la pensée de revivre le cauchemar de la Suisse, Claire sentit son estomac se nouer.

— Bud, ne m'enferme pas, je t'en supplie. Je ne le supporterai pas. J'ai un passeport, je peux quitter les États-Unis immédiatement. J'ai un ami aux Bermudes. Et une tante dans le sud de la France.

Mais Bud ne l'écoutait pas. C'était tout juste s'il la voyait. Son regard passait sans cesse de la fenêtre à la porte.

— Écoute, Claire, le leurre vient de partir en voiture. Si la maison est surveillée, elle sera suivie. Elle nous permet de gagner du temps et je ne te laisserai pas gâcher l'occasion qu'elle nous offre sous prétexte que mademoiselle a ses nerfs. Je vais au salon et je t'accorde – il consulta sa montre – cinq minutes. Si tu ne me rejoins pas de toi-même d'ici cinq minutes, je te passe les menottes et je te sors de force. Tu es prévenue.

Ils se mesurèrent du regard quelques secondes et Claire comprit que Bud ne céderait pas. Elle avait l'impression de nager en plein cauchemar.

— Décide-toi, gronda-t-il.

Il était retourné à la fenêtre et ne la regardait même pas. Une arme avait jailli dans sa main.

— Sinon tu me tues, c'est ça ?

— Ne sois pas ridicule.

— Combien de temps ça va durer ?

— Le temps qu'il faudra. À présent, il faut y aller.

Tout était terminé. Et de plus d'une façon.

— D'accord, dit-elle calmement. Je n'en ai que pour deux minutes. Laisse-moi, s'il te plaît.

Bud quitta la chambre sans mot dire. Elle l'entendit aboyer des ordres dans la pièce voisine.

Claire ajouta des affaires de toilette, des sous-vêtements et des chemises de nuit dans la valise. Ainsi que d'autres livres. Elle enfila son manteau. Demeura un instant immobile au milieu de la pièce, à contempler le lit défait en repensant aux espoirs qu'elle avait nourris. À ses rêves d'une vie heureuse aux côtés de Bud.

Sans le moindre frémissement, elle retira sa bague de fiançailles et la posa sur la commode. Elle n'en avait pas besoin.

Elle ne la porterait plus jamais.

Calmement, elle quitta la chambre en tirant sa valise à roulettes derrière elle.

28 décembre, fin de matinée
Abri sécurisé, quelque part dans l'Oregon

Vanné et pas rasé, Bud se gara devant l'un des abris sécurisés dont la surveillance était assurée conjointement par la police de Portland et le FBI.

Ces derniers jours, il tenait grâce à des doses massives de café. Il n'avait pas fermé l'œil plus de deux ou trois heures par nuit, se laissant tomber sur le premier fauteuil venu quand il ne tenait plus debout.

C'était fini. Le cauchemar était enfin terminé et une justice expéditive – le genre de justice qu'il n'aurait pas pu rendre lui-même en tant qu'officier de police assermenté – avait été rendue.

Le soir de Noël, John Huntington l'avait appelé depuis l'endroit où il était caché avec Suzanne. Cette dernière avait appris la mort d'une de ses clientes, Marissa Carson, par la radio. Elle s'était souvenue que deux jours plus tôt, en sortant de chez sa cliente, elle avait croisé le mari de celle-ci, Paul Carson.

Paul Carson, le roi du crime organisé qui se faisait passer pour un homme d'affaires et que Bud essayait de coincer depuis des années.

Marissa Carson avait été retrouvée le crâne défoncé et son mari avait juré qu'il se trouvait à Aruba quand le meurtre avait eu lieu. Alors qu'il se trouvait en réalité à Portland. Et la seule personne capable de le jurer devant un tribunal, c'était Suzanne Barron. Carson avait donc fait tout ce qui était en son pouvoir pour l'éliminer, allant jusqu'à torturer à mort Todd Armstrong pour découvrir où elle se cachait.

Suzanne avait accepté de témoigner contre lui, ce qui revenait pratiquement à signer son arrêt de mort. Si Carson ne réussissait pas à la faire abattre avant son procès, Suzanne serait placée sous surveillance policière jusqu'à la fin de ses jours dans le cadre du programme de protection des témoins. Autant dire que sa vie était finie.

La veille, cependant, un sniper avait abattu Carson à son domicile.

Sa mort avait libéré Suzanne et libérait Claire.

Bud savait que Midnight aimait profondément Suzanne et qu'il était prêt à tout pour la protéger. Il savait aussi que Midnight était un des meilleurs snipers du pays.

Mais Bud se refusait à additionner ces deux éléments.

Il préférait éviter d'y penser et se concentrait sur le fait que Suzanne et Claire étaient désormais libres comme l'air. La vie est un bien aussi précieux que fragile : les rêves et les espoirs ne tiennent souvent qu'à un fil. Claire avait failli lui être enlevée alors qu'il venait à peine de la rencontrer et il n'avait pas l'intention de perdre de temps.

Ils allaient se marier aussi vite que la loi le permettait.

Les officiers de police et les agents du FBI affectés à sa protection levèrent à peine la tête quand il pénétra dans l'appartement. Il leur avait annoncé son arrivée.

— Salut, Bud, lança Sam Haney en levant les yeux de l'arme de service qu'il était en train de nettoyer. Pas fâché que ce soit terminé. Ce genre de mission est chiante au possible. Dis donc, tu as une mine de déterré, toi.

Les trois autres lui jetèrent un coup et acquiescèrent, avant de retourner à leurs occupations : bouclage des valises. Il y en avait un peu partout, couvercle grand ouvert, sur le sol et le canapé. Des emballages de pizza, des journaux et des cendriers pleins à ras bord complétaient ce décor apocalyptique. Un mélange de sueur virile, de tabac froid, de restes de nourriture et de fluide pour métaux saturait l'atmosphère.

Quand il avait pris des nouvelles de Claire par téléphone – plusieurs fois par jour – ses collègues lui avaient dit qu'elle restait enfermée dans sa chambre. Bud comprit pourquoi, et devina qu'il trouverait sa chambre immaculée et parfumée.

Haney désigna du pouce la porte de ladite chambre.

— Elle est là-dedans, en train de bouquiner. Elle te dévore des piles de bouquins hautes comme ça en un rien de temps, à croire que c'est sa mission sur terre, ajouta-t-il en secouant la tête d'un air admiratif. Elle a lu plus de livres en trois jours que moi dans toute ma vie. Tu n'as plus besoin de nous ? ajouta-t-il, une lueur d'espoir dans le regard.

— Non, c'est bon. En ce qui me concerne, vous pouvez rentrer chez vous.

Haney se leva, jeta quelques bricoles dans une valise et la referma d'un claquement sec, aussitôt imité par ses compagnons.

Bud s'approcha de la porte de la chambre de Claire et frappa.

— Entrez.

Bon sang, il ne s'était pas rendu compte à quel point sa voix lui avait manqué. Son cœur s'emballa quand il ouvrit le battant et un grand sourire fleurit sur ses lèvres avant même qu'il la voie. Claire. La femme de sa vie. Celle qu'il allait bientôt épouser, et avec qui il aurait des enfants...

— Bonjour, mon cœur.

Elle était assise dans un fauteuil, occupée à lire. Évidemment. Et comme il l'avait deviné, sa chambre était une petite oasis paisible, propre, impeccablement rangée et parfumée.

— Le cauchemar est terminé, annonça-t-il. Je te ramène à la maison.

Claire inséra un marque-page dans son livre, le referma et le posa sur la table basse avant de lever vers lui un visage sérieux.

— Suzanne va bien ? demanda-t-elle.

Bud avait décidé de lui en dire le moins possible, histoire de lui épargner les dures réalités de la vie.

— Elle se porte à merveille. Il n'y aura pas de procès. Paul Carson est mort.

— Mort ? répéta Claire en ouvrant de grands yeux. Quelle troublante coïncidence. Comment est-il mort ?

La presse en avait parlé. Bud ne pouvait faire autrement que de lui dire la vérité.

— Il a été abattu par un sniper. Personne ne s'y attendait, mais sa mort résout bien des problèmes.

— En effet... Cela signifie-t-il que Suzanne est définitivement hors de danger ? Qu'elle est libre ?

— Libre comme l'air. Et toi aussi. Fais ta valise, ma belle, on sera à Portland dans moins d'une heure.

Bud se passa la main sur le visage, regrettant de ne pas avoir pris le temps de se doucher et de se raser. Mais il était tellement impatient de revoir Claire qu'il avait remis ça à plus tard.

— Je vais te préparer un dîner quatre étoiles, ce soir, enchaîna-t-il. Et... Ah, oui ! s'interrompit-il en glissant la main dans la poche de son manteau pour en sortir son énorme bague de fiançailles. Tu l'avais oubliée. Je me suis dit que tu voudrais l'avoir au plus tôt. J'aurais voulu te la rapporter avant, mais je n'étais pas... dans le secteur.

Claire s'était levée et avait commencé à faire sa valise. Elle jeta un coup d'œil à la bague et secoua la tête sans le regarder.

— Non, Bud, je n'ai pas besoin de cette bague. Je ne l'ai pas oubliée. Je l'ai laissée parce qu'elle ne m'appartient pas.

Bud resta planté là, la main tendue, un sourire idiot figé sur les lèvres.

— Quoi ? Je ne... Bien sûr qu'elle t'appartient, mon cœur ! Je l'ai achetée pour toi.

Claire passa dans la salle de bains et revint avec ses affaires de toilette.

— Non, s'entêta-t-elle. Cette bague appartient à ta fiancée. Pas à moi.

Bud ne trouvait pas cela drôle du tout.

— Ça veut dire quoi, bon sang ? s'exclama-t-il. À ma fiancée ! Mais tu *es* ma fiancée !

Claire prit une profonde inspiration et lui fit face.

— Non, plus maintenant, dit-elle, d'une voix calme mais ferme.

— Putain ! Mais c'est quoi ce délire ?

Il inspira à fond pour retrouver le contrôle de ses émotions. Claire venait de subir une épreuve. De toute évidence, elle ne savait plus ce qu'elle disait.

— D'accord, ma douce. Comme tu voudras. Finis ta valise et on parlera tranquillement dans la voiture. J'ai hâte de quitter cet endroit.

Claire referma le couvercle de sa valise.

— Je ne veux pas rentrer avec toi, Bud. En fait, je ne veux plus jamais te voir. Je vais demander à l'un des officiers de police de me raccompagner.

Bud cligna des yeux comme s'il venait de recevoir un direct à l'estomac.

— Qu'est-ce que tu racontes ?

Il ne comprenait plus du tout ce qui se passait.

Il baissa les yeux et réalisa soudain à quel point son apparence laissait à désirer. Il avait dormi tout habillé depuis quatre jours et ne devait pas sentir la rose.

— Désolé, je n'ai pas eu le temps de me changer, ma douce. Je t'avoue que je n'ai pas vraiment rigolé ces derniers jours. Tu n'auras qu'à te pincer le nez dans la voiture et…

— Tu penses que je suis snob, l'interrompit Claire en cherchant son regard. Tu crois que j'ai honte d'être vue avec quelqu'un qui a travaillé dur. Tu ne me connais vraiment pas si tu penses que je suis ainsi. Cela dit, ça ne me surprend pas.

— Mais si ce n'est pas ça, le problème, alors qu'est-ce que c'est ? répliqua Bud qui commençait à perdre pied. Parce que j'aimerais bien qu'on s'en aille, moi. On a des choses à faire. Un mariage à organiser.

— Il n'y aura pas de mariage.

Claire laissa tomber cette petite bombe comme on jette un caillou dans une flaque d'eau. L'écho de ses mots résonna dans la pièce.

Bud comprit enfin qu'elle était en colère contre lui et se sentit très mal à l'aise. Il ne s'était jamais vraiment disputé avec une femme. Dès que le ton montait, au premier mot de travers, il se tirait. Mais Claire était différente. Il était prêt à se disputer avec elle, à se disputer vraiment, si c'était ce qu'elle voulait. Il se redressa et croisa les bras sur son torse, prêt à l'affronter.

— D'accord. Dis-moi ce que j'ai fait de mal. Comme ça je pourrai te présenter mes excuses, tu pourras me pardonner et on pourra y aller. C'est parce que je ne t'ai pas appelée ? J'ai pris de tes nouvelles tous les jours, Claire. J'ai appelé quatre ou cinq fois par jour, tu peux demander aux officiers. Et si je n'ai pas demandé à te parler, c'est parce que la situation était extrêmement tendue et qu'on était vraiment débordés de boulot. Je ne peux pas entrer dans les détails, tu le sais. Mais je me rends compte maintenant que j'aurais peut-être dû prendre le temps de te parler.

— Je sais que tu étais occupé, Bud. Je ne suis pas une gamine. C'est là le problème. Tu as l'air de penser que je suis bel et bien une gamine. Une pauvre petite fille malade. Tu ne m'as même pas consultée pour me demander où j'aimerais être mise à l'abri. T'es-tu seulement souvenu que j'avais passé cinq ans de ma vie enfermée dans une clinique suisse sous la protection d'hommes armés ? Je ne pouvais pas aller me promener sans être escortée par un garde. J'avais l'impression d'être en prison pour un crime que je n'avais pas commis. J'ai dit et répété à mon père que j'avais horreur de cela, mais il ne paraissait pas m'entendre. De même que lorsque je te parle, tu ne m'entends pas. De me savoir enfermée lui permettait à lui de se sentir tranquille, alors la question était réglée.

— Un peu que ça lui permettait de se sentir tranquille ! rétorqua Bud avec emportement. Et je le comprends ! Tu avais été enlevée par un type armé et tu aurais voulu que ton père te laisse vivre où ça te chantait sans chercher à te protéger ? Est-ce que tu as seulement pensé à ce que Gavett aurait pu te faire si je n'étais pas tombé sur lui ?

— Évidemment que j'y ai pensé. Ce que je dis, c'est que m'enfermer pendant cinq ans n'était pas la solution. Pas plus que de m'enfermer ici pendant quatre jours. Il existe un tas d'endroits où Carson n'aurait pas pu me trouver.

— Ben voyons ! railla Bud, de plus en plus irrité par les arguments qu'elle avançait. Claire Parks, qui n'a jamais vécu seule de sa vie, qui a peut-être passé en tout et pour tout cinq minutes loin de l'aile protectrice de son père, est subitement devenue experte dans l'art et la manière d'échapper à la mafia ! Il n'aurait même pas fallu cinq secondes à Carson pour te retrouver. Ce type était un monstre, Claire. Un monstre rusé et impitoyable. Tu n'aurais eu aucune chance. Tu n'as pas la moindre idée de ce qu'est le monde extérieur, de ce dont des types comme Carson sont capables. Bon sang, Claire, regarde les choses en face ! La première fois de ta vie que tu sors en boîte, tu vas à *L'Entrepôt* et tu baises avec le premier venu ! Tu trouves ça malin, peut-être ? Si ça ne tenait qu'à moi, tu n'aurais même pas le droit de sortir seule !

Il venait de faire une boulette. Une belle boulette. Une énorme boulette. À peine les mots eurent-ils franchi ses lèvres qu'il le comprit. Mais l'épuisement et la colère avaient eu raison de lui. Et il ne pouvait pas revenir en arrière.

Claire était devenue livide. Elle le fixa un long moment avant que ses épaules ne s'affaissent de désespoir.

Ses yeux s'embuèrent de larmes, mais elle ne les autorisa pas à couler.

— Je savais ce que je faisais, articula-t-elle. Je savais qui je choisissais et je savais que ce n'était pas une erreur. Je t'ai choisi et la suite m'a donné raison. L'erreur que j'ai commise, en revanche, c'était de croire que tu m'aimais vraiment. Mais tu ne peux pas m'aimer et me considérer comme une petite fille gâtée, écervelée et irresponsable. J'ai lutté trop dur et trop longtemps pour avoir une chance d'atteindre l'âge adulte, et je ne laisserai personne me reprendre ce que j'ai acquis toute seule ! Tu ne me fais pas confiance et je ne veux pas avoir à me battre pour gagner ta confiance. Je vais demander à l'un des officiers de police de me raccompagner.

Elle baissa les yeux sur le poing de Bud, serré sur la bague de fiançailles.

— Le bijoutier acceptera peut-être de la reprendre, murmura-t-elle. Je ne la porterai pas.

15

5 janvier
Le restaurant du Pavilion, *Portland*

— Ainsi donc, fit Claire avec un petit rire, tu es mariée. La dernière fois qu'on s'est vues, tu étais célibataire et tu n'avais personne en vue, il a suffi que je tourne la tête une seconde et boum ! je te retrouve mariée sans même être passée par la case fiançailles. Ç'a été rapide, dis-moi.

Claire baissa les yeux sur l'énorme alliance ornée d'un diamant que Suzanne portait à la main gauche, différente, mais aussi belle et tape-à-l'œil que sa bague de fiançailles l'avait été. Elle s'empressa de chasser cette pensée. Elle pensait à Bud vingt-trois heures sur vingt-quatre, consacrant la vingt-quatrième à dormir. Mal.

— Très rapide, convint Suzanne. Je ne me l'explique pas moi-même. Tout m'apparaît comme noyé dans une espèce de brouillard. On cherche à me tuer, John m'emmène me terrer dans un petit chalet de montagne, je me retrouve ensuite entourée d'agents du FBI, et quand j'émerge de tout cela, je suis en train de signer le registre des mariages !

Suzanne semblait encore sous le choc.

— Avant, quand j'envisageais de me marier, je pensais que ce serait au terme de longues fiançailles qui me permettraient d'apprendre à connaître mon futur époux. J'imaginais un homme qui aurait les mêmes goûts que moi, avec qui je ferais un ou deux voyages pour m'assurer de la compatibilité de nos caractères. Jamais je n'aurais pensé que je me marierais avec un homme que je connais depuis…

Suzanne compta sur ses doigts et son alliance brilla de mille feux.

— … quinze jours !

Elle afficha une expression horrifiée.

— Mon Dieu ! Je connais John depuis quinze jours. Et je suis mariée avec lui depuis six jours, ajouta-t-elle en secouant la tête. C'est fou !

— Tu es heureuse ? demanda Claire à brûle-pourpoint.

Elle ne pouvait pas reprocher à Suzanne d'avoir épousé John alors qu'elle ne le connaissait que depuis quelques jours quand il lui avait suffi de quarante-huit heures pour se retrouver fiancée à Bud.

— Oh, oui ! répondit Suzanne, abandonnant son expression stupéfaite. John est un homme merveilleux. Un mari très aimant. Très… heu, très aimant, oui, répéta-t-elle en rosissant.

Si John était comme Bud, Claire se doutait de ce que cela signifiait. Elle n'avait rencontré John qu'une fois, lors d'un dîner chez eux. Physiquement, il ne ressemblait pas à Bud, mais il avait la même allure. Comme s'ils venaient tous deux de la même planète, d'une planète où les hommes seraient plus grands, plus forts, plus endurcis. John avait certains des tics de Bud – une vigilance tranquille, une conscience aiguë de ce qui l'entourait, et une tendance à se montrer hyperprotecteur.

Un soupir lui échappa.

— Et toi ? demanda Suzanne avec douceur en recouvrant la main de Claire de la sienne. Tu as l'air triste et fatigué. C'est à cause de Bud ?

— Pas du tout, assura Claire. Je vais bien. Très bien.

— Parce que, crois-moi, lui a l'air triste et fatigué, continua Suzanne. Nous l'avons vu l'autre soir et il n'avait pas l'air bien du tout.

— Vraiment ? Comment était-il... ? commença Claire, avant de s'interrompre abruptement. Je m'en moque.

Il y eut un silence, durant lequel elle avala un morceau de poisson, puis, n'y tenant plus :

— À quel point était-il triste et fatigué ?

— À un point qui m'a fait de la peine. Si tu voyais comme il paraît malheureux. Il est livide, il a les lèvres pincées et les yeux rouges, il ne parle pas. Il ne se rase pas, non plus. Il a vraiment une mine de déterré.

— Bien fait pour lui ! lâcha Claire avec feu. Je ne supporte pas qu'on me traite comme une petite fille. Une petite fille malade, qui plus est. Les choses commençaient déjà à aller mal avant qu'il ne m'enferme dans cet abri sécurisé. Au moindre éternuement de ma part, il passait en mode infirmière. Il vérifiait que je mangeais et que je dormais assez. Il trouvait que je travaillais trop.

J'avais l'impression d'avoir une nounou et non pas un amant. Je ne suis pas une enfant et je ne suis pas malade. Je vais parfaitement bien.

— Il t'aime, murmura Suzanne. C'est normal qu'il veille sur toi. Et toi aussi, tu l'aimes.

Claire eut un haussement d'épaules impatient et s'essuya les yeux d'un revers de main rageur qui ne servit qu'à faire jaillir d'autres larmes. Alors qu'elle n'avait jamais pleuré pendant sa maladie, depuis une semaine, elle pleurait sans arrêt.

— Je me trompe ? insista Suzanne. Tu ne l'aimes pas ?

Claire se mordit la lèvre pour s'empêcher de répondre. Une larme roula sur sa joue.

— Tu sais, John aussi est ultraprotecteur, reprit son amie. C'est parfois agaçant, surtout pour quelqu'un d'aussi indépendant que moi. Il refuse de me laisser conduire par mauvais temps, et s'il n'est pas libre pour m'accompagner, il ordonne à l'un de ses hommes de me conduire là où je dois aller. Déjeuner avec toi en tête à tête est un petit miracle en soi. John est en déplacement à Salem. J'espère qu'avec le temps il se calmera, mais... je sais qu'il se comporte ainsi parce qu'il m'aime. Et je me dis que c'est le prix à payer. Un prix que je paye volontiers parce que je n'imagine pas aimer jamais un autre homme comme je l'aime.

Claire battit des cils. Ses yeux la brûlaient et une grosse boule s'était formée dans sa gorge.

— Bud et John ont tous deux exercé des métiers difficiles et n'ont jamais reçu beaucoup de tendresse dans leurs vies, poursuivit Suzanne. Ils n'ont pas l'habitude d'aimer. C'est difficile pour eux. Ils ne savent pas où s'arrêter, à quel moment reculer. Je suis perpétuellement obligée de remettre John à sa place. J'ose à peine imaginer comment il se comportera quand il aura des enfants...

Claire se raidit. Des enfants. Oh, elle voulait tellement avoir des enfants. Mais elle n'en aurait jamais parce qu'elle n'aimerait jamais un autre homme que Bud.

— La vie est courte, reprit Suzanne. Pense à Todd, ajouta-t-elle, les yeux soudain embués de larmes. Ceux qu'on aime peuvent nous être enlevés du jour au lendemain. L'amour est trop fragile et trop précieux pour qu'on le laisse passer.

Les deux femmes unirent leurs mains. Claire pleurait à chaudes larmes, à présent.

— Qu'est-ce que je vais faire ? demanda-t-elle à Suzanne. Je ne peux ni avancer ni reculer. Je ne veux pas recommencer comme avant, mais je ne supporte pas l'idée de ne jamais revoir Bud.

Suzanne lui pressa la main.

— Ne t'inquiète pas, ma belle. Je suis sûre que tout finira par s'arranger.

5 janvier, tard dans la soirée
437 Rose Street

Suzanne sourit en entendant la porte du salon se refermer. John était rentré de Salem. Assise à sa coiffeuse, elle se brossait les cheveux, vêtue d'une adorable nuisette de soie pêche.

Entendre la porte se refermer était une grande nouveauté, et une petite victoire personnelle. En tant qu'ancien commando, John avait appris à se déplacer aussi silencieusement qu'un guerrier ninja. Plusieurs fois, il lui avait fait une peur bleue en surgissant de façon impromptue, si bien que Suzanne avait exigé qu'il fasse du bruit quand il entrait dans l'appartement ou dans une pièce dans laquelle elle se trouvait.

Il s'arrêta sur le seuil de la chambre. Elle vit son reflet dans le miroir de sa coiffeuse et son cœur se mit à battre plus vite. Tout en lui l'excitait prodigieusement. Son pouls s'emballait chaque fois qu'elle le retrouvait après une absence.

Avec le temps, cette excitation finirait peut-être par se dissiper, encore qu'elle en doutait.

Elle croisa son regard dans le miroir, un regard sombre et intense. Un silence absolu régnait dans sa jolie chambre. John ne faisait qu'y dormir, et n'y avait pas laissé trace de sa présence. Suzanne avait découvert qu'il était propre et ordonné, des habitudes acquises dans la marine, avait-elle supposé. Les quatre grandes pièces qu'il lui louait à des fins professionnelles, de l'autre côté du couloir qui séparait l'ancienne fabrique de chaussures en deux parties égales, étaient aussi dépouillées et masculines que l'appartement de Suzanne était vivant et féminin. John semblait trouver ce contraste amusant et parfois même excitant.

— Bonsoir, murmura-t-elle en le regardant s'approcher dans le miroir. Tu m'as manqué.

— Jolie nuisette, répondit-il de sa belle voix grave. Toi aussi, tu m'as manqué.

Suzanne décela dans son regard cette lueur métallique qu'elle avait appris à reconnaître, et sentit son corps se préparer à l'accueillir. Mais avant qu'il lui fasse l'amour jusqu'à ce qu'elle en oublie son propre nom, il fallait qu'ils parlent.

Suzanne pivota sur le tabouret de sa coiffeuse, se leva et s'approcha de la fenêtre.

— John, j'ai un service à te demander.

— Tout ce que tu veux, ma belle, répondit-il, ses paupières voilant à demi son regard. Je me ferai un plaisir de te satisfaire.

Le double sens de sa réponse arracha un délicieux frisson à Suzanne.

— Tu te souviens à quel point Bud semblait malheureux quand il est venu dîner ?

John se figea et Suzanne vit pratiquement les rouages de son cerveau s'engrener sous son crâne. Était-ce une question piège ? Une question piège impliquant des émotions ?

— Oui, répondit-il d'un ton méfiant.

— Eh bien, figure-toi que j'ai déjeuné avec Claire aujourd'hui et qu'elle avait l'air aussi malheureux que lui. Si personne ne fait rien, ces deux idiots risquent de rester éternellement malheureux chacun dans leur coin. Ils sont aussi têtus l'un que l'autre et aucun des deux ne fera le premier pas. John, nous devons intervenir.

— Certainement pas, rétorqua John. Bud passe un mauvais moment, soit, et je suis désolé d'apprendre que Claire est malheureuse, mais cela ne nous regarde en rien.

— Au contraire, s'entêta Suzanne. Bud et Claire sont nos amis. Leur bonheur nous concerne.

John cilla à cette idée. Il ouvrit la bouche pour protester, mais Suzanne enchaîna :

— Il n'y a quasiment aucune chance que leurs chemins se croisent. Bud est lieutenant de police et Claire travaille dans une agence de pub. Si personne ne les pousse l'un vers l'autre, la barbe de

Bud finira par atteindre son nombril ! Heureusement, j'ai un plan.

John garda sagement le silence, ce qui ne l'empêcha pas de crisper la mâchoire.

— Tu sais que nous sommes invités au vernissage de l'exposition organisée par la Fondation Parks, le 15 janvier ? Les Joyaux des Tsars, tu te souviens ? Tu as même fait la tête quand je t'ai annoncé que tu serais obligé de porter un smoking.

— Ah oui, ce truc ! grimaça John. Tu sais que j'ai horreur de m'habiller. En plus, tu as insisté pour que Kowalski et moi y assistions sans nos armes, or je me sens nu quand je n'ai pas d'arme sur moi.

— Tu es obligé d'y assister parce que c'est moi qui ai conçu les vitrines, qui sont tout simplement splendides, je dois dire. Et Douglas et toi laisserez vos armes à la maison parce que se balader avec une arme dans un endroit de ce genre est parfaitement ridicule.

De plus, le nouvel associé de John, l'ex-commandant en chef Douglas Kowalski, était plus effrayant qu'un malfrat. Le service d'ordre de l'exposition ne manquerait pas de le fouiller.

— Tu peux essayer de convaincre Bud de venir au vernissage ? demanda-t-elle.

John afficha une expression ahurie.

— Pourquoi est-ce qu'il viendrait ? Tu t'imagines que ça lui plaît de mettre un smoking ? Ou qu'il s'intéresse aux bijoux russes ?

— Il s'y intéressera parce que Claire sera là.

— Je ne peux sûrement pas le forcer à assister à ce vernissage. Et s'il a deux sous de jugeote, il restera chez lui.

— Non, ça ne va pas. Je veux être absolument certaine qu'il viendra.

— Impossible de te le promettre.

Suzanne sourit. Son mari était têtu, et avait une volonté de fer. Mais il avait aussi un sens aigu de la justice et de l'équité. Et puis… elle disposait d'une arme secrète.

Elle approcha les mains de ses épaules pour dévoiler son arme secrète. Lentement, elle repoussa les bretelles de sa nuisette, qui glissa sensuellement le long de son corps. Hormis ses mules en peau de chevreau, elle était entièrement nue.

Les pupilles de John se dilatèrent et ses narines frémirent. Il fit un pas en avant, les mains tendues vers elle.

— Je parlerai à Bud demain, promit-il d'une voix rauque.

15 janvier
Vernissage de l'exposition Les Joyaux des Tsars
Fondation Parks

— Non, je n'ai pas eu le plaisir d'assister au festival de musique tibétaine. À mon grand regret.

Claire adressa un sourire parfaitement hypocrite au Pr Smith Bogdanovitch, professeur émérite d'ethnologie musicale et raseur de première, puis se tourna vers un autre flagorneur qui frétillait à l'idée de se voir décerner une bourse par la Fondation Parks. Elle les connaissait tous et avait enduré des milliers de discours monomaniaques sur leurs obsessions respectives. La musique tibétaine. Les incunables médiévaux. Les tombeaux étrusques. Les danses napolitaines du XVIIe siècle. Les traditions culinaires du Maghreb. Sujets tout à fait passionnants, mais à ne surtout pas mettre entre les mains de fanatiques.

Déprimée comme elle l'était, Claire avait décidé d'échapper aux obligations mondaines cette année et de briller par son absence au vernissage de l'exposition concoctée par son père. Malheureusement, ce dernier avait été victime d'un mystérieux virus quelques heures avant le vernissage et elle n'avait eu d'autre choix que de le remplacer. Son rôle consistait essentiellement à s'assurer qu'il y avait assez de canapés et de champagne pour que les pique-assiettes soient contents, et à se retenir de bâiller.

Un domestique ouvrit la porte du balcon derrière elle et une bouffée d'air glacé s'engouffra dans la pièce. Claire frissonna. Elle n'aurait pas dû mettre cette robe. Rouge, dépourvue de bretelles, moulante et fendue jusqu'à mi-cuisses, elle ne couvrait pas grand-chose. Elle l'avait achetée dans l'espoir de se remonter le moral.

Sans succès. Entre cette robe et ses escarpins de satin rouge Gucci, elle avait froid et tenait difficilement sur ses jambes.

Quand elle aperçut Suzanne, elle poussa un soupir de soulagement.

— Félicitations pour les vitrines, murmura-t-elle à son amie. Elles sont superbes. Presque aussi belles que les bijoux eux-mêmes.

— Merci, ma belle, répondit Suzanne. Ç'a été beaucoup de travail, mais j'avoue que je suis contente du résultat. Les bijoux sont splendides.

John, superbe dans son smoking noir, semblait presque relié chirurgicalement au flanc de Suzanne. Il arborait une expression renfrognée qui décourageait les conversations. Quant à l'homme qui les accompagnait, Suzanne et lui, il était positivement effrayant.

Non, pas effrayant. Dangereux, plutôt. Prédateur. Féroce. Claire hésitait sur le terme permettant de le définir. Troublant, en tout cas. Immense, l'air farouche, marqué par la vie, ce n'était pas le genre d'homme avec qui on avait envie d'engager la conversation. Pas à la Fondation Parks, en tout cas. Le long du fleuve, peut-être, si on cherchait à recruter un tueur à gages…

— Claire, permets-moi de te présenter le commandant en chef Douglas Kowalski. C'est le nouvel associé de John.

Claire, pourtant rompue aux bonnes manières, dut se faire violence pour lui tendre la main. Parviendrait-elle à la récupérer entière ?

— Commandant Kowalski, fit-elle en s'efforçant de sourire. Ravie de vous rencontrer.

— Mademoiselle, répondit-il en lui serrant brièvement, et fort doucement, la main. Tout le plaisir est pour moi. Superbe édifice. Mes compliments pour l'exposition.

Il n'avait formulé que des banalités d'usage, mais sa voix la fit frissonner. Une voix de basse très grave, plus grave encore que celle de Bud.

« Ne pense pas à Bud », s'ordonna-t-elle.

Allegra commença à chanter et Claire faillit fermer les yeux de soulagement. Le silence tomba dans la salle tandis que les invités se retournaient, surpris. Allegra se tenait sur une estrade, vêtue d'une robe de taffetas vert absolument sublime, sa somptueuse chevelure rousse retombant en boucles souples jusqu'au niveau des reins. Elle s'accompagnait à la harpe et évoquait un ange descendu du ciel pour consoler les pauvres mortels.

C'était sa première apparition publique depuis son agression. Il ne restait plus trace des violences subies sur son beau visage, mais Claire savait l'effort que ce récital lui avait demandé.

Sa voix s'élevait dans la salle, pure et cristalline.

Tous les yeux convergèrent vers l'estrade et quelques murmures discrets parcoururent la foule. Les uns commentaient la grâce de sa voix, les autres son éblouissante beauté.

Claire jeta un discret coup d'œil autour d'elle pour s'assurer que tout allait bien. Mais quand son regard se posa sur l'associé de John, Douglas Kowalski, elle se figea. Il était immobile, toute son attention concentrée sur Allegra qu'il dévorait des yeux comme un chien d'arrêt. Claire l'observa attentivement, mais ne parvint pas à déchiffrer son expression. Risquait-il de représenter un danger pour Allegra ? Voyons, se dit-elle, Suzanne n'aurait jamais amené ici un homme qui risquait de se révéler violent.

Un courant d'air glacé s'éleva à nouveau derrière elle lui arrachant un frisson.

— Qu'est-ce que tu fabriques avec cette robe par un froid pareil ? demanda une voix furieuse dans son dos. Tu es à moitié nue !

Claire pivota sur ses talons, stupéfaite.

Bud se trouvait juste derrière elle.

Un Bud séduisant, magnifique en smoking, et qui fronçait les sourcils. Son cœur – ce traître –

bondit de joie dans sa poitrine avant qu'elle se souvienne qu'elle était en colère après lui. Avant même que ses paroles aient eu le temps d'atteindre son cerveau.

Ils ne s'étaient pas vus depuis des semaines, et tout ce qu'il trouvait à faire, c'était de la réprimander.

Elle avait versé des torrents de larmes à cause de lui. Au cœur de la nuit comme aux petites heures du jour, elle s'était languie de lui.

Et la première chose qui lui venait à l'esprit en la revoyant, c'était des reproches.

Claire eut envie de pleurer et de hurler. Elle eut envie de se jeter dans ses bras. Elle ne pouvait gérer le flot d'émotions bouillonnantes qu'il soulevait en elle sans lui crier dessus comme une harpie. Pas ici. Pas maintenant.

Elle fut tentée de lui balancer une réplique acerbe. Quelque chose comme : « Bonsoir, Tyler. Moi aussi, je suis ravie de te voir. » Mais elle savait qu'il suffirait qu'elle ouvre la bouche pour se mettre à pleurer.

Incapable de supporter cette situation plus longtemps, elle tourna les talons et s'éloigna.

Une grande main se referma sur son coude.

— Ah, non ! Pas question de te sauver, murmura Bud entre ses dents. Tu restes avec moi et on va parler. Mais avant cela, tu vas mettre quelque chose sur tes épaules. Tu es gelée et tu as l'air d'une prostituée.

Claire ouvrit la bouche, outrée, prête à riposter vertement, mais le souffle lui manqua. Bud avait glissé la main sur le haut de son bras et la propulsait à travers la foule. Il lui fit traverser le Hall des

Colonnes et l'immense couloir menant à l'arrière du bâtiment. Il marchait à grandes enjambées si bien que Claire devait courir, ou plutôt trottiner grotesquement pour se maintenir à sa hauteur. Elle aurait voulu se libérer de son étreinte, mais savait qu'il serait ridicule de seulement essayer.

— Tu me fais mal.

Elle avait tenté de s'exprimer froidement, mais n'avait réussi qu'à émettre un halètement désespéré. Difficile de parler d'un ton froid quand on court sur des talons aiguilles.

— Certainement pas, gronda-t-il.

Il n'y avait que très peu de monde dans cette partie de l'édifice. Bud s'engagea dans l'étroit couloir haut de plafond qui longeait tout l'arrière du bâtiment. Entièrement désert. Les cuisines et l'office se trouvaient tout au fond. Bud ouvrit la cinquième porte du couloir. Claire connaissait les lieux comme sa poche. C'était la porte de la bibliothèque, une pièce immense aux murs garnis de rayonnages du sol au plafond. Il la propulsa à l'intérieur, entra à sa suite et claqua la porte. Il appuya sur l'interrupteur et un lustre en verre de Murano s'alluma, projetant une vive lumière. Plus que suffisante pour qu'elle puisse constater que Bud était furieux.

Tant mieux. Elle aussi était furieuse.

— Comment oses-tu me malmener ainsi ? dit-elle d'une voix tremblante. Tu n'as pas le droit de me toucher ni de me dire ce que je dois faire !

— Si j'en ai le droit, gronda-t-il. Tu es à moi !

Claire aspira une longue goulée d'air pour lui ordonner de partir, mais Bud ne lui en laissa pas le temps. Sa bouche était déjà sur la sienne et il l'embrassait. Il l'embrassait ardemment, son corps plaqué contre le sien. C'était un baiser violent, passionné, et qui semblait échapper totalement à son contrôle.

Bud était enfin de retour.

Il la serrait si étroitement qu'elle avait du mal à respirer. Sa bouche se mouvait sans douceur sur la sienne, suçait et mordait. Tout ce qu'il faisait était dur. Il l'embrassait durement, ses doigts s'enfonçaient durement dans sa chair. Son sexe était dur comme l'acier. Il se frotta contre elle et le mouvement de ses hanches l'incendia littéralement.

Elle était furieuse après lui. Elle aurait dû lui ordonner de s'écarter d'elle, lui dire qu'elle n'avait pas d'ordres à recevoir de lui, lui dire qu'elle voulait être traitée comme une femme adulte.

Mais Bud la traitait déjà comme une femme adulte. Aucune femme au monde n'aurait pu résister à un tel baiser.

Il écarta légèrement ses lèvres des siennes, juste assez pour parler.

— Bon sang, souffla-t-il, je ne voulais pas faire ça. Je voulais parler avec toi, discuter tranquillement. Mais quand je t'ai vue dans cette robe qui est un véritable appel au viol…

— Les chaussures, murmura Claire. Il n'y a que les chaussures dont on puisse dire qu'elles sont un appel au viol.

— Non, je sais ce que je dis : cette robe est un appel au viol. Les chaussures aussi, c'est vrai.

Il laissa aller son front contre le sien. Claire avait noué les bras autour de sa taille. Il lui parut plus mince, comme s'il avait perdu du poids au cours des deux dernières semaines. Et il tremblait comme une feuille. Au fond d'elle, Claire savait qu'il l'aimait profondément, et ce tremblement en était la preuve. Bud était dur et combatif, il lui en fallait beaucoup pour trembler.

— Tu m'as tellement manqué, Claire, murmura-t-il.

Elle se mordit la lèvre. Ses yeux s'emplirent de larmes. Si elle avait fait le moindre mouvement, si elle avait ne serait-ce que respiré, ses larmes auraient roulé sur ses joues. Elle se contenta de resserrer son étreinte en espérant qu'il comprendrait le message.

Toi aussi, tu m'as manqué, Bud. Tellement manqué.

Il y eut comme un crissement et elle sentit de l'air frais dans son dos. Les émotions qui faisaient rage en elle étaient si intenses qu'il lui fallut un moment pour comprendre que Bud venait de tirer sur la fermeture Éclair de sa robe. Il s'écarta d'elle, et celle-ci tomba à ses pieds. D'un mouvement preste, il fit glisser sa culotte le long de ses jambes, et elle se retrouva nue devant lui, seulement vêtue de ses bas et de ses escarpins.

Bud la dévorait des yeux.

— Comme quand tu es venue me voir au poste, murmura-t-il. J'ai eu une telle envie de te baiser, ce jour-là… Je crois que je n'ai pas débandé depuis.

La caresse de son regard sur son corps nu était si intense que c'était comme s'il l'avait touchée, et cela suffit à faire durcir les pointes de ses seins. Il glissa l'une de ses grandes mains entre ses cuisses.

— Écarte, ordonna-t-il d'un ton rogue.

Elle obéit et ils soupirèrent à l'unisson quand il inséra un doigt en elle. Il redressa la tête et la secoua comme s'il reprenait soudain ses esprits.

— Je ne peux pas te baiser comme ça, marmonna-t-il. Ta coiffure. Ton maquillage…

Il regarda autour de lui.

— Là, décréta-t-il.

C'était le Bud qui lui avait manqué. Celui qui n'arrivait plus à parler quand il était trop excité.

Il la souleva dans ses bras et l'emmena jusqu'à une grande table au plateau de marbre. Il la déposa face à la table et pressa doucement contre son dos pour la faire ployer en avant. Le contact froid du marbre sur son ventre et ses seins créait un délicieux contraste avec le feu qui bouillonnait en elle.

Bud plaça ses mains au niveau du rebord de la table et l'incita à s'y agripper. Il laissa un instant ses mains sur les siennes, lui ordonnant silencieusement de rester ainsi.

Le crissement métallique de la fermeture de son pantalon résonna dans le silence de la pièce. Du genou, il lui écarta les jambes, puis lui empoigna les hanches.

— C'est ça que j'avais envie de te faire ce jour-là, souffla-t-il en insérant l'extrémité de son sexe en elle. J'avais envie de te baiser comme un fou, ajouta-t-il avant de la pénétrer d'une longue et vigoureuse poussée.

Claire s'agrippa de toutes ses forces au plateau de marbre, électrisée par la sensation de son sexe en elle, quand elle avait été persuadée que cette partie de son corps resterait vide jusqu'à la fin de ses jours.

Les mains toujours cramponnées à ses hanches, Bud se pencha sur elle, la plaquant sur la table. Cette sensation avait tellement manqué à Claire. Sentir son corps peser sur elle alors qu'il était en elle jusqu'à la garde. Elle trouvait aussi très excitant qu'il soit habillé et elle nue.

La pointe de sa langue sur le pourtour de son oreille déclencha un violent frisson, et la première contraction de ses muscles intimes.

Bud ne bougeait pas, ne parlait pas. Claire ne pouvait pas bouger non plus, immobilisée par le poids de son corps, ses jambes maintenant les siennes écartées. Ils étaient comme suspendus au bord d'un gouffre béant, Claire si complètement possédée par Bud qu'elle n'était plus que seins, ventre et sexe.

Il affermit sa prise sur ses hanches et ses doigts s'enfoncèrent presque douloureusement dans sa chair. Elle sentit les muscles de ses cuisses jouer contre les siennes quand il la pénétra plus profondément d'une ondulation des hanches.

Ce léger mouvement suffit à la faire basculer. Avec un cri sauvage, Claire jouit. Le corps de Bud tressauta au-dessus du sien comme s'il n'attendait que son orgasme pour se mouvoir en elle. Son sexe se mit à aller et venir violemment, et le va-et-vient prolongea si longuement son orgasme qu'elle crut défaillir. Elle était à la limite de ce qu'elle pensait pouvoir supporter lorsque Bud laissa échapper un grondement. Son sexe enfla en elle et il éjacula. Claire sentit sa semence l'emplir à longs traits brûlants, quasiment au rythme des contractions de son vagin.

S'enchaînant au premier, un deuxième orgasme l'avait submergée.

Ce fut si intense qu'elle eut l'impression d'être brusquement plongée dans les ténèbres. Frémissante, elle s'accrocha au rebord de la table.

Une violente détonation retentit et le sol trembla. Des crépitements s'élevèrent au loin.

La tête lui tourna et son cœur s'emballa.

Bud se retira vivement d'elle. Claire eut vaguement conscience de l'entendre remonter sa braguette.

— Putain ! jura-t-il dans l'obscurité. C'était un flashbang. Et des AK-47. Au moins trois. Ils ont coupé l'électricité.

Claire était en proie à un tel vertige qu'elle n'arrivait pas à se redresser. Elle entendait Bud parler, mais n'arrivait pas à se concentrer sur ce qu'il disait. Son corps était encore prisonnier de l'orgasme. Elle ne pouvait pas bouger, à peine respirer. Son corps avait pris le dessus et elle était incapable d'arrêter le flot du plaisir qui déferlait en elle.

Avec un temps de retard, elle se rendit compte que Bud avait quitté la pièce. Il avait marmonné quelque chose du genre « Ne bouge pas d'ici ». Si elle n'avait pas entendu la porte s'ouvrir puis se refermer sans bruit, elle n'aurait pas pu savoir qu'il était sorti. Les lumières du couloir étaient éteintes. La bibliothèque était plongée dans le noir. Assommée, aveugle et désorientée, Claire demeura affalée sur la table.

La lumière revint à l'instant où elle commençait à reprendre conscience.

Elle battit des paupières, tremblante. Ses cils palpitèrent de nouveau quand ses terminaisons nerveuses reprirent subitement vie. Il venait de se passer quelque chose dans le hall des colonnes et Bud avait disparu.

Elle se redressa et se dirigea d'un pas chancelant vers sa robe, qui formait comme une flaque de sang sur le sol. Elle la contempla un long moment, puis se pencha pour la ramasser. L'enfiler ne lui prit que quelques secondes.

Des bruits étouffés en provenance de l'avant de l'édifice lui parvinrent. Des cris et des hurlements. Des cris de détresse et de souffrance.

Elle eut l'impression de réintégrer son corps, de retrouver toute sa lucidité. Il se passait quelque chose de grave. Un incendie, peut-être, ce qui expliquait la coupure d'électricité. Ou autre chose de plus grave encore… Quelle que soit la nature de l'incident, elle était responsable du bon déroulement de cette soirée.

Elle gagna la porte, l'ouvrit… et se pétrifia.

Le tableau était digne des thrillers qu'elle affectionnait. Trois protagonistes à un moment crucial. La silhouette d'une jeune femme vêtue de rouge se détachait contre une porte. Un homme cagoulé pointait une mitraillette dans sa direction. Un troisième personnage – le héros, Bud – s'approchait à pas de loup de l'homme masqué dans l'intention évidente de l'assommer.

Le temps s'accéléra et obliqua tragiquement dans la mauvaise direction.

Les yeux de Bud s'écarquillèrent quand il la vit. Il poussa un cri, attirant sur lui l'attention de l'homme masqué, et plongea en avant. Claire entendit le crépitement de la mitraillette, sentit la réverbération des détonations. Mais ce ne fut pas elle que les balles atteignirent.

Ce fut Bud.

Le sang gicla de sa poitrine et il s'affala sur le sol tandis qu'une odeur de cordite empuantissait l'air. Il gisait sur le dos, des ruisselets de sang coulant autour de lui. L'homme masqué s'approcha lentement de lui, prêt à tirer, guettant le moindre signe de vie de sa part pour l'achever. Mais Bud demeurait mortellement immobile.

Par la suite, Claire serait incapable de s'expliquer comment elle avait réussi à aller de la porte de la bibliothèque jusqu'à l'homme masqué. Elle serait incapable de se remémorer cet instant précis, à tout jamais obscurci par la rage et la douleur.

Elle avait grandi là. Elle connaissait le bâtiment par cœur. Elle connaissait, entre autres, l'emplacement de chacun des extincteurs. Dans un élan de chagrin affolé, elle arracha l'extincteur de sa niche et se rua sur l'homme masqué qui lui tournait le dos. Et qui s'apprêtait à achever Bud.

Elle ne pouvait pas le laisser faire ça. Elle avait lutté de toutes ses forces pour rester en vie et elle lutterait de la même façon pour que Bud vive aussi.

L'intrus dut la sentir arriver. Il se retourna, braqua sa mitraillette sur elle. Bud se redressa et s'appuya sur le coude. Il ouvrait la bouche pour attirer de nouveau l'attention de l'homme sur lui quand Claire aspergea le visage de ce dernier de mousse.

Hurlant de douleur, l'homme lâcha son arme et se plia en deux, les mains tâtonnant vers ses yeux. Sans hésiter, Claire empoigna le cylindre de métal à deux mains et lui en assena un coup en pleine figure.

L'homme glissa à terre sans bruit, tel un taureau terrassé.

— Bud !

Claire se rua vers lui, déchirant déjà le bas de sa robe. Seigneur ! Il avait perdu tellement de sang. Agenouillée dans le liquide poisseux du même rouge que celui de sa robe, elle tentait désespérément d'enrouler l'étoffe autour de son torse. Il était d'une telle pâleur que son cœur se mit à cogner follement dans sa poitrine.

— Claire…

La voix de Bud, habituellement si ferme et grave, parvenait à peine à franchir ses lèvres.

— Pars… Va-t'en d'ici…

Saisie d'un doute affreux, Claire inspecta son torse, cherchant des signes indiquant que ses poumons avaient été touchés. Pas le moindre bouillonnement de sang. Pas de giclement non plus. Poumons et artères avaient été épargnés. Il restait de l'espoir.

Bud essaya de se relever, glissa dans son propre sang.

Il toussa, rampa sur le sol jusqu'à la mitraillette de l'individu masqué, puis, s'en étant emparé, se redressa en prenant appui sur l'épaule de l'homme.

— Va-t'en, Claire ! Tire-toi !

— Bud, murmura-t-elle, qu'est-ce qui se passe ?

Il jeta un coup d'œil vers l'immense double porte qui donnait sur le Hall des Colonnes.

— Voleurs de bijoux, souffla-t-il. Au moins cinq. Armés. Prise d'otages. Il faut que j'y aille…

Au prix d'un effort surhumain, Bud se dirigea en chancelant vers la double porte. Il haletait, son visage était d'une pâleur de cire, mais les mains qui serraient la mitraillette étaient fermes.

Paniquée, Claire réalisa qu'il avait l'intention d'affronter, seul et blessé, au moins cinq hommes armés.

— Non ! s'écria-t-elle sans élever la voix.

Pas question d'attirer l'attention d'éventuels gardes armés qui se trouvaient peut-être dans les parages. Pas question non plus de laisser Bud se faire tuer.

— Arrête ! Qu'est-ce que tu veux faire, tout seul ?

Il ne l'écoutait pas. Il continuait d'avancer, lentement, résolument, répandant derrière lui une traînée de sang.

Claire s'élança en courant, le rattrapa et le saisit par le coude.

Il serra les dents, un muscle de sa mâchoire tressauta.

— Va-t'en, Claire. Dégage ! Ça va bientôt canarder dans tous les sens, et je ne veux pas de toi dans les parages.

Claire comprit dans un éclair de lucidité qu'il n'y aurait pas moyen de l'arrêter. Il était prêt à se sacrifier pour tenter de sauver les otages. De toute évidence, il savait qu'il n'en sortirait pas vivant, mais il était prêt à tenter le tout pour le tout.

Il n'était plus qu'à dix mètres de la porte. Il fallait impérativement qu'elle trouve le moyen de le sauver de lui-même. Vite.

— Écoute-moi, Bud, chuchota-t-elle d'un ton désespéré. Où est John ? Est-ce que tu te souviens de l'endroit où il se tenait quand on a quitté la salle ?

Le mari de Suzanne était un ancien commando des Seal. Si quelqu'un était susceptible d'aider Bud, c'était bien lui.

— Sous le grand miroir, côté gauche.

Sous le miroir baroque. Parfait.

— Bud, il y a une petite porte de service à moins de deux mètres de ce miroir. Elle est presque invisible et dissimulée par un grand palmier. Je vais passer par les cuisines, récupérer des couteaux et voir si je peux me faufiler dans la salle pour les donner à John. Il sait lancer un couteau ?

Le visage blême de Bud s'éclaira d'un pâle sourire.

— Oui, John sait lancer un couteau.

Il se secoua, comprenant avec un temps de retard ce qu'elle venait de lui dire.

— Non mais tu es folle ? chuchota-t-il en se tournant vers elle d'un bloc. Pas question que tu ailles là-bas ! Je t'ai dit de te... Claire ! Attends !

Mais elle avait déjà fait valser ses escarpins et s'éloignait en courant. Elle courut jusqu'aux cuisines dont elle franchit les portes battantes en trombe, réalisant trop tard que des gardes armés pouvaient s'y trouver. Il n'y en avait pas, mais il y avait deux cadavres.

Deux hommes, vêtus de vestes autrefois blanches et désormais rouges, la toque grotesquement de travers, gisaient sur le sol, fixant de leurs yeux sans vie le plafond de la cuisine. Dominic et Jerry, le chef et le sous-chef. Claire leva les yeux et aperçut quatre visages au hublot de la chambre froide. Les cambrioleurs avaient abattu deux hommes et en avaient enfermé quatre autres. La porte était cadenassée. Elle ne pouvait rien pour eux sinon régler le thermostat pour que la température ne soit pas trop basse, ce qu'elle s'empressa de faire.

Elle s'empara ensuite du set de couteaux du chef rassemblés dans un étui de cuir souple. D'excellents couteaux d'acier japonais qu'il aiguisait, elle le savait, avec un soin maniaque. Entretenir le fil de ses couteaux était une véritable religion pour Dominic.

L'étui sous le bras, elle quitta la cuisine à la hâte. Cette partie du bâtiment était un véritable labyrinthe, reliquat de l'époque où une véritable armada de domestiques s'affairait là. Un véritable dédale de placards et de réduits.

Mais Claire savait où elle allait. En moins d'une minute, elle avait atteint la porte de service, si intelligemment agencée dans le mur qu'elle était pratiquement invisible.

Elle s'agenouilla, entrouvrit la porte, se faufila prestement dans la salle et la referma silencieusement. L'énorme vasque d'où émergeait un somptueux palmier la cachait complètement à la vue, mais elle savait que sa robe rouge risquait de la faire repérer dès qu'elle se déplacerait. Elle se jura de ne plus jamais porter de rouge. Rouge était synonyme de danger.

Rouge était la couleur du sang…

Tous les invités étaient assis sur le sol ou le long des murs. Un groupe de dix femmes, debout, se tenait près de la porte, surveillé par un garde armé. Des otages directement menacés au cas où quiconque s'aviserait d'intervenir. Suzanne faisait partie du groupe. Allegra n'était nulle part visible.

Quatre hommes masqués brisaient systématiquement les vitrines, et déversaient des bijoux d'une valeur inestimable dans des sacs de sport.

Claire aperçut John, appuyé contre l'un des murs, son regard étincelant de fureur rivé sur l'homme qui braquait une arme sur sa femme. Elle se rapprocha de lui en rampant avec précaution, les otages assis la dissimulant à la vue.

John la repéra du coin de l'œil. L'hyper vigilance étant chez lui une seconde nature, elle ne fut pas surprise. Rien dans son expression ne trahit qu'il l'avait vue, mais elle sut pourtant qu'il était conscient de sa présence.

Une fois qu'elle l'eut rejoint, elle s'adossa au mur, adoptant l'attitude des autres otages. L'attention du garde était concentrée sur le groupe de femmes, et même s'il tournait la tête dans sa direction, il ne verrait qu'une femme en robe de soirée parmi tant d'autres. Elle souleva les genoux et baissa la tête, feignant le désespoir. Lentement, avec précaution, elle glissa l'étui de cuir vers John.

— Bud est derrière la porte, articula-t-elle dans un souffle. Gravement blessé. Il a une mitraillette.

— S'il est vivant, répondit-il sur le même ton, il va entrer.

Claire cilla. Elle ne l'avait pas vu bouger, pourtant tous les couteaux étaient alignés le long de sa cuisse et il en tenait un dans chaque main.

Deux secondes s'écoulèrent, atrocement longues. Bud était-il en train de se vider de son sang de l'autre côté de la porte ? Ou était-il… déjà mort ? Claire repoussa furieusement cette pensée. Si elle avait pu…

Tout se produisit en un instant. Ce fut si rapide qu'elle comprit à peine ce qui se passait alors que les événements se déroulaient sous ses yeux.

Les portes du Hall des Colonnes s'ouvrirent à la volée, livrant passage à un Bud livide qui ouvrit aussitôt le feu. John était déjà debout, ses couteaux sifflèrent à travers la pièce. L'homme qui surveillait le groupe de femmes s'écroula d'un bloc, les mains agrippées frénétiquement au manche de la lame qui venait de se ficher dans sa gorge. L'associé de John à la mine patibulaire surgit de nulle part, plongea à terre et roula sur lui-même. Quand il se redressa, une fraction de seconde plus tard, il tenait à la main l'arme de l'homme qui venait de s'écrouler et ouvrait le feu. Les hommes encagoulés s'effondrèrent les uns après les autres.

Des cris et des hurlements se mêlaient aux détonations, puis les armes se turent subitement.

John serrait étroitement Suzanne dans ses bras.

Ce fut la dernière chose que vit Claire avant de se précipiter vers Bud, frappant impitoyablement quiconque s'avisait de lui barrer le passage.

— Bud !

Il tourna les yeux vers elle et lâcha la mitraillette comme si elle était soudain devenue trop lourde. Puis il tomba à genoux.

La veste de son smoking était luisante, le plastron de sa chemise trempé de sang.

Claire s'agenouilla devant lui et l'étreignit.

— Oh, mon Dieu, Bud ! sanglota-t-elle en tentant de l'allonger. Ne meurs pas ! Je t'interdis de mourir !

— Je ne vais pas mourir, murmura-t-il en fermant les yeux. Je ne peux pas si tu me l'interdis.

Le 2 novembre

Sous le charme
d'un amour envoûtant

CRÉPUSCULE

Inédit

Les Highlanders - 1 -

La malédiction de l'Elfe noir ∞ **Karen Marie Moning**

Écosse, 1513. Célèbre dans tout le royaume pour ses exploits guerriers et pour sa beauté ravageuse, à laquelle aucune femme ne résiste, le comte de Dalkeith, surnommé l'Elfe noir, est le grand favori de la reine. Ce qui lui vaut la jalousie du roi et de son fou, Adam Black, qui fomentent une terrible conspiration à son encontre : l'Elfe noir sera contraint d'épouser Adrienne de Simone, une jeune captive venue d'un autre temps.

Inédit

Les ombres de la nuit - 6 -

Le baiser du roi Démon ∞ **Kresley Cole**

Élevée dans un monde violent et sans lois, Sabine, la Reine de l'Illusion, vit sous le joug de son terrible beau-frère, Omort. Ce puissant sorcier, fou et sanguinaire, a autrefois volé le royaume de Rothkalina, dont il a dépossédé Rydstrom Woede, le roi Démon. Une prophétie prédit à Sabine que l'enfant qu'elle aura de Rydstrom pourra seul venir à bout d'Omort. N'hésitant pas une seconde, elle enlève Rydstrom. Car si elle veut échapper à Omort, qui la désire et la terrorise, Sabine doit accepter sa destinée... séduire le roi Démon.

Le 2 novembre

PROMESSES

Inédit

Un petit secret entre nous — **Starr Ambrose**

Entre un métier monotone et un fiancé ennuyeux, Lauren Sutherland s'efforce d'être un exemple pour son impulsive sœur jumelle, Meg. Quand celle-ci épouse en douce son patron, un sénateur, Lauren prend le premier avion pour Washington, dans l'espoir de faire annuler le mariage. Et c'est Drew, le séduisant fils du sénateur qui l'accueille… Malgré eux, ils sont embarqués dans une affaire des plus déconcertantes : au cœur de la haute société new-yorkaise, ils découvrent un complot à base de photos compromettantes et de chantage. Chaque minute compte et, tandis que les étincelles entre Lauren et Drew s'embrasent, les pistes s'enchevêtrent.

Inédit

À toi pour la vie — **Rachel Gibson**

Retourner à Truly est loin d'être une partie de plaisir pour Delaney Shaw. Cela fait dix ans qu'elle n'a pas mis les pieds dans sa ville d'enfance. Depuis le jour où son beau-père, Henry Shaw, a brisé sa relation avec Nick Allegrezza. Certes, Nick était un coureur, mais Delaney en était folle. Quelle surprise de le revoir lors de la lecture du testament de Henry ! Quitter la ville au plus vite, impossible ! D'autant que le défunt a posé certaines conditions : si elle veut toucher sa part de l'héritage, il lui faudra rester à Truly une année entière… sans avoir de relation sexuelle avec Nick ! Nick, aujourd'hui plus sexy que jamais.

Le 2 novembre

Sous le charme d'un amour envoûtant

CRÉPUSCULE

Inédit

Les Highlanders - 1 -

La malédiction de l'Elfe noir **Karen Marie Moning**

Écosse, 1513. Célèbre dans tout le royaume pour ses exploits guerriers et pour sa beauté ravageuse, à laquelle aucune femme ne résiste, le comte de Dalkeith, surnommé l'Elfe noir, est le grand favori de la reine. Ce qui lui vaut la jalousie du roi et de son fou, Adam Black, qui fomentent une terrible conspiration à son encontre : l'Elfe noir sera contraint d'épouser Adrienne de Simone, une jeune captive venue d'un autre temps.

Inédit

Les ombres de la nuit - 6 -

Le baiser du roi Démon **Kresley Cole**

Élevée dans un monde violent et sans lois, Sabine, la Reine de l'Illusion, vit sous le joug de son terrible beau-frère, Omort. Ce puissant sorcier, fou et sanguinaire, a autrefois volé le royaume de Rothkalina, dont il a dépossédé Rydstrom Woede, le roi Démon. Une prophétie prédit à Sabine que l'enfant qu'elle aura de Rydstrom pourra seul venir à bout d'Omort. N'hésitant pas une seconde, elle enlève Rydstrom. Car si elle veut échapper à Omort, qui la désire et la terrorise, Sabine doit accepter sa destinée... séduire le roi Démon.

Le 2 novembre

PROMESSES

Inédit ***Un petit secret entre nous*** **Starr Ambrose**

Entre un métier monotone et un fiancé ennuyeux, Lauren Sutherland s'efforce d'être un exemple pour son impulsive sœur jumelle, Meg. Quand celle-ci épouse en douce son patron, un sénateur, Lauren prend le premier avion pour Washington, dans l'espoir de faire annuler le mariage. Et c'est Drew, le séduisant fils du sénateur qui l'accueille… Malgré eux, ils sont embarqués dans une affaire des plus déconcertantes : au cœur de la haute société new-yorkaise, ils découvrent un complot à base de photos compromettantes et de chantage. Chaque minute compte et, tandis que les étincelles entre Lauren et Drew s'embrasent, les pistes s'enchevêtrent.

Inédit ***À toi pour la vie*** **Rachel Gibson**

Retourner à Truly est loin d'être une partie de plaisir pour Delaney Shaw. Cela fait dix ans qu'elle n'a pas mis les pieds dans sa ville d'enfance. Depuis le jour où son beau-père, Henry Shaw, a brisé sa relation avec Nick Allegrezza. Certes, Nick était un coureur, mais Delaney en était folle. Quelle surprise de le revoir lors de la lecture du testament de Henry ! Quitter la ville au plus vite, impossible ! D'autant que le défunt a posé certaines conditions : si elle veut toucher sa part de l'héritage, il lui faudra rester à Truly une année entière… sans avoir de relation sexuelle avec Nick ! Nick, aujourd'hui plus sexy que jamais.

Le 16 novembre

Inédit

Les débauchés - La fille du Lion

Loretta Chase

Esme Brentmor a grandi en Albanie, une terre dure et sauvage qui a forgé son caractère. La célèbre fille du Lion rouge est la digne héritière de son père : fière, courageuse, combative. À la mort de ce dernier, elle jure de se venger et nul ne se mettra en travers de son chemin ! Pas même Varian St. George, cet aristocrate anglais déchu, charmeur et corrompu. Sous ses airs d'insolent, Varian ne serait-il pas un homme de courage et d'honneur, prêt à se battre et à la défendre coûte que coûte ?

Soif d'amour **Linda Lael Miller**

Même réfugiée au fin fond du Connecticut, ils ont retrouvé sa trace ! Depuis qu'elle a dénoncé son patron au FBI, Neely Wallace est traquée sans relâche par les tueurs de la Mafia. Qui pourrait la protéger de ces assassins ? Peut-être Adrian Tremayne, cet étranger rencontré à Halloween. Mais Neely éprouve d'étranges sensations en sa présence, il semble venu d'un autre temps... Adrian, lui, est ravi : Neely le sauvera peut-être, car nul mortel ne peut imaginer la solitude d'un vampire...

Les sœurs Lockwood - 1 - La belle et l'espion

Julie Anne Long

Susannah Makepeace a tout pour être heureuse, sauf l'amour d'un père distant. Mise au ban de la société à la mort de ce dernier qui ne lui a pas laissé un sou, elle quitte Londres pour le village de Barnstable. Elle y fait la rencontre de Christopher, un drôle de personnage, un naturaliste. Si elle accepte de mettre à profit ses talents de dessinatrice pour qu'il réalise un herbier, c'est parce qu'il est séduisant. Mais d'étranges incidents surviennent. Elle doit se rendre à l'évidence : on cherche à la tuer.

Découvrez les prochaines nouveautés de nos différentes collections J'ai lu pour elle

AVENTURES & PASSIONS

Le 2 novembre

Inédit **La famille Blakewell - 3 - La femme farouche**

Pamela Clare

Lorsqu'un homme frappe à sa porte, Elspeth Stewart est terrifiée. Veuve depuis peu et enceinte de son premier enfant, elle doit à tout prix se protéger des dangers qui l'entourent. Et ce Nicholas Kenleigh, dont le corps est couvert de cicatrices, en est un. Elspeth a longtemps enduré la cruauté des hommes, elle a donc toutes les raisons de se méfier mais, peu à peu, la frayeur laisse place à la curiosité. Qui est-il vraiment ? Plus elle se rapproche de lui, plus leurs destins se lient…

Inédit **L'héritage** **TJ Bennett**

Allemagne, 1525. Sabina von Ziegler s'enfuit du couvent dans lequel elle est enfermée depuis ses seize ans. Elle découvre qu'elle contrarie les projets de son père adoptif, qui la contraint à un mariage forcé, auquel elle se soumet dans l'unique but de remettre la main sur l'héritage de sa mère. Wolfgang Behaim, simple roturier, n'a rien de la noblesse qu'elle possède ! Ce veuf inconsolable, père d'une petite fille, est loin d'être l'époux dont Sabrina avait rêvé…

L'imposteur **Lisa Kleypas**

Quand Cameron disparaît dans un naufrage, Lara n'est guère chagrinée de perdre cet époux détestable. Exilée dans un petit cottage, la jeune femme mène une vie paisible, jusqu'au jour où l'on murmure que Cameron est de retour ! Résignée à reprendre sa triste vie d'autrefois, Lara se jure pourtant de ne plus jamais le laisser approcher de son lit… Or, après un si long voyage, son mari semble changé et, elle-même se sent très troublée en sa présence. S'agirait-il du même homme ?

Les seuls muscles qu'il possédait et qui ne le faisaient pas souffrir étaient ceux de ses joues, alors il sourit.

Les cils de Claire palpitèrent et elle ouvrit les yeux. Ils échangèrent un long regard.

— Tu es revenu, souffla-t-elle.

— Oui, et j'ai l'intention de rester.

Sa main remua sur le drap jusqu'à rencontrer celle de Claire.

— Je vais me la couler douce à partir de maintenant, reprit-il. Avec la furie que je vais épouser, je serai tranquille. Si le capitaine m'adresse un mot de travers, je lui enverrai ma femme. C'est une vraie terreur.

Claire sourit. Bud savait que c'était son premier sourire depuis quatre jours.

— Tu n'as pas idée, répondit-elle.

Épilogue

Claire ne le laisserait pas mourir.

Elle était restée près de lui dans l'ambulance, elle était là quand il était sorti du bloc opératoire, et elle était à son chevet chaque fois qu'il avait vaguement émergé. Il avait beau flotter dans un brouillard de morphine, il avait conscience de sa présence. Il savait qu'elle était là en permanence.

Au bout de quatre jours, Bud se réveilla et réalisa qu'il allait vivre. Son corps était relié à une incroyable profusion de moniteurs. Il avait à peine la force de lever la tête. Il était faible et il avait des vertiges, mais il était certain d'une chose : il vivrait.

Claire ne le laisserait pas mourir.

Claire. Sa Claire.

Elle était assise dans un fauteuil à son chevet, une main posée sur son bras comme pour s'assurer de sa présence, l'autre calée sous la joue. Elle dormait, ses longs cils projetant une ombre sur ses joues pâles. On ne lui aurait pas donné plus de douze ans.

Et toujours la reine du roman sentimental :

Barbara Cartland

« Les romans de Barbara Cartland nous transportent dans un monde passé, mais si proche de nous en ce qui concerne les sentiments. L'amour y est un protagoniste à part entière : un amour parfois contrarié, qui souvent arrive de façon imprévue.
Grâce à son style, Barbara Cartland nous apprend que les rêves peuvent toujours se réaliser et qu'il ne faut jamais désespérer. »

Angela Fracchiolla, lectrice, Italie

Le 2 novembre
Pas d'ombre sur notre amour

Le 16 novembre
Rencontre dans la nuit

9740

Composition
FACOMPO

Achevé d'imprimer en Italie
par GRAFICA VENETA
le 19 septembre 2011.

Dépôt légal : septembre 2011.
EAN 9782290035078

ÉDITIONS J'AI LU
87, quai Panhard-et-Levassor, 75013 Paris

Diffusion France et étranger : Flammarion